Atentado

Oristán

Atentado

M. Gambín

Oristán

© El Autor.
© Oristán y Gociano, S.L.

Oristán ediciones.
www.mgambin.com

Primera edición: junio de 2015

Disponible en Ebook

Gestión editorial: www.veredalibros.com
Cubierta y maquetación: Juan Antonio Martín
Foto de la solapa: Madi Ramos
Imagen de cubierta: Borja Luis

ISBN: 978-84-937850-8-6
Depósito legal: TF 382-2015

Impreso en GraphyCems

A Suli y Julio,
que fueron felices,
sobre todo en los años cincuenta.

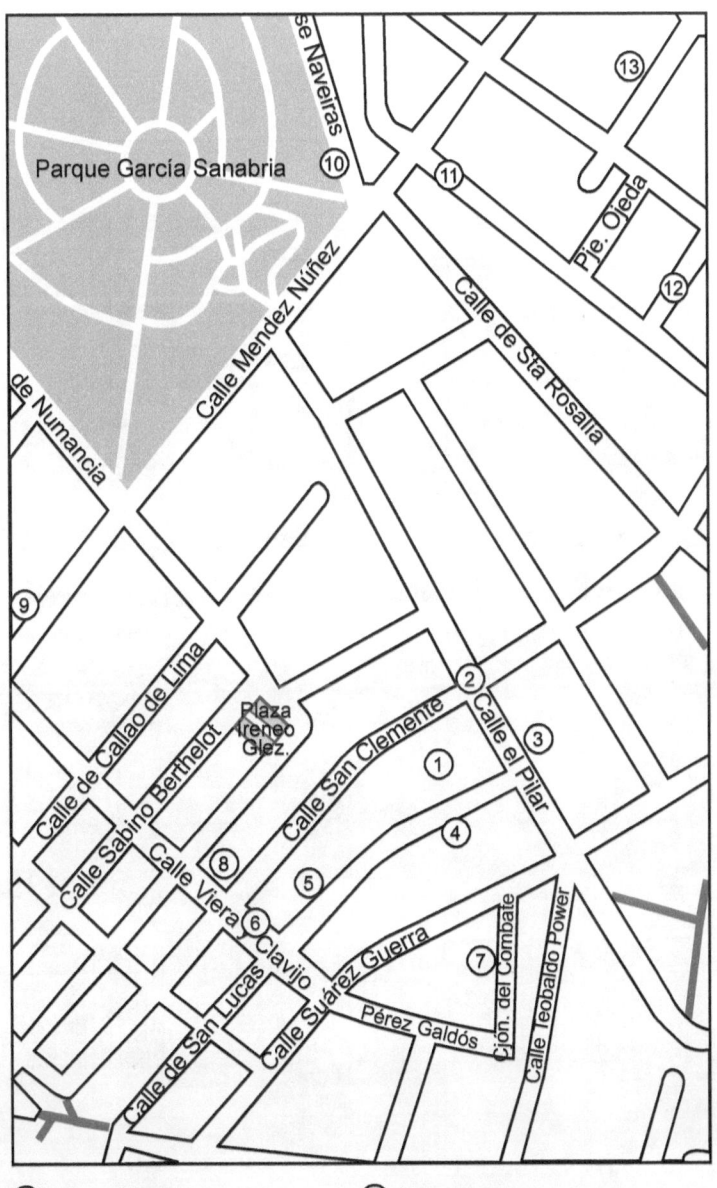

1. IGLESIA DEL PILAR
2. ENTRADA AL TUBO VOLCÁNICO
3. CAFETERÍA ZIG ZAG
4. CASA DEL ESCALOFRÍO
5. TEMPLO MASÓNICO
6. CALLE VIERA Y CLAVIJO
7. CALLEJÓN DEL COMBATE
8. EDIFICIO EN OBRAS
9. AYUNTAMIENTO
10. CALLE DOCTOR NAVEIRAS
11. CALLE SAN VICENTE FERRER
12. CALLE SAN NICOLÁS
13. CALLE SAN MIGUEL

FACHADA A LA CALLE SAN LUCAS
ARQUITECTO MANUEL DE CÁMARA, 1895

POR CORTESÍA DE LA GERENCIA DE URBANISMO
DEL AYUNTAMIENTO DE SANTA CRUZ DE TENERIFE

FACHADA A LA CALLE SAN ROQUE
ARQUITECTO MANUEL DE CÁMARA, 1895

POR CORTESÍA DE LA GERENCIA DE URBANISMO
DEL AYUNTAMIENTO DE SANTA CRUZ DE TENERIFE

Templo masónico de Santa Cruz de Tenerife

Por cortesía de la Sociedad de Desarrollo
de Santa Cruz de Tenerife

1

Madrid, 30 de enero, en la actualidad

—A la de tres —susurró el jefe de los GEO por el micrófono incorporado a su casco—. Una, dos..., y tres.

La cerradura de la puerta principal del despacho del director de EUROPINVEST, en la decimocuarta planta del número 110 del Paseo de la Castellana, saltó hecha trizas cuando explotó la carga de ciclonita colocada por los miembros del Grupo Especial de Operaciones de la Policía Nacional. Tras el sonido seco de la deflagración, la puerta se movió, como atontada, unos centímetros hacia dentro. En ese momento, el jefe del comando de asalto se acercó y la empujó para dar paso a sus cuatro compañeros que entraron como una exhalación en la oficina presidencial, fusil en ristre. Las miras láser establecieron un cruce de líneas de luz en la oscuridad del habitáculo, buscando posibles objetivos. En tres segundos los encontraron. El secuestrador, a pesar de la impresión del explosivo, se mantenía de pie en una esquina apuntando con una pistola a la cabeza de su rehén, atado a una silla. Su expresión era de desconcierto, como si no pudiera asimilar que los policías se hubieran atrevido a entrar de aquella forma, a las bravas.

El primer GEO observó las expresiones de ambos. La víctima, de sorpresa transmutada en terror; el captor, de estupefacción derivada en furor. «Mala cosa», se dijo, y levantó la mira de su arma. El punto de láser se posó en la frente del tipo de la pistola y el policía acarició el gatillo. No le dio tiempo a más.

13

Una fuerte detonación invadió el espacio amueblado con alfombras iraníes, librerías, mesa y sillas de caoba. La respuesta inmediata fue una ruidosa andanada de decenas de disparos provenientes de los fusiles de asalto HK MP5 SD de los GEO. El intercambio duró apenas cuatro segundos, un lapso que les pareció a los policías cuatro minutos. El denso olor a pólvora y el humo de sus armas lo cubrió todo.

El jefe de los GEO se acercó a los cuerpos inertes de las personas que ocupaban el despacho antes de su llegada. El secuestrador había caído de espaldas y asemejaba un colador. No valía la pena echar una segunda mirada. El secuestrado había caído de lado, todavía atado de pies y manos a una silla de oficina metálica con reposabrazos. El policía no necesitó tampoco un examen demasiado profundo.

—¡Mierda! —dijo, más para sí que para sus compañeros—. ¡Se lo ha cargado!

La bala de la pistola del secuestrador había entrado justo por encima de la oreja izquierda de su rehén y había destrozado, en su salida, la parte derecha del cráneo. Demasiado cerca. Demasiado letal.

—¡Joder! —exclamó su segundo, que comprobó el desastre—. ¡Tres días esperando por este cabrón y nos la juega en el último segundo!

El GEO al mando le indicó que se callara con un gesto terminante.

—Estamos cumpliendo órdenes —dijo en voz alta, tratando de sobreponerse a la tensión del momento—. Estas cosas pueden pasar.

—Sí, jefe —respondió el segundo—. Pero nos la vamos a cargar.

—¡Silencio! —atajó el mando policial—. Todo se ha hecho de modo correcto, según el protocolo de actuación.

—Lo que usted quiera, pero... ¿sabe usted quién era el secuestrado?

***

El sonido acuoso de la máquina de respiración asistida intercalaba su gorgoteo con el pitido intermitente del aparato que controlaba el pulso del anciano. El salón de la mansión señorial del «triángulo» de la colonia Lomas de Chapultepec, al oeste del centro de México, Distrito Federal, se había convertido apenas dos meses antes en un hospital improvisado. Los muebles habían sido retirados y su lugar ocupado por una cama reclinable y toda una serie de instrumental y material médico de última generación.

Tres equipos compuestos por dos médicos, un enfermero y un auxiliar de clínica, se turnaban cada ocho horas con un solo objetivo: mantener con vida a Luis Cova —el magnate del petróleo y de los medios de comunicación—, en su lucha contra el cáncer de páncreas que le aquejaba.

Y de momento, tras una batalla de cuatro años, lo estaban consiguiendo.

Hasta ahora.

La puerta del salón se abrió con un leve quejido, y tras ella asomó la cabeza Federico Rubiales, el secretario de Cova, un tipo menudo, delgado, y muy serio. Comprobó que no era detenido por los médicos, lo que significaba que no había interrumpido ninguna cura o medicación.

El secretario traspasó el umbral y avanzó por el salón hasta llegar al pie de la cama.

Cova estaba despierto y perfectamente lúcido a sus noventa años. El intercambio de miradas con su empleado le indicó que la conversación debía ser privada.

—Déjennos solos un momento —indicó a los médicos.

Los facultativos y sus ayudantes asintieron y se dispusieron a salir de la sala. No era la primera vez que el empresario debía discutir asuntos a solas con otras personas.

—¿Qué? —inquirió Cova, ansioso, una vez solos.

—La policía ha irrumpido en la oficina de Madrid.

El instante que dejó transcurrir el secretario fue suficiente para que el enfermo cerrase los ojos.

—El secuestrador disparó en el momento en que entraron los agentes —Rubiales tragó saliva, él también se encontraba muy afectado—. Panchito ha muerto. No se ha podido hacer nada por salvar su vida.

Cova se pasó la mano por sus blancos cabellos, manteniendo los ojos cerrados.

—La policía acabó con el secuestrador acto seguido —continuó el secretario—. Pero eso de poco nos sirve.

Rubiales no sabía cómo iba a reaccionar su jefe. Podía esperar de él tanto un acceso de furia como un abatimiento total. No ocurrió ni lo uno ni lo otro.

Cova abrió un poco los ojos, lo suficiente para que su hombre de confianza observara un brillo de determinación en ellos. Su rostro asemejaba una máscara de cera, blanco, sin dejar traslucir ninguna emoción.

—¿No quiso ponerse al teléfono? El secuestrador solo quería hablar con él. ¿Ni siquiera por la antigua amistad que tenía con su padre?

—Estaba de viaje oficial, ha salido en las noticias. Tal vez ni se haya enterado.

16

—No ha querido ponerse —concluyó, apretando los labios.

Un tenso silencio se interpuso entre ambos hombres. Incluso los aparatos médicos parecieron perder intensidad.

—Entonces ya sabes lo que hay que hacer —dictaminó Cova, hablando entre dientes.

Rubiales tembló al recordar la conversación que había tenido con aquel hombre unos días antes. Lo miró con temor, casi implorando que lo pensara mejor.

—Hazlo —ordenó el magnate. El tono no admitía réplica—. Utiliza las dos opciones. En el plazo de quince días. Quiero verlo antes de morirme.

El secretario asintió. Esperó unos segundos, por si se añadía alguna indicación más. No la hubo. Dio media vuelta y, en silencio, salió de la habitación.

Entonces, y solo entonces, Cova permitió que una lágrima resbalara por su mejilla.

Bogotá, Colombia, 1 de febrero, dos días después

$\mathcal{E}$l abogado inglés permanecía sentado en una de las butacas de su suite del céntrico Hotel Estelar La Fontana, en la avenida 127, esperando la llegada de su visita. Miró el reloj una vez más. Estaba ansioso por terminar su misión y largarse de allí para volver a la brumosa Londres, donde no era necesario mirar por encima del hombro con periodicidad para comprobar si alguien le seguía.

Pasaba la una del mediodía de un día soleado y fresco a la vez, algo que le chocaba en América, un continente que él relacionaba con el calor, sobre todo en los lugares donde se hablaba español. Dentro de su suite, el aire acondicionado mantenía la temperatura en unos agradables veinticuatro grados, y la CNN en la televisión le transportaba a su acento, a su mundo anglosajón. Una burbuja propia que se había creado en la habitación, un refugio privado, que estalló cuando unos nudillos sonaron en la puerta.

El abogado se levantó y abrió la puerta unos centímetros. En aquel país no se fiaba de nadie, y menos con la gente con la que tenía que relacionarse.

—¿El señor Smith? —preguntó una voz con acento local desde el pasillo.

—¿Señor González? —repreguntó a su vez el abogado.

Los dos hombres asintieron al reconocer sus falsos apellidos. Ninguno se llamaba así. Ambos lo sabían, era parte de la necesaria coreografía de los negocios a tratar.

El tal señor González entró en la habitación cuando el abogado le franqueó el paso. El inglés no pudo reprimir un mohín de repulsa ante la presencia de aquel tipo bajo y feo, con un traje dos tallas grande, mal afeitado y de mirada aviesa. El colombiano, ante la mirada atónita del ocupante de la suite, la recorrió a sus anchas sin mediar palabra, abrió los armarios sin pedir permiso y miró dentro del baño. Cuando su curiosidad se vio satisfecha, se volvió hacia el británico.

—Me imagino que irá desarmado —le dijo.

—Por supuesto —respondió, indignado—. ¿Qué se cree?

El colombiano escrutó su vestimenta. El inglés se encontraba en mangas de camisa y los pantalones le quedaban ridículamente estrechos, a su modo de ver. Imposible que llevara un arma oculta.

—Espere un momento —pidió, más como una orden que una solicitud.

El supuesto González abrió la puerta de la habitación y salió al pasillo. Un leve silbido hizo que aparecieran dos hombres más. Un gigante de rasgos indios y otro tipo delgado, mejor vestido, con un bigote fino sobre los labios, al más puro estilo de gánster neoyorquino de los años veinte.

Ambos entraron en la habitación y el segundo se dirigió al abogado, ofreciéndole su mano.

—Mi querido señor Smith —dijo, ofreciendo una sonrisa amplia—. Bienvenido a Colombia.

El abogado detectó al instante quién era el nuevo señor González. Correspondió al saludo.

—Veo que ha tenido a bien acceder a nuestra solicitud de entrevista —respondió.

—¡Claro que sí! —indicó el nuevo González—. Nunca me habían invitado a una reunión con un par de billetes de los grandes dentro del sobre. Ha conseguido picar mi curiosidad.

El abogado indicó un par de butacas situadas en el saloncito de la suite. Él se sentó en una de ellas. González lo hizo a su vez en la otra. Los otros dos tipos se quedaron de pie, detrás de él, mirando al británico con fijeza. Este se sintió un poco incómodo, no era así como había imaginado comenzar la entrevista.

—El asunto que mi cliente quiere tratar con usted es muy confidencial —anunció, levantando sus ojos a los acompañantes del cabecilla.

Este sonrió.

—No se preocupe por Rodrigo y Samuel, son sordomudos. —Volvió la cabeza hacia ellos—. ¿No es cierto?

—Sí —respondieron los dos al unísono.

El inglés suspiró. Era mejor ahorrarse la discusión con aquellos tipos. No le gustaban nada. La realidad superaba a la imaginación con creces.

—Tengo unas instrucciones muy concretas —indicó.

Tomó de encima de la mesa un sobre blanco grande y lo acercó al colombiano.

—Desconozco el contenido del sobre —dijo—. Solo debe leerlo usted y darme una respuesta. Un sí o un no.

González tomó el sobre y lo palpó, desconfiado. Confirmó al tacto que solo contenía papel. Lo abrió y extrajo tres documentos.

El inglés había dicho la verdad, no tenía ni idea de lo que significaban aquellos folios. Desde su butaca vislumbró que uno de ellos era una fotografía, pero no vio la imagen.

El colombiano dedicó varios segundos a cada documento. Leyó un folio con pocas líneas, echó un vistazo a la foto, y estudió por ambos lados el tercer documento, un cheque bancario de un banco de las Islas Caimán, le pareció al británico al vislumbrar el logotipo.

El colombiano metió los papeles dentro del sobre y se dirigió al abogado.

—Dígale a su jefe que sí. Sin ningún problema.

Y sonrió. Pero al inglés aquella sonrisa le pareció más una mueca, un rictus de extraordinaria crueldad. Y de nuevo le entraron las ganas de salir corriendo de aquella ciudad.

Shanghái, 2 de febrero, al día siguiente

*E*l restaurante *La rana de jade*, situado en el barrio de Zhabei, al norte de Shanghái, estaba concurrido pero no lleno. Kurt Sommer, el único cliente occidental, estaba terminando el postre, un *Babao Fan*, una sutileza asiática conocida también como arroz ocho tesoros, nada menos. Delegado comercial de una multinacional de origen alemán, Sommer se encontraba destinado en China desde hacía tres años, aunque su presencia en el restaurante no obedecía a instrucciones de su empresa. Estaba allí para entregar un sobre y recibir una respuesta a cambio de un sustancioso cheque cobrado por adelantado. Solo eso.

Sin embargo, la comida se estaba terminando y nadie se había aproximado a su mesa, como le indicaron que ocurriría. La camarera, una joven menuda y delgada que no hablaba otra cosa que el chino, no le había hecho más caso que a cualquier otro cliente. Menos mal que ya se defendía en mandarín, si no, se hubiera quedado sin comer.

No había observado ninguna señal de reconocimiento por parte de los otros comensales. Nada. Ni siquiera de extrañeza por ver a un europeo en aquel local, tan fuera de sitio.

Presintiendo que había perdido el tiempo, se dispuso a pedir la cuenta. La camarera asintió cuando Sommer dibujó en el aire el gesto internacional de querer pagar y desapareció en la cocina. La puerta batiente apenas se había cerrado cuando salió por ella un hombre, vestido al uso de los camareros. Le dejó un papel encima de un platillo y se alejó en dirección a las otras mesas.

Sommer echó un vistazo. Escrito a lápiz, en mal inglés, había un mensaje: «Está invitado. El dueño del local desea compartir una *tai look jook* en su reservado».

«Bueno —se dijo— tal vez podría cumplir su misión». Dejó un par de monedas de propina, se levantó y dirigió una mirada inquisitiva al camarero. Este le hizo un gesto con la cabeza en dirección a la cocina. Sommer obedeció, empujó la puerta oscilante e ingresó en el ambiente caliente y oloroso de los fogones. La camarera le estaba esperando. Hizo un leve asentimiento con su cabeza y se giró, abrió una puerta lateral y se adentró en un pasillo oscuro. El alemán la siguió, dejando atrás el bullicio de la cocina. La mujer abrió la puerta del fondo y se mantuvo en la entrada, invitando a Sommer a entrar. Ella no lo hizo tras él, se quedó fuera y cerró la puerta.

El alemán se vio en un salón amplio con las luces muy atenuadas, destinado a zona de descanso. Las paredes estaban ocultas por cortinajes de colores vivos y sillones bajos que aparentaban ser muy cómodos. Las extensas alfombras tampoco permitían ver la fábrica original del pavimento. Todo, salvo el techo, estaba revestido de telas y tapices. Como si el interiorista hubiera sufrido algún tipo de crisis de horror al vacío.

Percibió la presencia de un hombre dentro de la sala. En uno de sus extremos, un tipo corpulento de facciones oscuras fumaba la pipa de agua para tabaco objeto de la invitación.

—Soy Chu Ming. Bienvenido a mi humilde hogar —dijo el chino en inglés con acento extraño, e invitó con un ademán a Sommer para que se sentara a su lado.

Este lo hizo. El sillón era muy mullido, por lo que le pareció que se hundía de modo excesivo. Notó que su cabeza quedaba a un nivel más bajo que el de su anfitrión; debía de ser un efecto estudiado para intentar que se sintiera en inferioridad de condiciones. Los chinos eran muy suyos con aquellos detalles.

21

—Alguien ha sido muy insistente para que yo le reciba —continuó el asiático. Sonrió a continuación—. Y muy generoso.

—Tengo instrucciones de entregarle un sobre y esperar una respuesta —dijo el alemán, tratando de superar su incomodidad. No le gustaba nada aquel sitio.

El chino recibió el sobre y lo abrió, rasgando el papel sin contemplaciones. Examinó los tres documentos que había en su interior.Dejó a un lado una fotografía y un cheque bancario, y prestó mayor atención a uno de ellos, un folio escrito por uno de sus lados. Cuando terminó su lectura, su vista se levantó en dirección al alemán.

—Es muy poco tiempo —le dijo—. No sé si podré prepararlo para el quince de febrero.

El alemán levantó los brazos, indicándole que no prosiguiera.

—Desconozco el contenido del sobre —contestó—. Solo necesito saber si acepta o no la propuesta que me han dicho que contiene.

El chino se arrellanó en el respaldo de su sillón, cerró los ojos y aspiró una larga calada en su pipa. Pareció meditar durante unos interminables segundos. Sommer comenzaba a impacientarse, las costumbres chinas de tomárselo todo con calma no iban con él. En Hamburgo las cosas se hacían de otra manera.

El chino se recobró de su momentánea ensoñación y se incorporó.

—Mi respuesta es afirmativa —anunció—. La oferta lo vale.

El alemán asintió y se levantó, dando por terminada la entrevista. El chino no hizo ademán de despedirle. Volvió a cerrar los ojos y a aspirar de la pipa.

Sommer dio media vuelta y cruzó el salón. Al otro lado de la puerta le esperaba la pequeña camarera. Ella le guió hasta la salida.

El alemán respiró con fruición el aire frío de la calle. Ya estaba fuera de aquel tugurio y no le había ocurrido nada desagradable. En aquellos barrios no se aventuraban los occidentales, con lo que no las tenía todas consigo. Su automóvil permanecía donde lo había aparcado. Una vez dentro de la seguridad del coche, Sommer se permitió un suspiro. «Lo que había que hacer por dinero», pensó. Y recordó la bonita suma que había recibido por apenas un par de horas de dedicación. Sonrió para sí. Lo único malo, se percató, era el permanente olor a comida china que había impregnado su ropa. «Qué le iba a hacer —pensó—, era un mal menor».

Sacó su móvil y tecleó un número. Solo le quedaba un detalle por cumplimentar. Debía comunicar la respuesta y su trabajo habría terminado.

Lo hizo, colgó y, satisfecho, arrancó el motor y dirigió su vehículo hacia el centro de la ciudad, hacia su estilo de vida tan internacional, tan impersonal, tan acogedor.

4

Santa Cruz de Tenerife, 4 de febrero, dos días después

*L*a arqueóloga Marta Herrero tardó unos segundos en acostumbrar su retina a la oscuridad. De nuevo se encontraba en un subterráneo, pero esta vez de modo voluntario. «Gajes del oficio», se dijo. El foco de su linterna no cubría por completo el espacio cilíndrico donde se encontraba: un tubo volcánico de unos seis metros de diámetro que había aparecido por casualidad en el subsuelo del centro de la ciudad unos días antes. De vez en cuando surgían esos recuerdos del origen geológico de Tenerife, sobre todo a raíz de la excavación previa al levantamiento de un edificio. En esos casos se investigaba el hallazgo por los técnicos municipales para comprobar si tenía algún interés y, si no lo tenía, se cegaba su entrada y a seguir construyendo.

Sin embargo, en aquella ocasión algo había llamado la atención de los funcionarios que inspeccionaron el enorme túnel natural que recorría bajo tierra la calle del Pilar en su confluencia con la de San Clemente.

Unas obras de mejora del alcantarillado habían provocado un pequeño derrumbe en la base de las tuberías, descubriendo un socavón debajo de esta, a unos cuatro metros de profundidad respecto al nivel de la calle. El primer examen aportó el dato de la existencia de lo que parecía ser un tubo volcánico que descendía otros seis metros más. La segunda inspección corroboró la hipótesis. Y la entrada en el canal de lava petrificada constató que se trataba de un túnel que se perdía en ambas direcciones en las tinieblas subterráneas. Pero no solo eso. Había algo más.

Marta había recibido sesenta minutos antes, a primera hora de la tarde, la llamada del enlace del Ayuntamiento de Santa Cruz con el departamento de Arqueología de la Universidad de La Laguna. Desde su famoso trabajo en la casa Lercaro, Marta Herrero, la súper arqueóloga, figuraba la primera en los listines de todas las administraciones públicas. Un salto a la fama que tanto le desagradaba unos meses atrás. Ahora era distinto, gracias a esa situación, se enteraba antes que nadie de cualquier hallazgo de supuesto interés arqueológico que pudiera aparecer en la isla.

Tardó unos treinta minutos en llegar al centro de Santa Cruz. Junto a la iglesia de El Pilar le esperaba una cuadrilla de trabajadores de la empresa de aguas, unos policías locales y varios responsables del ayuntamiento. Reconoció entre ellos al concejal de Patrimonio, Iván Yanes, un hombre de unos sesenta años, buena presencia, ojos azules, que era la persona que dirigía al grupo. Yanes llevaba años sacando adelante el proyecto de la restauración del edificio conocido por templo masónico, reconvertido en museo y que se iba a inaugurar en pocos días muy cerca de allí. Se encontraba acompañado por uno de los arquitectos técnicos especializados en la red de alcantarillado.

—Buenas tardes, profesora —el concejal se adelantó a recibir a la arqueóloga—. Gracias por venir tan pronto.

—Buenas tardes, señor Yanes —Marta quitó importancia a su desplazamiento desde La Laguna con un gesto de la mano. Para eso estaba—. ¿Qué tenemos?

—Hemos explorado un tramo del tubo volcánico, como le habrán dicho —respondió—. Y ha aparecido algo extraño.

Marta miró de soslayo al concejal.

—No será un muerto, ¿verdad? —preguntó, inquieta.

Yanes sonrió.

—De momento no. Pero no sé qué nos vamos a encontrar. Yo, de cualquier modo, les espero aquí. Tengo claustrofobia.

Marta sonrió, pensando que el concejal debía tener otro problema con los lugares oscuros. El arquitecto técnico municipal se adelantó y se dirigió a la arqueóloga.

—¿Bajamos?

Marta asintió. No había suspendido sus clases en la universidad para quedarse con las ganas de visitar lo que hubiera en la galería.

Tras serle presentados todos los miembros del equipo a la arqueóloga, el técnico encabezó el descenso a través del hueco de la obra de alcantarillado por una escalera metálica extensible que parecía no tener fin, y que se hundía en la oscura profundidad. Marta lo siguió, linterna en mano. La arqueóloga perdió la cuenta de los interminables escalones hasta que llegó al lecho de roca.

Tras acostumbrarse a la media luz de las linternas, la arqueóloga siguió con cuidado los pasos del técnico de la empresa de aguas a lo largo del inmenso tubo. Dirigió el haz de luz a las paredes, que formaban una bóveda casi perfecta, y comprobó que su rugosa superficie mantenía una uniformidad pétrea propia de su origen volcánico. Miles de años debían de haber pasado desde que se creó aquel túnel natural, y con toda probabilidad pocos seres humanos habrían pasado por allí antes. Sintió el cosquilleo de los arqueólogos que presienten un descubrimiento importante.

—Esto es muy interesante —alzó la voz para que el arquitecto la escuchara—. ¿Pero no hubiera sido mejor llamar a un geólogo?

—Un momento, que ya llegamos —respondió el técnico.

Marta avanzó unos pasos hasta alcanzar al técnico, que se había detenido.

—Esto es lo extraño —anunció, y elevó el foco de la linterna a su derecha, hacia la pared.

Marta dirigió la suya hacia el mismo lugar y descubrió, asombrada, que en la piedra se distinguía con claridad un hueco rectangular tapiado con piedras rectangulares oscuras, de basalto, si no se equivocaba.

—No somos los primeros en estar aquí —dijo, más para sí que para su acompañante.

—Es una pared muy bien construida —dijo el arquitecto, que hacía gala de sus conocimientos de construcción—. Y con seguridad es bastante antigua.

Marta se acercó y examinó los intersticios entre las negras piedras. Nada de cemento moderno, se trataba de mortero, y muy primitivo. Como mínimo de doscientos años antes.

—Ya entiendo por qué me ha llamado el concejal —dijo la arqueóloga—. Tal vez detrás de esta puerta tapiada encontremos algo interesante.

—Y no solo por eso —contestó el técnico—. Fíjese en uno de los bloques de la parte superior.

Marta se acercó más al muro y detectó el detalle que le indicaba su acompañante. En una de las piedras rectangulares aparecía, perfectamente tallada, con toda nitidez, una calavera. No había duda.

Marta dio un respingo. Aquel relieve no tenía sentido allí. ¿Qué significado tenía?

—Alguien quiso dejar aquí su firma —aventuró.

—¿Su firma? —replicó el técnico—. ¿Una calavera como firma? ¿No le parece más bien un aviso?

—¡Oh, vamos! —respondió la arqueóloga, con media sonrisa—. No me venga con esas.

Marta volvió a observar con detenimiento la figura tallada en el basalto, una de las piedras más duras que existen. El escultor se había tomado su trabajo para lograr aquel resultado. La figura era de calidad, un trabajo fino. Reflexionó sobre el hallazgo. Su presencia allí tenía que obedecer a una pura casualidad. Una piedra tallada con un fin original desconocido que había sido reutilizada para tapiar el hueco. La iglesia del Pilar quedaba muy cerca, es posible que se tratara de un adorno funerario desplazado de su sitio.

Esperaba que fuera eso, pensó, porque si no, tendría que darle la razón, muy a su pesar, al técnico de la empresa municipal.

Aquello podría, tal vez, ser un aviso. Una advertencia. Y de nada bueno.

27

5

Santa Cruz de Tenerife, 4 de febrero

*L*uis Ariosto, un hombre de cincuenta y tantos años bien llevados, perteneciente a una familia de hacendados acomodados, se encontraba escuchando música en el salón de su caserón de estilo modernista, en el corazón del barrio de Los Hoteles, muy cerca de la plaza de los Patos.

La luz de la media tarde se filtraba por los visillos y confería a la estancia, amueblada con exquisitez en estilo clásico, casi decimonónico, un ambiente de digna decadencia. En su amplia butaca orejera de terciopelo burdeos, Ariosto esperaba concentrado la entrada del tenor en la escena tercera del acto primero de *I Puritani*, de Bellini. Y no era para menos, estaba a punto de disfrutar de un dúo operístico de una belleza extraordinaria, y además interpretado, en una grabación de 1979, por Kraus y la Caballé. Algo difícil de mejorar.

Las primera notas del «*A te, o cara, amor talora*» comenzaron a invadir el suntuoso espacio para deleite del dueño de la mansión. Al tenor canario se le unió el coro e inmediatamente después la soprano y todos ellos conformaron una suave melodía del más puro estilo *belliniano*, de las más inspiradas. Todo un goce para los sentidos.

Y en ese momento sublime, sonó el teléfono.

Ariosto frunció el ceño y trató de ignorar los irritantes timbrazos. Vano intento. En un segundo se percató de que estaba solo en la casa. Fidela, la asistenta, tenía la tarde libre, y

Sebastián, el chófer, estaba pasando unos días en La Palma con Emelina, su pareja, recuperándose de una herida en el hombro. El detalle de la ausencia de sus empleados hizo que tuviera que olvidarse, mascullando un juramento y, azuzado por el rítmico sonido del maldito teléfono, del coro, de Alfredo Kraus y de la Caballé, en ese orden.

Dejó el *libretto* a un lado, se levantó del sillón y se dirigió al aparato de baquelita negro, casi estilo imperio, que se mantenía, decenio tras decenio, sobre una mesita redonda de madera de cerezo envejecida por el tiempo.

—¿Diga? —exclamó, más que preguntó.

—Buenas tardes, Luis —la serena voz de Adela, una de las tías adoptivas de Ariosto, acabó con la irascibilidad del dueño de la casa—. ¿Has mirado tu correo?

Ariosto no se esperaba la pregunta. «¿El correo? ¿Desde cuándo Adela se preocupaba por las cartas que recibía?»

—Todavía no lo he recogido —respondió—. ¿Por qué? ¿Pasa algo?

—Pasar no pasa nada. Pero va a pasar —Adela dejó transcurrir un segundo, haciéndose la interesante—. Me imagino que te va a llegar una carta igual a la que yo he recibido.

Ariosto no fue capaz de adivinar de qué se trataba. Pero sabía cómo averiguarlo.

—¡Ah!, ¿sí? ¿Y quién te la envía?

—La Casa Real, nada menos —contestó Adela—. ¿Qué te parece?

—Muy bien, por supuesto. Ya era hora de que reconociesen tu importancia social.

La voz de Adela adquirió un tono indignado.

—¿Cómo dices? Perdona, pero la Casa Real ya me enviaba cartas desde los tiempos de Franco.

Ariosto sabía que era inútil replicar. Aunque ese detalle de la dictadura merecía una investigación.

—Perdóname tú, querida Adela. Me refería a que tus últimas apariciones en la vida cultural canaria han hecho que todo el mundo esté pendiente de ti.

Adela tardó unos segundos en responder. Estaba pensando la respuesta, sin duda.

—Es posible —dijo—. Sobre todo a partir de la visita de Antoinette, la médium.

Ariosto dio un respingo al escuchar el nombre. No era una mujer fácil de olvidar.

—Porque te acuerdas de Antoinette, ¿verdad? —inquirió Adela.

Ariosto no dudó la respuesta.

—Por supuesto. Una personalidad arrebatadora.

Adela se sintió complacida con esa referencia a su amiga.

—¿Arrebatadora? —preguntó—. ¿Solo eso? Creo que hiciste buena amistad con ella, ¿no?

Ariosto se percató del anzuelo que le tendía su tía. Su íntima relación con la francesa debía mantenerse en una elegante discreción.

—Una amiga especial, querida Adela —contestó, por fin.

Adela sospechaba que había algo más, su instinto y los setenta y pico años de experiencia se lo decían, pero no quería presionar demasiado a su sobrino.

—¿No piensas volver a verla? —preguntó.

—La vida da muchas vueltas, nunca se sabe —respondió Ariosto.

Adela, cansada de las respuestas diplomáticas, decidió retomar el inicio de la conversación

—Bueno, lo que te decía. Te leo el contenido de la carta que he recibido:

Sus Majestades los Reyes
(q.D.g.)
y en Su nombre el Jefe de Su Casa
tienen el honor de invitarle
a la inauguración del Museo de las Asociaciones
Humanas, calle San Lucas, 27, el próximo día 15 de
febrero, a las trece horas.

La recepción con motivo de la visita real se celebrará
en el salón de plenos del ayuntamiento de la capital a las
catorce treinta horas.

Caballeros: Traje oscuro.
Señoras: Vestido corto.

—En menos de dos semanas. Todo un honor —comentó Ariosto—. Me alegra que estés en la lista de invitados. Te lo mereces.

—Voy a tener que comprarme algo para la ocasión.

Ariosto tembló ante lo que, con total seguridad, venía después.

—Que sea algo bonito y elegante, Adela. No hace falta indicarte nada, tú sabes elegir muy bien.

—Es que había pensado en que me acompañaras —terció Adela.

«Lo sabía», pensó Ariosto. No se iba a librar. La frase anterior no le había servido de nada.

—Como quieras —se rindió—, pero no más de tres boutiques, por favor.

—Cuatro y no se hable más —regateó la tía—. Es el número mínimo necesario para que no se enfaden. Si se enteran de que no las visito podrían murmurar.

—¿Las dueñas de las boutiques van a murmurar?

—¡No, tonto!, ¡mis amigas! ¿Cuándo se ha visto que yo me compre un vestido en la tercera tienda? Tengo que dejarme ver y que todas sepan para qué lo necesito.

Ariosto no quiso ahondar en las oscuras razones que explicaban su tortuoso modo de pensar y echó de menos el aria de Kraus.

—Ya quedaremos, Adela —dijo, a modo de despedida—. Pasa una buena tarde.

—Claro, Luisito. Pero acuérdate de que mañana estamos invitados a cenar en casa de los Gutiérrez de Peraza.

Ariosto puso los ojos en blanco. La hija de los Gutiérrez, Pilarín, era una señorita de cuarenta y tantos que sus tías trataban de endilgarle como pareja.

—Me acuerdo —musitó a regañadientes—. Un beso.

Ariosto colgó el teléfono y se dispuso a volver a la butaca. Pero su curiosidad pudo más. Se desvió a la entrada de la casa y miró en la consola más cercana a la puerta principal, donde se depositaba el correo. Entre unos anodinos sobres bancarios y de empresas de servicios, distinguió uno de un papel de calidad superior. Lo sacó del grupo y lo examinó. De la Casa Real. No hacía falta abrirlo. Ya tenía plan para dentro de once días.

6

Shanghái, 4 de febrero

Chu Ming se sentía satisfecho. En la penumbra, de un solo vistazo, comprobó que todos los representantes de las familias clientes habían acudido a la convocatoria. Cómo no iban a hacerlo. Cada una de ellas contaba con dos o tres miembros en el extranjero, que habían salido de China gracias a él, y que ahora vivían y prosperaban en los decadentes países de Occidente. El hecho de que Ming se llevara la mitad de los beneficios no era relevante; lo importante era que aquellos desgraciados habían escapado de la miseria de los arrabales de Shanghái por su intercesión.

Y por eso estaban allí, fieles a su llamada. Por gratitud. Y aquel era un momento en que debían expresarla con actos. Justo los que les iba a exigir a continuación.

—Bienvenidos, queridos amigos. —La voz cavernosa de Ming, a juego con su extraordinaria corpulencia, se escuchó a la perfección en el amplio garaje de una de sus fábricas. Todos los asistentes se encontraban de pie, en torno al líder—. Tengo que pediros a seis de vosotros un gran favor.

Los congregados intercambiaron miradas huidizas entre ellos. Todos estaban deseosos de agradar al gran jefe, pero temían el coste. Porque habría un coste. De eso estaban seguros.

—Os he convocado porque sois las familias que tenéis a alguno de vuestros hijos en España.

Muchos asintieron. Según las noticias que llegaban, se vivía bien en aquel país. La gente apenas era xenófoba y la policía hacía pocas preguntas.

—Y más en concreto, en las Islas Canarias —prosiguió Ming, recorriendo con su mirada los rostros de sus convocados—. Allí están prosperando. ¿No es así?

Un murmullo de asentimiento general respondió a la pregunta.

—Solo tienen que hacer lo que se les pida en un momento concreto. Se trata de una operación comercial de la máxima importancia. Todos serán piezas de un engranaje colectivo que debe funcionar a la perfección.

Uno de los hombres de mayor edad aprovechó la pausa para intervenir.

—Puede contar con nosotros, señor Ming.

Ming esbozó un rictus que pretendía ser una sonrisa. El viejo Chang se comportaba como era debido. Tenía siete nietos en aquel archipiélago cercano a África. No esperaba menos de él.

—Gracias, señor Chang —respondió, y volvió a mirar a todos y a ninguno—. Hay una condición. Y os la voy a decir una sola vez.

Ming dejó transcurrir unos segundos y creó la expectación que esperaba.

—No toleraré dudas ni indecisiones —sentenció, haciendo su voz más profunda aún—. Si alguno falla, la culpa recaerá sobre el resto de la familia. Y las consecuencias serán terribles. Ya me conocéis.

Un helado hálito de miedo recorrió el penumbroso garaje. En efecto, todos le conocían.

Ming volvió a intentar sonreír antes de proseguir.

—Pero eso no ocurrirá. Gracias por vuestra colaboración, amigos.

Todos comprendieron que la reunión había terminado. No hubo preguntas. Tras las preceptivas inclinaciones de despedida, los asistentes fueron saliendo del garaje. Ming los saludó a todos uno por uno. En cinco minutos solo quedaron en el amplio espacio dos personas: Ming y otro hombre, que permaneció quieto.

—Señor Ming —dijo el que esperaba, una vez solos—, usted dirá.

Ming se acercó y le pasó un brazo por el hombro. La complexión física del primero apabullaba al segundo.

—Mi buen Lao. ¿Cómo están sus hijos? —preguntó.

—Muy bien. Han terminado sus estudios en Boston y van a empezar a trabajar en importantes empresas de sus respectivas carreras. Todo gracias a usted, señor Ming.

—Perfecto, perfecto —asintió el jefe—. Me imagino que se preguntará por qué le he llamado, señor Lao.

—Sí, señor. No tengo familia en España que lo explique.

Ming se dirigió despacio hacia la salida del garaje. Su abrazo obligó al hombre a caminar con él.

—Su fábrica de componentes de aeromodelismo sigue funcionando bien, ¿verdad?

Lao sintió una punzada de aprensión.

—Así es, señor Ming.

—Bien, señor Lao. ¿Y le va bien la exportación de los aparatos?

—Son muy demandados en Occidente. Miniaviones, helicópteros y lo último, los drones. Se venden muy bien.

—¿Y sería capaz de poner un contenedor de sus juguetes en las Islas Canarias en una semana?

Lao hizo cálculos rápidos. Habría que dar muchas vueltas de tuerca.

—Imposible. Demasiado poco tiempo. Si hay prisa, se pueden enviar palés por avión.

—No, prefiero el barco —dijo, sin dar más explicaciones.

—Entonces podríamos enviar la mercancía por avión a un país cercano, como Marruecos o Portugal, y embarcarla desde allí. Llegaría a tiempo.

Ming sonrió, esta vez de veras, antes de proseguir.

—Señor Lao —le dijo, frente a frente—. Siempre he estado orgulloso de nuestra amistad. Necesito que me haga ese pequeño favor.

35

—¿Enviar aviones de aeromodelismo a España?

—Sí, aunque algunas de las piezas, muy pocas, sufrirán alguna modificación. Pero de eso no tiene por qué preocuparse.

7

Medellín, Colombia, 4 de febrero

—*S*eremos tres, no hacen falta más.

Manuel Restrepo, el capataz de los sicarios, inhaló el humo de su cigarrillo y no tuvo el menor reparo en exhalarlo delante del rostro de su jefe. Este no se inmutó, sostenía a su vez un habano encendido que desprendía un denso aroma caribeño.

—Cuanta menos gente esté al tanto de esto, mejor —respondió—. ¿Cómo lo harás?

—Deje eso de mi cuenta, don Marcos. Le basta con saber que queremos volver todos, por lo que será a distancia.

—¿Un francotirador? ¿Explosivos? —insistió el cabecilla.

—¿Qué más le da? —El mercenario se retrepó en su asiento, colocándose más cómodo—. Mientras lo hagamos y a nadie le salpique nada, no tiene por qué preocuparse.

—Yo no te conozco ni tú a mí. Eso ya está hablado desde hace muchos años. —Don Marcos chupó su puro y provocó una nube intensa de humo en el reservado de aquella cantina del extrarradio—. ¿Cuándo lo harás?

—Estamos mal de tiempo, con una fecha tope, por lo que habrá que aprovechar los últimos días disponibles. El cuándo implica el dónde. Según los datos facilitados en Internet, tendremos que viajar a las Islas Canarias.

—Un lugar lejano —comentó el jefe—. ¿Complicará eso las cosas?

—Fácil no va a ser, pero estamos acostumbrados. Si hemos podido actuar en Estados Unidos, no será más difícil en España. Allí pasaremos desapercibidos, existe una colonia de hermanos bastante amplia.

—Sabes que están controlando con minuciosidad la entrada de colombianos.

—A los colombianos sí, pero no a los estadounidenses. Sus pasaportes abren las puertas de todas las fronteras.

El jefe sonrió, orgulloso de que aquel hombre estuviera a su servicio.

—¿Rafael puede conseguirte pasaportes yanquis?

—Desde luego. Incluso los puede fabricar iguales a los originales. Aunque en este caso van a ser auténticos. No se preocupe por las fotos, a los europeos todos los americanos con rasgos indígenas les parecen iguales.

—En eso tienes razón.

Ambos hombres guardaron silencio unos segundos, que aprovecharon para dar sendas caladas a sus cigarros.

—Solo hay un problema —dijo el capataz—. El dinero.

—¿El dinero? —preguntó el jefe—. ¿Qué problema es ese?

—Don Marcos, usted sabe que tenemos familias que alimentar, y que este va a ser un golpe muy importante. Lo suficiente para obligarnos a salir de la circulación por mucho tiempo. Van a intentar darnos caza con todas sus fuerzas.

El jefe cambió de posición en la silla, incómodo por el giro de la conversación.

—¿Te parece poco cinco millones de dólares para ti y para los hombres que elijas? —inquirió.

—Patrón, con todos los respetos, los dos sabemos que usted va a cobrar mucho más por el trabajo. Mucho, mucho más. Lo vale.

Don Marcos se incorporó y se sentó mejor en su asiento. Miró fijamente a Restrepo y trató de evaluarlo. En todos los años que lo conocía, jamás se había revelado como un tipo avaricioso. Pero, claro, nunca habían tenido un encargo como aquel, y tan bien pagado.

—¿Cuánto crees que vale? —preguntó.

—Como mínimo cincuenta millones. No creo que usted se hubiera comprometido por menos. Nos conocemos, ¿verdad?

Don Marcos dejó pasar unos segundos, considerando si su subalterno estaba pasándose de la raya.

—¿Y qué es lo que crees que debe corresponderte?

—La mitad, patrón. Creo que es lo justo. Y no piense que trato de desafiarlo, ni mucho menos. Si no está de acuerdo puede buscar a otros. En Colombia hay sicarios de sobra. Ahí tiene a Los Quesitos.

El jefe dio un respingo al escuchar ese nombre.

—¿Estás loco? Ni por todo el oro del mundo me mezclo con esos. Ni con Los Priscos ni con cualquier otro de esa calaña. Quiero morirme en mi cama, y de viejo, a ser posible.

Restrepo enarcó ambas cejas, esperando una respuesta. El jefe le dio un par de vueltas más a la petición. Veinticinco tampoco era mal negocio. Le quedaban tres cuartos del montante total para él.

—De acuerdo, veinticinco, pero sabes que me engañas y te quedas casi con todo. Solo me tocan apenas unas migajas, pero lo haré por ti y por tu familia.

Restrepo se irguió en su silla y extendió la mano. Su jefe lo miró a los ojos unos instantes y se la estrechó.

—Gracias, patrón. Sabe que no le voy a defraudar.

—Lo que me temo es que te voy a perder de vista, con todo ese dinero.

Don Marcos hizo un gesto con la mano y el capataz comprendió que la entrevista había terminado. Se levantó y colocó bien la silla junto a la mesa.

—Tómelo como una jubilación anticipada. No todo en la vida es trabajar.

—Claro que sí. —El patrón asintió, en apariencia comprensivo—. Tendrás tu jubilación, pero solo si haces bien el trabajo.

La mirada de don Marcos se volvió oscura. Faltaba una frase, el capataz la esperaba.

—Si fallas, yo mismo contrataré a Los Quesitos y a Los Priscos para que te busquen donde te hayas escondido. Y les pagaré bien.

39

El sicario sintió un escalofrío, pero trató de que no se le notase.

—No va a ser necesario, don Marcos —respondió—. No va a ser necesario.

8

Santa Cruz de Tenerife, 6 de febrero, dos días después

— Ya ha llegado el inspector de Patrimonio.

La voz del técnico de la empresa de aguas deshizo la concentración que la arqueóloga Marta Herrero dedicaba a un informe geológico del tubo volcánico de la calle del Pilar.

—Bien —respondió—. Entonces podemos empezar.

Dos días de intensos trámites administrativos había requerido la autorización para realizar la intervención arqueológica en la caverna natural. Algo tan simple como retirar la puerta de piedra requería una serie de informes de lo más variopinto, algunos sellos y determinados vistos buenos de funcionarios a quienes aquello ni les iba ni les venía pero que debían intervenir, por ese imperativo legal tan del gusto de los políticos de regularlo absolutamente todo, para que entre todos, al final, recayera la bendición sobre el proyecto y se pudiera ejecutar.

De entrada, la arqueóloga tuvo que explicar que se trataba de una intervención arqueológica, y no de una excavación, que eran cosas distintas. Aunque, en realidad, no se sabía muy bien si habría que excavar, ya que nadie tenía la más remota idea de lo que se encontrarían detrás de la puerta tapiada. Luego, al entrar en detalles, aclaró que el muro se desmontaría pieza a pieza con todo el cuidado del mundo, y que cada piedra se reservaría numerada en un lugar apropiado hasta que se decidiera su destino final. Había que incluir eso en los informes, es lo que se esperaba, aunque con toda probabilidad los componentes del muro no tendrían el más mínimo interés arqueológico. Salvo la piedra con la calavera, que seguro que se iba a conservar. Merecía un estudio de estilo para fecharla.

Marta bajó de la calle al oscuro agujero por la escalera metálica extensible. Le siguieron los integrantes del equipo que iba a acometer los trabajos: dos arqueólogos ayudantes, David y Jonay; el técnico de aguas; y un inspector de Patrimonio. El concejal, Iván Yanes, se había apuntado con entusiasmo a la excursión, pero Marta le recordó que sufría de claustrofobia y le exigió que enviara a uno de sus subalternos. Y es que Marta había logrado mantener a raya a los políticos y a los periodistas. A los primeros, porque había minimizado la importancia de la puerta y, por ello, como no merecía una foto siquiera, no llamó la atención de los representantes públicos. Y a los segundos, porque la noticia no se había filtrado a la prensa todavía, casi de milagro. La cobertura cómplice de la empresa de aguas, cuyo representante manifestó que se trataba de una reparación en la red de alcantarillado, fue suficiente para que el operativo pasara desapercibido. No obstante, se había instalado una cámara en el túnel que iba a registrar todos los pasos que se disponían a dar, por si acaso aquel esfuerzo mereciera pasar a la posteridad.

Un pequeño andamio de un metro de altura estaba montado colocado junto a la puerta tapiada. Marta se subió a él y David, uno de sus ayudantes, hizo lo mismo. Sin más miramientos comenzaron a trabajar, raspando y desgastando con una pequeña taladradora eléctrica el mortero de unión de las piedras de la hilera superior. El material se fue deshaciendo con facilidad ante el empuje de la broca del taladro, y las piedras se perfilaron con la oscuridad proveniente del interior.

El repaso a la primera piedra rectangular por tres de sus lados obtuvo su premio. Marta trató de extraerla y esta salió a la primera, arrastrando polvo y restos de mortero. Con cuidado, utilizando ambas manos, la sacó de su lugar de descanso centenario y se la pasó al segundo ayudante, que la esperaba a nivel del suelo.

—Piedra número uno —anunció.

Se volvió al muro y trató de echar un vistazo a través del hueco.

—La linterna halógena, por favor —solicitó.

El técnico de aguas se la entregó.

Ante la mirada expectante de los que la rodeaban, Marta introdujo la linterna en el agujero y se dispuso a mirar más allá del muro. Se sintió por un segundo como Howard Carter ante la puerta de la tumba de Tutankhamon. Miró, pero en este caso no vio cosas maravillosas.

—Veo un pasillo de unos tres metros que se quiebra en un recodo a su derecha —informó—. Nada más. El hueco es irregular, y parece excavado en la roca viva.

Marta se volvió y dejó que sus ayudantes miraran a su vez. Los dos invitados, que se habían mantenido en silencio con evidente cara de envidia, también pudieron hacerlo a continuación.

—Hay que abrir la puerta para poder acceder al pasillo y saber qué hay tras el ángulo —indicó. Y, sin más, comenzó de nuevo a trabajar en la unión de las piedras.

Los tres arqueólogos se turnaron en la tarea de rozar las junturas de las piedras, sacarlas una a una, y colocarlas alineadas en el suelo. Tardaron unos veinte minutos en dejar abierto un hueco de unos ochenta centímetros.

—Por aquí ya cabe una persona —señaló Jonay.

—Pues adentro entonces —convino Marta.

La arqueóloga introdujo la pierna izquierda, se sentó en el borde del muro, inclinó el torso al máximo, pasó la pierna derecha y entró en el pasillo, dejándose caer al otro lado.

Con la linterna en la mano, comprobó que no había obstáculos en el suelo, y avanzó en dirección al cambio de dirección. Llegó a la esquina y la dobló. Se encontró con que el pasillo seguía adelante pero, a unos cinco metros, un enorme conjunto de derrubios obstruía el paso. El techo había cedido y el pasadizo se encontraba colmado de piedras y tierra hasta arriba.

La luz de su linterna se paseó por el conjunto informe que impedía el paso y un destello llamó la atención de la arqueólo-

43

ga. Se acercó unos pasos, los suficientes para determinar cuál era su origen.

—¿Ves algo? —El arqueólogo ayudante había entrado a su vez en el pasillo y había llegado a su espalda.

—Sí —respondió, con voz nerviosa—. Complicaciones.

Alumbrada por el foco de la linterna, semienterrada entre las piedras, se distinguía la forma inequívoca de una mano humana, momificada por el paso del tiempo. Portaba en su muñeca una enmohecida pulsera metálica que había reflejado la luz. No hacía falta tener mucha imaginación para comprender que el resto del cuerpo yacía enterrado bajo los escombros.

9

Santa Cruz de Tenerife, 6 de febrero

*E*l inspector de policía Antonio Galán, un hombre de unos cuarenta y pocos años, complexión atlética y expresión resuelta, entró en el despacho del notario. Llevaba esperando diez minutos. Le asombró que lo recibiera tan pronto. Con los notarios se sabía la hora de la cita, pero nunca la hora en que se terminaba.

—Buenos días, inspector —le saludó Horacio Perera, miembro del ilustre colegio notarial de Santa Cruz de Tenerife, según rezaba el título que coronaba el sillón giratorio de trabajo, a su espalda.

Galán respondió al saludo estrechando la mano del jurista. Lo conocía de haber despachado con él algunas escrituras, de esas que es difícil evitar firmar en la vida: una hipoteca, un reconocimiento de firma, y alguna que otra cosilla más.

Galán se sentó en una butaca más pequeña y menos cómoda, enfrentada a la del propietario del despacho, un hombre grueso, calvo y con expresión de estar siempre enojado.

—Usted dirá, don Horacio.

El notario hizo como que rebuscaba en los papeles del escritorio y pareció hallar el documento objeto de su registro. Galán hubiera picado si no fuera porque lo había visto en otra ocasión exhibir aquel teatro. Era una forma de entrar en materia cuando el asunto a tratar se salía de lo ordinario.

—¡Ah! ¡Aquí está! —exclamó, exhibiendo una escritura con la portada de color amarillo.

Se colocó las gafas de presbicia en la punta de la nariz, se humedeció la punta del dedo índice con la lengua, y comenzó a pasar páginas del documento, bastante voluminoso.

—Tengo entendido que era conocido de don Matías Arencibia —preguntó el notario, comprobando el asentimiento de Galán por encima de sus lentes.

—Así es. Era buen amigo mío —respondió el policía—. Por él entré en el Cuerpo. Fue, por decirlo así, mi padrino en los primeros años de profesión.

—Eso tenía entendido —concluyó el notario Perera—. Sabrá usted, cómo no, que don Matías murió hace cinco años.

—Claro, asistí a su entierro, como todos los compañeros.

—Pues bien, y esta es la razón por la que le he mandado llamar: don Matías hizo una mención a usted en su testamento.

Galán abrió los ojos de la sorpresa. «¿En su testamento?»

—¿Y qué dice? —preguntó al notario.

—Se trata de un legado, ya sabe, proveniente de la parte correspondiente al tercio de libre disposición que tiene toda herencia.

—Un regalo, entonces —cortó Galán antes de que continuara con las explicaciones jurídicas.

El notario se lo pensó unas décimas de segundo.

—Sí, puede llamarlo así —sentenció—. Lo curioso del caso es que el mandato contenido en el testamento indicaba que ese regalo debía serle entregado a usted a los cinco años de su muerte.

Galán se envaró en la silla. Aquella noticia hizo que su curiosidad creciera.

—¿Hay algo para mí de Matías? —inquirió.

—En efecto. Llevo guardándolo en mi archivo, por expreso deseo de la familia, hasta el día de hoy.

Galán pensó en los familiares de Matías. Su mujer, su hija, sus nietos. Había perdido el contacto con ellos después del fallecimiento del patriarca, pero alguna vez que otra se los tropezaba por La Laguna. Y nunca le habían comentado nada de ese mandato testamentario. «Un secreto de familia bien llevado», pensó.

—¿Y de qué se trata?

El notario se levantó de su mesa y se acercó a una de las sillas de cortesía que se encontraban en un extremo del despacho. Cogió una caja envuelta en papel de estraza y la dejó en el escritorio. Sobre ella aparecía un sobre blanco. El policía echó un vistazo rápido: «para Antonio Galán», rezaba. No había duda.

—Aquí los tiene —dijo el notario, satisfecho—. Un sobre y una caja. Es el legado de don Matías.

Galán no sabía qué hacer. ¿Debía leer el contenido de la carta y abrir la caja allí mismo? El notario se percató de su indecisión.

—No es necesario que los examine aquí —añadió—. Para cumplir con mi misión como notario solo necesito que firme el recibí de la entrega. Con eso, puede usted marcharse.

Galán miró fijamente los dos objetos. Tanto el sobre como el envoltorio poseían el aspecto de no haberse tocado en años. Al menos cinco, se dijo, pero aparentaban más, sobre todo la caja.

—Mi curiosidad puede más —dijo el inspector—. ¿Me permite leer la carta un momento?

—Faltaría más —respondió con celeridad—. El despacho es suyo.

El notario salió de la estancia y Galán tomó el sobre. Su delgadez le indicó que contenía un solo folio. Perplejo, cogió un abrecartas de la mesa del notario y rasgó el borde. Extrajo una pequeña cuartilla amarillenta escrita a mano y reconoció la letra de Matías, que le hablaba desde el pasado:

Querido amigo Antonio:

Cuando leas estas líneas, hará tiempo que no nos vemos. Estoy seguro de que te acuerdas de mí de vez en cuando, y tengo la certeza de que ese detalle es recíproco, esté donde esté.

47

Espero que no te enfades con lo que voy a proponerte. Es mi última orden como superior tuyo. Aunque más bien es un ruego, de amigo a amigo, de colega a colega.

Lo que hay en la caja no es un regalo, dicho con propiedad, sino un desafío. Se trata de una copia del expediente policial de un asesinato ocurrido mucho tiempo atrás y que no fue resuelto, como tantos otros.

Cuando le eches un vistazo sabrás de qué hablo. Yo no he sido capaz de resolverlo, tal vez por falta de objetividad.

Es posible que con los medios actuales puedas llegar más allá de donde pudimos hacerlo los de la vieja guardia. Si tienes algo de tiempo, míralo con cariño y, si puedes, busca.

Estoy convencido de que vas a encontrar algo insospechado. Si es así, haz buen uso de tu hallazgo.

Recibe mi más fuerte abrazo, amigo mío.

Matías Arencibia.

48   Galán leyó la carta por segunda vez, con algo de emoción. El viejo Matías seguía haciendo de las suyas después de muerto. Decenas de casos habían empezado de aquella manera, el comisario entraba en su despacho, dejaba el expediente sobre su mesa y le decía: «Busca, Galán, busca».

Sabiendo lo que contenía la caja, no tenía objeto abrirla en el despacho del notario. Se levantó, la tomó entre sus manos y se dispuso a salir, sintiendo dudas sobre su capacidad para resolver algo que su jefe no hubiera podido aclarar.

Pero lo que le inquietaba era el final del mensaje. «¿Algo insospechado?»

Otro detalle le desconcertaba aún más. La fecha de la carta no era de cinco años antes, sino de quince.

10

Santa Cruz de Tenerife, 6 de febrero

El despacho de Núñez, el director del *Diario de Tenerife*, olía a tabaco. Era un secreto a voces que el jefe fumaba a escondidas y, por mucho que abriera las ventanas, el olor no se iba. La reportera Sandra Clavijo lo constató desde que entró en la estancia pero hizo como todos, ignorar el aroma, era un detalle que venía de fábrica con el director.

Sandra, una joven morena de veintipico años, melena hasta los hombros, delgada y vestida como las jóvenes de su edad, se había ganado a pulso el cargo de redactora en el periódico. Primero con el seguimiento de los asesinatos en serie de La Laguna, luego con el secuestro del nuncio, más tarde con la búsqueda del fantasma de Catalina y, por último, con sus crónicas de la crisis del petrolero ruso. Sus artículos, muy cercanos a los hechos, habían creado expectación entre los lectores del rotativo y le habían asegurado unos clientes fieles todas las mañanas en la ciudad. Por eso Núñez la tenía en tanta consideración, no era ningún misterio, todos los compañeros lo sabían y todos participaban del mismo aprecio.

—Siéntate, Sandra, por favor —El director dejó a un lado el recorte de prensa que estudiaba con ayuda de una lupa enorme, recuerdo de otra época, que se empeñaba en mantener en uso—. Tú cubriste hace tiempo la sección de sociedad, ¿verdad?

Sandra dio un respingo. No quería acordarse de aquella época, cuando comenzó en el periódico. Asistir a las inauguraciones, recepciones y cócteles promovidos por políticos y otras personas relativamente conocidas a quienes importaba más la foto que el evento que presidían. Y todas, o casi todas, a última hora de la tarde, algo nefasto para un periodista, ya que debía escribir la crónica de lo sucedido.

—Usted sabe la respuesta, jefe —respondió con sequedad, en tono preventivo—. Salí de allí gracias a las crónicas del asesino de los túneles.

—Sí, sí —Núñez asintió, con despreocupación, como pensando en otra cosa—. Lo digo porque entonces tienes experiencia en acontecimientos sociales.

Sandra se revolvió en su asiento, inquieta.

—¿No pretenderá que cubra alguna fiesta de la jet? —preguntó.

Núñez soltó una carcajada.

—La jet ya apenas hace fiestas —respondió, afable—. Ya no hay dinero público con qué hacerlas. Y las últimas a que nos invitaron me encargué yo mismo de cubrirlas.

—Entonces, ¿a qué viene esa pregunta?

—El día 15, en apenas diez días, tendremos el honor de recibir la visita de sus majestades los reyes. Hay que cubrir el evento.

Sandra refunfuñó por lo bajo.

—Tenemos a Dorta, es nuestro mejor redactor de sociedad —indicó.

—Desde luego, él seguirá a la comitiva real. Pero hay algo para lo que te necesito a ti.

—¿A mí? ¿Qué tiene en mente, jefe?

—La Reina nos ha concedido una entrevista personal. En exclusiva.

Sandra abrió la boca. Su majestad no solía acceder a las peticiones de la prensa. Era todo un logro para el periódico.

—Felicidades, ¿cómo lo ha conseguido?

Núñez sonrió.

—Para algo pago religiosamente las cuotas mensuales del club de golf. Los contactos, Sandra, hay que mimarlos.

—¿Y en qué intervengo yo en eso?

El director se levantó y se subió, en un tic nervioso, el cinturón de los pantalones, sometiendo a su oronda barriga a un sufrimiento imprevisto. Había llegado a donde quería llevar a la periodista.

—¿Te apetece entrevistar a la Reina?

Sandra volvió a abrir la boca.

—¿Yo? ¿Por qué yo?

Núñez hizo una mueca con los labios, mitad sonrisa, mitad guiño.

—Quiero un enfoque distinto, algo nuevo, que llame la atención, que surja el lado desconocido de la mujer del rey. Y tú puedes lograrlo.

Sandra se sintió halagada y alarmada al mismo tiempo.

—Usted está loco. ¿Entrevistar yo a la Reina?

—Tú eres joven, la conquistarás, eso seguro. Plantéalo como si le pidieras consejo. Algo así. —Núñez abrió los brazos y elevó su mirada al techo—. ¡Toda tu generación necesita su consejo!

Sandra temió que Núñez siguiera explayándose con sus nuevas ideas. Era mejor cortar por lo sano.

—De acuerdo. Lo haré.

El director se detuvo en su éxtasis imaginativo, algo decepcionado, se estaba entusiasmando y había pensado que le iba a costar más convencer a su redactora. Bajó los brazos.

—¿Lo harás? —preguntó, inseguro.

—Sí. Lo haré —respondió Sandra—. Con dos condiciones.

Núñez volvió a su pose de zorro taimado y se sentó en su butaca.

—¿Cuáles?

—Nada de preguntas redactadas de antemano por usted.

—De acuerdo —dijo el director—. ¿Y la otra?

—Doble sueldo este mes.

Y Sandra se levantó y salió con rapidez del despacho antes de que Núñez tuviera tiempo de responderle.

11

Santa Cruz de Tenerife, 7 de febrero, al día siguiente

Shudi Deng permanecía firme detrás del mostrador, como todos los días, tras llevar dieciséis horas de pie al frente de su negocio. Se cumplían aquella semana doce años del comienzo de la venta de productos chinos de bazar en un pequeño local de la estrecha y olvidada calle La Palma, en el centro de la ciudad. A pesar de ser paralela a la bulliciosa calle del Castillo, apenas llegaba de su ajetreo un sordo rumor al tranquilo y solitario pasaje peatonal donde se encontraba abierta *Casa Deng*.

Miró su reloj, un Rolex de imitación, y se percató de que ya eran las once. Hora de cerrar. Avisó a sus dos hijos y a sus tres sobrinos, sus empleados, de que había llegado el momento de bajar la puerta metálica enrollable y de comenzar a apagar las luces del negocio.

Deng también tenías ganas de aparcar por unas horas el trabajo para aplacar su curiosidad. Había recibido en un sobre un telegrama de China, de su familia, y no había tenido tiempo de abrirlo en todo el día.

No conocía su contenido, sólo que se la enviaba su tío abuelo Chang Deng, su familiar vivo de más edad y por ello, el más digno de respeto. En la era de las comunicaciones electrónicas le llegaba un telegrama. Ya nadie enviaba telegramas. Algo esperable del venerable Chang, a quien le horrorizaba incluso el teléfono.

Deng dudaba entre abrir el sobre en casa o allí mismo, en la tienda. Pensó que era mejor hacerlo fuera de su apartamento de dos habitaciones para ocho personas, no tendría intimidad.

Comprobó que todo estuviera en su lugar para cerrar y despidió a los chicos. Él llegaría a casa enseguida.

Al minuto de haber salido el último sobrino, sacó el sobre que le quemaba en el bolsillo del pantalón y buscó unas tijeras. Introdujo el extremo más puntiagudo en el nacimiento del doblez y rasgó el papel. Sacó una hoja impresa en caracteres chinos con un mensaje escrito en el dialecto de Qingtian, su región natal, y se dispuso a leerla.

A la mitad del telegrama decidió sentarse. Sacó un pequeño taburete que se utilizaba, más que como asiento, para auparse a descolgar mercancía fijada en las paredes, y se sentó. Un sudor frío recorrió su frente.

Shudi Deng siguió la lectura de la misiva hasta el final, casi hipnotizado, y cuando terminó, dobló el telegrama y lo volvió a meter dentro del sobre.

Sabía que alguna vez llegaría este momento. Por mucho que hubiera pagado su deuda para salir de su país, siempre quedaban intereses por cobrar. Y ahora se los estaban exigiendo.

El venerable tío abuelo debió verse muy presionado para escribir una carta como aquella. Sobre todo a su sobrino preferido.

Pero lo había hecho.

Más que un mensaje, el telegrama contenía una serie de instrucciones a obedecer sin rechistar. La seguridad de la familia, en su sentido extenso, en China podría estar en juego.

Unas cajas de mercancías iban a llegarle en apenas unos días. Debía recibirlas y custodiarlas hasta que una persona pasara a recogerlas. Por nada del mundo debía tratar de averiguar su contenido. Solo recibir y entregar, sin preguntas.

Pero lo peor no era eso.

Debía poner a disposición de ese extraño a uno de los integrantes de la familia, que debía obedecerle en todo lo que le ordenara, aunque le fuera la vida en ello. Se tratara de lo que se tratase.

53

Eso solo podía significar problemas. Todos aquellos años intentando cumplir al pie de la letra con las rígidas leyes españolas, pagando sus abusivos impuestos, tratando de pasar desapercibido, y ahora todo su esfuerzo podía irse al traste.

Y no podía negarse. Era el tributo de la familia, del clan, hacia aquel que los había favorecido en su tierra natal para que pudieran prosperar. Un tributo que podía ser de sangre.

Shudi Deng sabía que su sufrimiento era inútil. Obedecería. No tenía otra opción.

Y no tenía ninguna duda sobre cuál de los miembros de su familia sería el elegido.

12

Liubliana, Eslovenia, 7 de febrero

*E*l funcionario del control de pasaportes del aeropuerto de Brnik–Liubliana estudió con detenimiento el pasaporte estadounidense que tenía delante. Mark Estévez, nacido en Florida, 56 años, domiciliado en Nueva York. Motivo del viaje: turismo.

Comprobó que el rostro moreno del sujeto que tenía al otro lado de la ventanilla correspondía al del pasaporte. Formaba parte de un grupo norteamericano de viaje organizado, como le habían informado, que llegaba en un vuelo de Lufthansa procedente de Nueva York con escala en Fráncfort —doce horas y media de vuelo— con la intención de visitar los Alpes eslovenos y sus preciosos lagos. «Bienvenidos sean los turistas —pensó—, sobre todo los yanquis, que dejan buena pasta en el país».

El funcionario echó un último vistazo a la pantalla de su ordenador. Ninguna alarma con el número de pasaporte. Devolvió el documento al viajero, le hizo una señal para pasase al otro lado del control, y se olvidó de él inmediatamente.

Estévez recogió con presteza su pasaporte y sonrió.

Ya estaba dentro.

Manuel Restrepo, que viajaba con la identidad de Mark Estévez, recogió su equipaje, se reunió con el resto del grupo y siguió a la rubia azafata de la operadora de viajes, Ludmila, que les estaba esperando en el aeropuerto. El grupo en masa pasó por delante de los guardias de la aduana, que les permitieron pasar sin abrir ni una sola maleta. Consideración de Grupo VIP, ninguna molestia.

Los turistas salieron al aire frío de la mañana eslovena y subieron a un autobús que realizó en veinte minutos el trayecto de veinticinco kilómetros entre el aeropuerto y la capital, Liubliana. Desembarcaron en la puerta del Grand Hotel Union, en el centro de la ciudad. La guía, con aire competente, les ayudó en la recepción en la adjudicación de las habitaciones, dio unas cuantas indicaciones sobre cómo moverse en Liubliana y los citó a las cuatro para la excursión de la tarde. Pero aquello no iba con él. Había acordado que se movería con libertad durante toda la estancia. Ninguna excursión. Nadie le esperaría ni estaría pendiente de él hasta el día de regreso.

Restrepo, al igual que el resto de los pasajeros, subió a su habitación y tomó posesión de ella. Pero no deshizo el equipaje. Miró su reloj: las diez treinta hora local. Tenía tiempo suficiente.

Tomó su maleta y bajó al lobby del hotel, se encaminó con determinación a la puerta y salió a la Miklosiceva cesta, la calle donde se ubicaba el hotel. Giró a su derecha y caminó doscientos metros hasta llegar a una amplia plaza circular adoquinada, la Presernov, desde donde podía ver, al otro lado del río Liublianica, entre la bruma invernal, cómo se alzaba la colina coronada por el antiguo castillo de la ciudad, el grad Liublianski. Aunque toda la zona era peatonal tuvo suerte, un taxi pasaba por allí y lo detuvo. El viaje hasta la estación central duró apenas diez minutos, el centro de la ciudad no era muy grande. Pagó y se introdujo en un imponente edificio con jardín exterior, que incluía estatua ecuestre, que asemejaba más un ministerio que una estación ferroviaria.

El interior era amplio y se respiraba un aire decadente, como de años veinte. Se dirigió a la oficina de ventas y compró un billete con destino a Venecia. Partía en hora y media. Le sobraba tiempo.

Se sentó en el Pekarna Vrhnika, una cafetería con especialidades locales de bollería y pastelería. Pidió un desayuno, preguntó por la contraseña de wi–fi y se conectó a Internet.

Por whatsapp confirmó que Samuel se encontraba perfectamente en su hotel de Madrid, esperando instrucciones. Había entrado en el espacio Schengen tres días antes por Letonia, con un grupo turístico de Chicago, y con posterioridad, vía París, había llegado sin novedad a la capital de España.

También comprobó que Jonatán paseaba por las Ramblas de Barcelona en aquel momento, un día después de su llegada, en esta ocasión cuatro días antes por la República Checa, también buscando la oferta turística de Praga. De la capital checa se trasladó en autobús a Viena y de allí en avión a Barcelona.

Todo había transcurrido según lo planeado, sin el más mínimo obstáculo. Los pasaportes yanquis constituían una auténtica garantía de éxito. Y, según tenían previsto, todos deberían salir por los aeropuertos por donde habían entrado en diez días, como habían programado con las correspondientes agencias de viajes. En caso de que tuvieran problemas importantes tendrían que echar mano del plan de reserva, pero de eso no se preocupaba por el momento.

Más tranquilo, se dispuso a tomarse unas pastas especialidad de la casa con un café con leche, buscó en Internet el periódico digital El Tiempo y se dispuso a leer las crónicas deportivas colombianas. Pensó un instante en su próximo itinerario. En Venecia tomaría un taxi hasta el aeropuerto, donde enlazaría con un vuelo de Alitalia destino a Madrid. Esperaba estar allí aquella misma noche.

Al día siguiente los colombianos estarían en Tenerife, llegando en vuelos separados, y tendrían tiempo más que suficiente para prepararlo todo.

Sin prisas, como a él le gustaba.

13

Santa Cruz de Tenerife, 7 de febrero

Ariosto se encontraba en la puerta del edificio conocido en la ciudad como templo masónico, en la céntrica calle
San Lucas. La imagen de una inmensa fachada neoclásica es-
condida en una vía estrecha y anodina, golpeaba al caminante
despistado como un directo a la mandíbula.

Cuatro esfinges impertérritas de rostros deteriorados y tocado egipcio daban la bienvenida al asombrado visitante con
lasitud indisimulada. Una decoración un tanto agresiva para el
gusto de Ariosto; no era una invitación a entrar, precisamente.
Tras subir unos escalones se hallaban dos gigantescas columnas con capiteles palmiformes adosadas a la fachada, en cuya
coronación destacaba un frontón triangular con un ojo con
rayos radiantes en su centro, representación del Ser Supremo,
Gran Arquitecto del Universo, según la simbología masónica.
Otro motivo decorativo llamativo, pensó, desde luego que no
se confundiría con una iglesia.

La puerta principal, labrada en madera con motivos geométricos, se encontraba protegida en su extremo superior con
hojas de palmera y un sol rutilante que desplegaba a ambos
lados unas extensas alas de águila. De un águila Horus, por supuesto. Ariosto la observó una vez más, no había equívocos en
cuanto al simbolismo de la entrada. Aquello era masón masón.

Ariosto se había interesado por la historia del inmueble.
El proyecto fue realizado por el arquitecto Manuel de Cámara

y Cruz en 1900 para su uso por parte de la logia denominada Añaza. Tardó más de veinte años en construirse, aunque al estar el interior acabado, sobre todo la Sala de Tenidas y la Cámara de Reflexiones excavada en el subsuelo, fue utilizado con anterioridad por los propietarios.

La Logia, tras unos titubeos iniciales, se colocó bajo los auspicios del renovado Grande Oriente Español con el número 270, aunque en 1923 una parte de sus miembros se escindió. La logia Añaza 270 continuó al frente del templo hasta la guerra de civil de 1936, en que se cerró y el inmueble fue incautado por el gobierno militar, que no veía con buenos ojos a los masones.

Si Ariosto esperaba encontrar el sosiego y recogimiento propio de cualquier templo estaba completamente equivocado. En aquel momento un sinfín de operarios entraba y salía del edificio y el ruido de martillazos y el siseo irritante de máquinas radiales cortando madera se escapaba de su interior.

Ariosto esquivó a dos carpinteros nada más entrar en el templo. El suelo se encontraba protegido por largas tiras de plástico sucio de polvo y pisadas, pero las paredes y el techo se habían restaurado con esmero y parecían nuevos.

Tras recorrer con rapidez el vestíbulo, Ariosto se asomó al salón de Tenidas, donde los masones tenían sus reuniones en grupo cien años atrás. El espectáculo que se abría ante él lo dejó sin habla. Un amplio salón con un techo de casi diez metros de altura se hallaba reconstruido de modo impecable. Dos columnas de basalto oscuro sobre unas bases cuadradas de madera negra vigilaban la entrada al salón. A ambos lados se desplegaban varias filas de butacas enfrentadas entre sí a lo largo de la sala. Al fondo, subiendo unos escalones, se encontraba un majestuoso espacio elevado que recordaba en cierta manera a un altar cristiano, revestido con simbología masónica. Tapices y pendones completaban el *atrezzo*. Todo estaba limpio y reluciente. La restauración del salón estaba terminada.

Buscó con la mirada a Sofía Reverón, la arquitecta directora de la obra, y la escuchó antes que verla. Su voz provenía del nacimiento de la escalera que subía al piso superior, a la derecha del salón.

—¡Detalles! —se lamentaba—. ¡Mil detalles todavía! ¡Y apenas quedan ocho días!

Ariosto la encontró al pie de la escalera, alta y corpulenta, imagen acentuada con unos tacones de aguja que hacían parecer a los cuatro trabajadores que la rodeaban unos enanos. Se encontraba al borde de la histeria, impartiendo instrucciones a todos y a cada uno al mismo tiempo.

«Tal vez no fuera aquel el mejor momento para la visita», pensó. Se mantuvo en la puerta y esperó unos minutos.

Sofía Reverón, en un momento de su charla, se percató de la presencia de Ariosto y le hizo una seña para que esperara. Ariosto asintió.

En cinco minutos la arquitecta despachó a los trabajadores que, por la expresión con la que se marchaban, Ariosto hubiera apostado a que no les había quedado todo claro y que volverían a solicitar alguna que otra aclaración.

—¡Luis! —exclamó Sofía, dándole dos besos—. ¡Qué bien te veo! ¿Qué haces para mantenerte en forma?

Ariosto sonrió, siempre le saludaba igual. Al ser una amiga de la infancia, el tratamiento que le dispensaba era el tuteo, algo excepcional en su modo de ser.

—Un poco de ejercicio y un poco de gin–tonic —respondió.

—Cierto, cierto, en alcohol todo se conserva, aunque yo soy más de whisky, ya sabes.

—No es lo mismo, Sofía —Ariosto siguió la broma, aunque sabía que no bromeaba con lo del whisky. Era una mujer de armas tomar.

—Tendré que cambiar de bebida. ¡Lo que son los tiempos! ¡Hasta el Chivas ha pasado de moda! Vayamos al salón, que quiero comentarte una cosa.

Sofía tomó del brazo a Ariosto y le indicó el camino. Rodeados por el trajín de trabajadores del templo, el salón de Tenidas era el lugar más tranquilo del edificio. Se dirigieron al fondo, buscando algo de intimidad.

—Tú dirás —dijo Ariosto.

—Ya sabes que los reyes vienen a inaugurar el museo el día quince —indicó, y prosiguió sin esperar respuesta—. Y necesito un maestro de ceremonias.

Ariosto carraspeó escamado, veía venir al toro. Sofía continuó:

—Ese metomentodo de Iván Yanes, el concejal de Patrimonio, quiere contratar a un locutor de la televisión, y a mí me parece una idea de lo más equivocada. Necesito a alguien de prestigio, que sepa estar, con empaque y elegancia.

—¿No estarás pensando en mí, verdad?

Sofía lo miró de arriba abajo.

—¡Pues claro! ¿En quién si no? —La arquitecta parecía escandalizada—. Tengo mano con el alcalde y con Manolo, el jefe de protocolo, puedo convencerles de que seas quien dirija la batuta de la inauguración.

—Pero Sofía, si yo no tengo nada que ver con los masones.

—¿Y qué importa eso? Esto va a ser el Museo de las Asociaciones Humanas, en sentido amplio. Muy amplio. —La arquitecta sonrió con malicia—. Y de cualquier forma, tú tienes una pinta de masón que te matas.

—¿Yo? —Ariosto hubiera estado a un paso de la indignación si no fuera por el tono burlón de su amiga—. Soy miembro activo de muchas sociedades, pero ninguna es secreta, por fortuna. —Ariosto sopesó la última afirmación—. Aunque, eso es cierto, algunas se mueven tan poco que parece que lo son.

—Entonces, ¿eso es un sí? —preguntó la mujer.

—Tú estás loca, Sofía, pero si me lo pides como un favor...

—¡Claro que sí! —La arquitecta se sentía jubilosa—. ¡Mil gracias! Todo es poco para tratar de que la inauguración sea un éxito.

—No sé yo si lo vas a lograr con mi participación —replicó Ariosto, irónico.

—Es esencial, lo tengo muy claro —Sofía recibió una llamada en su móvil. La atendió en dos frases. Era uno de los trabajadores, que tenía dudas. La arquitecta se volvió hacia Ariosto.

—Luis, ¿te gustaría conocer una curiosidad extraña de este edificio?

61

Ariosto arqueó las cejas, intrigado.

—¿Algo que ver con las prácticas ceremoniales que se celebraban aquí en otra época?

Sofía pensó en la pregunta.

—No. Por ahí no va la cosa. Se trata de algo oculto, e incluso diría que bastante inquietante.

—Te estás poniendo enigmática, Sofía.

—Acompáñame. Lo verás tú mismo.

La arquitecta se encaminó a la salida del salón, seguida por Ariosto. Giró a su izquierda y siguió por un pasillo que bordeaba la pared exterior del salón hasta el final. A su derecha dejó un pequeño patio y se dirigió al lado contrario, hacia el comienzo de una escalera que descendía a un nivel inferior.

—¿Bajamos a la Cámara de Reflexiones? —preguntó Ariosto—. Ya la conozco de una visita anterior.

La Cámara de Reflexiones era un túnel sin salida excavado en la roca, en el subsuelo del edificio, destinado por los masones a sus ritos de iniciación.

62

—Sí, pero no lo has visto todo —respondió la arquitecta.

Ariosto se encogió de hombros. Bajó los escalones siguiendo a su guía y se encaminó por un pasillo que se deslizaba por detrás del altar del salón. A la mitad de su extensión, se abría un hueco a su izquierda.

Sofía pulsó el interruptor y una serie de bombillas se encendieron en un túnel estrecho de apenas metro y medio de anchura por uno ochenta de alto. La arquitecta entró sin más cumplidos y caminó por un suelo de tierra apisonada, controlando las irregularidades del techo de piedra. Ariosto la imitó. Unos treinta metros de ligero descenso más allá, la galería terminaba en un ensanche circular. Llegaron en unos segundos

—La cámara —observó Ariosto mirando a su alrededor—. Exactamente igual que la última vez que la vi.

—Eso te crees tú —objetó Sofía—. Observa.

La arquitecta tomó un martillo de una repisa de madera y comenzó a golpear la pared de la bóveda de piedra.

—¿Oyes este sonido? —preguntó. Ariosto asintió.

Sofía siguió moviéndose en paralelo a la pared, y la golpeó de la misma manera. En un momento determinado, uno de los golpes sonó distinto.

—Un momento —avisó Ariosto—. Ese sonido es diferente.

La arquitecta se volvió y sonrió. Se movió un paso a un lado y volvió a golpear. Se escuchó el mismo sonido extraño. Avanzó otro paso y volvió a estrellar el martillo contra la pared. El sonido fue distinto, sonó como los anteriores.

—Hay un espacio en la pared que suena de otra manera, como con eco —concluyó Ariosto.

—Así es. Suena a hueco.

—¿Y cuál crees que es la razón, Sofía?

—Pues que está hueco al otro lado. Detrás de este pedazo de muro hay algo.

Ariosto miró el espacio de muro que señalaba la arquitecta. No se diferenciaba en nada del resto.

—¿Y qué piensas hacer?

—¿Yo? Nada, por supuesto. No deseo ninguna complicación, y menos antes de la inauguración.

—Conozco a una arqueóloga a la que le puede interesar el asunto.

Un gesto con la mano de Sofía interrumpió a Ariosto.

—Olvídate de lo que has visto, Luis. Déjalo estar. Era solo una curiosidad, nada más. No me interesa desviar la atención a este lugar. Y menos después de lo que ocurrió la última vez...

Ariosto frunció el ceño, extrañado.

—¿La última vez? —preguntó.

—Sí, la última vez que estuve golpeando la pared. Una tarde noche que estaba sola, hace unos días.

—¿Y qué ocurrió?

Sofía se tomó unos segundos antes de responder, en voz baja.

—Pues que hubiera jurado que respondían a los golpes. Al otro lado del muro.

14

Santa Cruz de Tenerife, 7 de febrero

—*P*or fin —dijo Marta—. Ahora podremos centrarnos en los huesos.

El avance en la retirada de los escombros del pasillo subterráneo había sido lento y laborioso. Marta sabía de antemano que iba a ser así, lo que no evitaba que se sintiera inquieta por el día perdido en el programa de trabajo.

Había sido necesario apuntalar todo el techo con entibaciones de madera sobre puntales de acero. Si se había derrumbado una parte, podría ceder cualquier otro tramo sin previo aviso. Una vez segura la parte superior de la galería, comenzó la extracción de la tierra y las piedras que obstruían el pasillo. Esta parte del trabajo se realizó con mucho cuidado para evitar más destrozos en el esqueleto que se encontraba debajo. La longitud del pasaje ocupada por los escombros alcanzó los cinco metros, lo que ralentizó aún más las labores de desescombro. Cuando se liberaron los primeros tres metros, se estuvo en disposición de recuperar el cadáver. Una luz halógena potente se colocó encima de los arqueólogos e iluminó con intensidad el pasillo, sin dejar apenas sombras.

—¿Por dónde empezamos? —preguntó Jonay, su primer ayudante.

Marta sopesó un segundo el contorno del esqueleto, todavía cubierto en gran parte de tierra, aunque las piedras ya habían sido retiradas. Yacía de medio lado, con el brazo derecho estirado en vertical y el izquierdo recogido encima del pecho. Las piernas, semi-flexionadas, seguían la línea del cuerpo.

—Limpiemos todo en sentido longitudinal —contestó—. Primero la mano de la pulsera, y de ahí hacia adelante.

La labor se centró en retirar la tierra de los huesos con cepillos de distintos grosores cuidando de no mover los restos óseos y prestando atención a cualquier componente que perteneciera al cadáver. Los huesos carpianos quedaron limpios en pocos minutos. No detectaron nada especial en ellos ni a su alrededor. A continuación le tocó el turno a la pulsera.

—Es evidente que no se trata de un metal noble —observó la arqueóloga—. Latón o una aleación similar. No excesivamente antigua, a juzgar por su estado de corrosión.

—La pulsera es el primer elemento que tenemos para la datación del esqueleto —indicó David, el segundo ayudante—. ¿Nos dice algo su tipología?

El anillo metálico blanquecino que rodeaba la muñeca estaba constituido por pequeños eslabones, unidos a modo de cadena, labrados con dibujos geométricos.

65

—Yo diría que es del siglo XIX —respondió Marta—, no creo que sea más antiguo, aunque me puedo equivocar. Me da la impresión de que es un adorno femenino, como sospechábamos. Espero que nos saque de dudas algún resto de vestimenta.

La limpieza prosiguió por el brazo y acto seguido el cráneo.

—Dentadura completa, por lo que se deduce que era una persona joven —dijo Jonay—. No se observa ninguna huella de traumatismo en la cavidad craneal. Y eso que podía haber quedado aplastado por las rocas que cayeron sobre ella.

—No murió entonces de un golpe en la cabeza —añadió David.

Marta no dijo nada, todavía era pronto para sacar conclusiones. Estudió la base del cráneo y su unión con la columna vertebral. En aquel lugar los huesos se confundían en una mezcolanza complicada de interpretar debido a la postura del cuerpo. El cadáver conservaba en algunas zonas restos de ligamentos momificados, lo que hacía que los huesos no se hubieran desmembrado y proporcionaba al conjunto un aspecto marchito y desagradable.

—Continuemos con el torso y el otro brazo —ordenó.

Aquella zona fue la más difícil de limpiar, ya que los huesos de la cavidad torácica, aplastados por el peso de las piedras, se mezclaban con los del brazo que había quedado encima del tórax.

La luz halógena comenzó a proporcionar un calor no deseado, y los arqueólogos comenzaron a sudar. Marta pidió que trajeran un ventilador.

—¿No deberíamos haber encontrado restos de la vestimenta? —preguntó David, que retiraba con un cepillo la tierra que sus compañeros sacaban de entre los huesos con brochas finas.

—Esa misma pregunta llevo haciéndomela yo hace varios minutos —contestó Marta.

—¿Es posible que el cadáver estuviera desnudo en el momento del derrumbe? —inquirió Jonay.

—Por poder, puede —respondió David—, aunque no me parece lo usual. La gente suele ir vestida por la vida. También es posible que llevara algún tipo de tela que se hubiera degradado de forma rápida.

—Es muy extraño —concluyó Marta—. No hay botones ni cordones, ni restos de tela. Tal vez tu hipótesis no ande muy desencaminada, Jonay.

El ayudante sonrió antes de comenzar a limpiar la cintura del cadáver.

—A ver si encontramos una hebilla de cinturón o botones. Es la zona típica donde suelen aparecer.

La limpieza continuó dejando al descubierto la parte baja de la columna vertebral y la pelvis, unidas por cartílagos resecos de color terroso.

—Por la forma del hueco pelviano podemos determinar que se trataba de una mujer —dijo Marta.

Buscaron restos de tela o cuero alrededor de los huesos, atentos a cualquier detalle artificial que apareciera.

—Nada de nada —indicó David—. A ver si tenemos suerte con el calzado.

Continuaron. Las piernas quedaron al descubierto en veinte minutos. A pesar de que llevaban más de dos horas trabajando no quisieron detenerse, quedaba muy poco para terminar.

—Descalza, sin duda —infirió Jonay.

Marta asintió. Una pena. En las excavaciones históricas el tipo de calzado, y en su defecto las suelas, eran unas de las mejoras pistas para fechar el cuerpo.

—El cadáver estaba desnudo en el momento de su muerte, como dijo Jonay —anunció Marta. Un ramalazo de inquietud la invadió. «¿Qué hacía una mujer desnuda en un pasadizo subterráneo como aquel?»

La limpieza del cadáver había terminado, y Marta no tenía clara la causa de la muerte. ¿Asfixia? Apostaba más por el aplastamiento del tórax por las rocas. Sin embargo, había algo que no le cuadraba en la postura del cadáver. Había visto varios cuerpos aplastados y la configuración de los huesos era distinta por completo. Ahondó más en la posible causa de esa diferencia.

Cayó en la cuenta.

Las personas que morían por un derrumbe se encontraban de pie en el momento del siniestro. En este caso no era así. El cuerpo se encontraba ya tumbado cuando sobrevino la caída del techo. Era la única explicación.

La postura corpórea, sobre todo el brazo estirado, indicaba que la muerte no fue instantánea. La mujer pudo moverse en su agonía, apenas unos centímetros, pero lo suficiente para adoptar aquella figura.

El brazo. Parecía como si hubiera intentado alcanzar algo con los dedos. «¿Qué habría podido ser? ¿O acaso solo intentaba escapar de alguien?»

Entonces habría que sopesar la posibilidad de una agresión.

Las cavilaciones de Marta la llevaron a apostar por este último pensamiento. Solo quedaba un lugar donde mirar.

Se inclinó sobre el cuerpo y, con sumo cuidado, levantó el cráneo de donde había estado depositado tantos años. Dejó que cayera el polvo adherido del lado que estaba sobre el suelo

67

y giró la calavera. Lo que vio la asombró, aunque esperaba algo similar.

—Una incógnita desvelada —anunció—. Esta mujer no murió a causa del derrumbe.

En el hueso parietal, entre el polvo y restos de tierra, destacaba con claridad un orificio circular perfecto, de un par de centímetros de diámetro.

Y otras incógnitas, muchas, se despertaron en la mente de la arqueóloga.

Santa Cruz de Tenerife, 7 de febrero

*L*a curiosidad había podido con Galán. La tarde anterior, apenas llegó al piso de Marta Herrero, su pareja —convivía con ella allí, aun cuando conservaba su propia vivienda—, abrió el paquete y se encontró con una caja rectangular, y dentro de ella un mazo de fotocopias. Se notaba que tenía sus años. La calidad del papel era distinta a la del que se usa en la actualidad, más grueso, y la imagen impresa menos nítida, todo en blanco y negro. Una encuadernación en canutillo amarillo, con la portada en cartulina blanca le daba un aire retro al expediente.

Lo que era.

Tenía veinticinco años de antigüedad como mínimo. Año ochenta y pico. Pero justo cuando iba a comenzar su estudio, una llamada telefónica exigió su presencia inmediata en la comisaría. La caja quedó de nuevo cerrada a la espera de un momento mejor.

Un día después, Galán tenía ese momento. Se había servido una cerveza Legado de Yuste, de las intensas, como a él le gustaban, y se encontraba sentado en el saloncito del apartamento de dos habitaciones del barrio de San Benito, en La Laguna.

Tomó un sorbo y extrajo el grueso volumen de la caja. El expediente comenzaba con las diligencias de archivo provisional, como todos los casos sin resolver. Se percató de que la fotocopia del expediente era literal, de modo que los documentos se encontraban en el mismo orden que en el original, es decir, el más antiguo al final y el más reciente al comienzo. Comenzó pues por el final.

Quedó sorprendido de inmediato.

El inicio del caso consistía en un informe de actuación policial. Tras una llamada telefónica que avisaba sobre un altercado, un coche de la Policía Armada se había presentado en la dirección indicada, unos bloques de reciente construcción en las afueras de Santa Cruz. Una vecina que estaba pendiente de la llegada de los agentes —era ella la que había llamado—, indicó que en el segundo piso se había producido una violenta discusión entre dos hombres, que había cesado unos minutos antes. Los dos policías subieron por las escaleras y hallaron la puerta de la vivienda abierta. Entraron y se encontraron un cuerpo tirado en el suelo, cuya cabeza descansaba sobre un charco de sangre. Mientras uno de los agentes comprobaba que era cadáver, el otro, pistola en mano, registró la vivienda. Estaba vacía. El primer agente bajó al coche a pedir refuerzos y una ambulancia, y el otro recorrió las escaleras y pasillos del edificio. La puerta de la azotea se encontraba abierta, pero no había nadie en ella. Se asomó al borde y constató que se trataba de un edifico exento, no adosado. La construcción más próxima se encontraba a más de veinte metros. Imposible saltar por allí. Los policías esperaron en la puerta del bloque a que llegaran sus compañeros e impidieron la entrada y salida de ninguna persona hasta ese momento. La aparición de sus superiores hizo que fueran relevados y que otros se ocuparan de la actuación posterior.

Allí terminaba el informe, firmado por ambos policías.

El asombro de Galán venía propiciado por la fecha. Ocho de agosto de 1955. Más de medio siglo atrás.

Galán, extrañado, pasó al siguiente documento.

Era la ficha de identificación de la víctima. Se quedó helado. Víctor Arencibia, de cuarenta y seis años, vecino de la ciudad y con domicilio en el centro, calle del Castillo, en concreto. De profesión, periodista. Casado, con un hijo menor, sin antecedentes policiales ni judiciales.

Era el padre de Matías, su jefe en la Policía.

Galán le dio varias vueltas al dato. Nadie le había comentado nunca que el padre de Matías hubiera muerto de modo violento, y menos le había llegado la noticia de que se tratase de un caso sin resolver.

Tomó otro sorbo de cerveza y pasó al siguiente documento.

Otro formulario contenía el informe del inspector de guardia. Era un poco más extenso que el de los policías, más detallado, más profesional.

La víctima era ya cadáver cuando el inspector se personó en el domicilio, algo que era evidente pero que constataron los componentes de la ambulancia. El cuerpo se quedó donde estaba, a la espera de que el juez, cuando llegara, ordenara su levantamiento.

El informe seguía con la descripción del registro de la vivienda y del edificio. En aquel tiempo no existía la policía científica, pero los agentes hacían sus pinitos. No encontraron huellas ni rastro alguno del agresor. El examen superficial del cadáver conllevó la conclusión preliminar de que el disparo no se había producido a quemarropa, sino a una distancia de un par de metros, no había restos de pólvora en la piel. Buena puntería la del tirador, sobre todo con el retroceso de cualquier arma de las que se usaban en aquella época.

El siguiente documento era la autopsia. Lo que esperaba. Muerte por el impacto del proyectil en el cerebro. Nada más, y nada menos.

Pasó a la siguiente página. El informe de balística. La conclusión confirmaba la impresión inicial de la policía de que se trataba de una bala de calibre treinta y ocho. Algo extrañísimo. Del interrogatorio posterior de todos y cada uno de los vecinos que habitaban el inmueble se desprendió que nadie escuchó el sonido de un disparo. El ruido que hacía un proyectil de ese grosor al ser disparado era lo más parecido a un trueno. Era imposible no escucharlo.

A menos que se hubiera usado un silenciador.

71

Pero, «¿quién diablos podía tener un silenciador en 1955 en Tenerife?» Según le contaban, era prácticamente utópico que ningún civil poseyera pistolas en aquella época. Como mucho una escopeta de caza, con cartuchos de postas.

Pero un treinta y ocho.

Nadie tenía un treinta y ocho.

16

Madrid, 8 de febrero, al día siguiente

Sandra había logrado cambiar el vuelo de las ocho de la tarde por el de las cuatro. Por fin había salido algo bien aquel día. Se encontraba en la terminal 4 del aeropuerto de Madrid–Barajas, relajándose en una de las mesas del McDonald's, comiendo unos nuggets acompañados por una botella de agua. Le quedaban cuarenta minutos antes de embarcar, por lo que decidió matar el tiempo haciendo algo útil: comer, aunque no fuera dieta mediterránea que, según dicen algunos, es la mejor para engordar.

Había que comer; y es que desde el cortado de primera hora de la mañana no había probado bocado, y el cuerpo le pedía algo. Eso que decían que los aeropuertos dan hambre era verdad, pensó. Se había pasado muchos días sin comer prácticamente nada en los meses anteriores, y debía de estar acostumbrada, pero ese día en concreto no era así. Debía de ser por el disgusto de la mañana.

Sandra había aterrizado en Madrid procedente de Tenerife a las siete de la tarde del día anterior. Tenía cita en el Palacio de la Zarzuela a las diez de la mañana. La Reina le dedicaría un máximo de veinte minutos, ya venía establecido así por la Casa del Rey. «Veinte minutos podían dar para mucho», se dijo Sandra, y tenía preparado un cuestionario adecuado a ese espacio de tiempo. Había revisado otras entrevistas y sabía que la esposa del monarca no se alargaba demasiado en las respuestas.

El viaje, pagado por el periódico, incluía, además del vuelo, los taxis del aeropuerto —por lo menos el jefe no la había obligado a viajar en metro—, el hotel, una cantidad fija para la cena y otra para la comida. Y ya está. No estaba mal, pero tampoco era maravilloso. El hotel, un tres estrellas en la Gran Vía que vivió momentos mejores, rayaba en lo justito.

Decidió poner algo de su bolsillo y pasarse del presupuesto sin recato. Una noche era una noche. Llamó a Ana Mari, una prima que vivía en Madrid desde ni se sabe cuándo —y que seguía sin perder el acento canario—,y se fueron juntas a tomar unas cañas al mercado de San Miguel, luego de tapeo en *La fragua de Vulcano*, y más tarde de copas. Mejor dicho, una cerveza grande en una terraza arropada por la llama de un calentador a gas en la plaza de Santa Ana que, a pesar de caer un tanto en lo turístico, seguía encantándole. Con la estufa cerca no le importó en exceso el frío nocturno de la capital, a dos grados bajo cero.

Extrañó, como siempre que viajaba, la cama del hotel y una almohada baja y blanda en exceso. Durmió mal, preocupada por si el despertador del móvil iba a funcionar o no. Funcionó, y a las ocho y cuarto ya estaba duchada y vestida. Bajó a desayunar a la esquina, en un bar madrileño de los que ofrecían churros recién hechos con chocolate, volvió por sus cosas y a las nueve y cuarto paró un taxi para que la llevara al palacio.

El taxista, curioso, la interrogó durante el viaje. Que quién era; que qué iba a hacer en La Zarzuela; que si conocía a los reyes; que si era colombiana; que los canarios eran confundidos por su habla con los sudamericanos; y otra serie de estereotipos añadidos que cesaron con la llegada al control de seguridad del palacio.

Sandra bajó del automóvil y el guardia de seguridad comprobó que su nombre figuraba en la lista del día. Tras identificarse, se colgó una acreditación en el abrigo y cruzó el patio que separaba el portón del palacio en sí. En el edificio le es-

74

peraba una señorita que vestía un uniforme azul oscuro, que la recibió con amabilidad y la llevó, cruzando varios pasillos, a la sala de prensa. Le indicaron que se sentara en una de las butacas de espera y le sirvieron un café, todo un detalle.

—La Reina la recibirá en breve —anunció—. En su gabinete.

Sandra no sabía que la Reina tuviera un gabinete, pero no mostró su asombro. Decidió que debía aparentar unas tablas que no poseía.

Sabía que había llegado temprano —unos quince minutos antes de la hora de la cita—, por lo que se dedicó a revisar el cuestionario. Estaba preguntándose si la octava pregunta era demasiado superficial cuando apareció en la sala un hombre con traje azul oscuro impecable —allí todo el mundo vestía de azul oscuro— y aspecto compungido que se dirigió a ella.

—Señorita Clavijo —le dijo, inclinándose—. Tengo que pedirle mil disculpas.

Sandra vio que el hombre, de unos treinta y pocos, era bastante guapo. Estaba dispuesta a perdonarle cualquier cosa.

—La Reina no va a poder recibirla esta mañana —prosiguió.

A Sandra la noticia le sentó igual que una patada en la espinilla.

—¿Cómo? He viajado desde Tenerife expresamente para esta entrevista.

El empleado real juntó las manos, a modo de súplica. «Con demasiado teatro», pensó la periodista.

—Lo sabemos —Sandra notó que usaba el plural. ¿Él y la Reina?—. Y lo sentimos en el alma. Su Majestad ha tenido que salir con urgencia de palacio. La infanta ha sufrido un percance en el colegio y, compréndalo, una madre es una madre.

Sandra comenzó a hacerse a la idea de que había perdido el viaje.

—Espero que no sea nada grave —dijo, asombrándose de su hasta ahora desconocido saber estar a la altura de la ocasión.

—Al parecer, se trata de un rasguño por una caída, pero su Majestad se alarma por todo lo que les ocurre a la princesa y a la infanta. Es así, no puede evitarlo.

75

A Sandra el hombre, después de la noticia, ya no le pareció tan atractivo. Abusaba de unos ademanes almibarados, empalagosos, excesivos. Sobreactuaba, sin duda.

—¿Espero a que vuelva? —preguntó.

—La agenda de la Reina no permite cambios. Además de su cita, se perderá dos más que seguían a continuación. Todo un despropósito —se lamentó. O eso aparentaba—. Vuelvo a reiterarle las disculpas más sentidas.

Sandra sintió que su moral bajaba al sótano menos cuatro. No habría entrevista. Por un momento, se planteó endilgarle las preguntas a aquel lacayo real y que se las contestara la Reina por email. Pero le pareció poco profesional.

Su expresión de desencanto fue captada al vuelo por el edecán de palacio. Sandra le había adjudicado el cargo.

—Pero su Majestad quiere compensarla.

Sandra se animó un poco. ¿Compensarme? El funcionario continuó.

—Le dedicará una hora entera cuando viaje a la isla, a mediados de mes. Reservaremos un hueco en su agenda solo para usted.

Sandra sonrió levemente. De los males, aquel era el menor. El director Núñez tragaría esa bola sin poner demasiadas pegas.

—En fin —dijo, con aire resignado—. Pues entonces veré a la Reina en Tenerife.

—Muchas gracias por su comprensión.

Sandra se levantó, le dio la mano al esbirro —cada segundo que pasaba lo tragaba menos—, y salió del palacio con una sensación agridulce en la garganta.

En el control llamaron a un taxi y en la espera telefoneó al periódico. El jefe refunfuñó, pero terminó aceptando la situación. «Lo grabaremos en video y luego lo venderemos a la Televisión Canaria», proyectó. «Seguro que les sacamos una pasta», añadió.

Sandra se sintió inútil antes de hora en la capital y le indicó al taxista que la llevara al aeropuerto.

Unas horas después, mientras terminaba el *nugget* postrero, buscó el último libro de Nicholas Sparks en su bolso y recordó que estaba dentro de su maleta única e inimitable *American Tourister*, de boutique, comprada en *Macy´s*, Nueva York, que ya había facturado.

Por ello decidió dos cosas. La primera, se pasaría por la tienda Replay, a fisgar entre las últimas novedades editoriales. Le habían comentado que podía encontrar allí la última novela de Gambín, *Colisión*. Y la segunda, que antes se tomaría un helado de Oreo. El chocolate podía con ella.

17

Santa Cruz de Tenerife, 8 de febrero

Wu Lung se consideraba un maestro del disfraz, un especialista en pasar desapercibido. El único problema en los países occidentales eran sus rasgos orientales, imposibles de disimular.

Pero, por fortuna, había millones de chinos fuera de China. En la práctica, en todas partes, y en Europa, centenares de miles. Uno más no debía llamar la atención. Y en ese sentido, debía entrar en el territorio de la Unión Europea sin que nadie se enterase.

Lo más rápido era viajar en avión, por supuesto, pero se trataba de un medio en que quedaba reflejada la identidad de la persona con facilidad. Viajar con identidad falsa era necesario, pero hacerlo por vía aérea era tentar a la suerte. Sabía que la policía revisaba las listas de pasajeros en los aeropuertos. Un viajero que llegase solo, sin un motivo claro, y sin familia que recibirle, era siempre un sospechoso. Así que descartó el avión.

Su método preferido era el barco. Sin duda. Pero no un barco chino, sino coreano. Los había en todos los puertos del mundo, y a los occidentales les costaba mucho trabajo distinguir a un marinero de otro. En la inmensa mayoría de las ocasiones ni lo intentaban.

La influencia de Chu Ming, el jefe del clan más poderoso de Shanghái, no tenía límites. Había logrado con una sola llamada que lo enrolasen en la tripulación del Goldenlake 36, un pesquero de altura de tamaño considerable —cincuenta y cinco metros de eslora, nueve metros de manga y setecientas noventa y seis toneladas de porte bruto—, que tenía previsto faenar durante seis meses en el banco pesquero sahariano. La naviera se beneficiaba de los acuerdos internacionales entre Corea del Sur y Marruecos, el barco tenía todos los papeles en regla, y había pagado la tasa correspondiente para tener derecho a trabajar en esa zona del mundo.

El Goldenlake 36 había zarpado del puerto de Shanghái en la madrugada del 27 de enero. En tres días cruzó el estrecho de Malaca sin contratiempos. Los piratas de la zona no estaban interesados en pesqueros. Pasó por el Mar de Arabia en dos días con sus noches y entró en el Mar Rojo al cumplirse la primera semana. Debido a la influencia de Chu Ming, el barco se desvió del plan inicial de rodear África por el sur. Su billetera tuvo algo que ver con la decisión de cruzar el canal de Suez. En Port Said, Lung se unió a la tripulación. Había viajado en avión desde China con escala en Dubai.

El Mediterráneo duró apenas dos días. El estrecho de Gibraltar les invitó a entrar en el Atlántico, y de allí a Canarias otros dos días y una noche más.

Lung recordó la entrevista con el todopoderoso Ming. Ya le había servido en un par de ocasiones, todas con pleno éxito, para desgracia de sus víctimas. Sus servicios eran requeridos con cierta asiduidad por personajes poderosos. Era resolutivo, eficaz y discreto. Y por eso también era caro. El que más. Le agradó que Ming no se inmutara cuando le planteó el precio por el servicio tan especial que solicitaba. Cincuenta millones de dólares no era algo que se pidiera todos los días, y la falta de regateo por parte del gran jefe le hizo dudar sobre si había pedido demasiado poco.

Lung sabía que era el mejor asesino a sueldo de China, y con toda probabilidad de todo el continente asiático, pero eso no le hacía bajar la guardia. Era metódico y puntilloso en cada paso que daba. Sus máximas consistían en minimizar los riesgos e ir directo al objetivo, con rapidez y limpieza. Era su estilo, y estaba orgulloso de él.

Lung provenía de la escuela callejera de delincuentes de los arrabales de Pekín. Allí había aprendido los rudimentos de su carrera. Solo sufrió una detención, cuando era muy joven, por alteración del orden, socorrida excusa de las autoridades chinas para sofocar cualquier conducta improcedente para el régimen. En su caso fue por robarle el arma a un policía. Era una apuesta entre los miembros de la banda a la que pertenecía. Logró arrebatarle la pistola al agente, pero dos policías que no había visto se le echaron encima y acabó en el calabozo. Pasó seis meses entre rejas y se prometió a sí mismo que nunca volverían a cogerlo.

Y cuarenta años después lo había conseguido.

Descubrió antes de los veinte que era más lucrativo, y muchas veces menos peligroso, matar que robar. Matando cobraba una parte por adelantado y no tenía que cargar con el botín. Solo tenía que hacerse invisible después de cumplir el encargo. Y poco a poco, durante años, había refinado sus técnicas de trabajo hasta el punto de que le llamaban «la sombra». Le gustaba el apodo, muy ajustado a su forma ideal de operar: algo intangible.

Ming le había informado del objetivo y del plazo. Ambos habían intercambiado propuestas de actuación y el jefe había aceptado una de ellas. Necesitaría apoyo local, sin cualificación, en el lugar del golpe. Quedaron de acuerdo y al día siguiente Lung estaba tomando su vuelo a Egipto para alcanzar el barco.

Lung viajaba como actuaba: solo. Siempre solo. Y desarmado. Cualquier cosa podría servir de arma y era muy fácil procurársela en el lugar al que se dirigía. Además, en este caso, el todopoderoso Ming le facilitaría todo una vez estuviera en la isla de Tenerife, su destino.

Aquella noche estaba prevista la llegada al puerto de Santa Cruz, la capital. Una vez atracado el barco, un oficial acudiría a presentar los pasaportes a la oficina de la policía española, a fin de que los sellasen. Conforme a lo acordado con el capitán, Lung, una vez con el pasaporte en regla, saldría de paseo y no volvería a bordo. Se quedaría en tierra hasta el diecisiete de febrero, fecha en que se convertiría de nuevo en un marinero más.

Lung se asomó a la borda, la silueta de Gran Canaria se divisaba en la proa. Rodearían esta isla por el norte y luego enfilarían hacia Tenerife.

Cinco o seis horas, a lo sumo.

El asesino sintió una punzada de ansiedad. Duró una décima de segundo, y tal como vino se fue. Era lo máximo que se permitía antes de entrar en acción. A partir de ese momento, sería frío como el hielo y duro como el acero.

Como siempre.

18

Aeropuerto de Los Rodeos, Tenerife. 8 de febrero

*E*l avión de Iberia procedente de Madrid tomó tierra con cinco minutos de adelanto sobre el horario previsto, según presumió el comandante por el altavoz poco antes. El piloto, sin embargo, no dijo nada del retraso de quince minutos en despegar que sufrieron en la pista de despegue del aeropuerto de Barajas por la larga cola de aviones en fila que aguardaban su turno.

El viaje de dos horas y media fue placentero, salvo los últimos cinco minutos, en que las turbulencias al acercarse a la isla hicieron que Restrepo, al igual que muchos otros pasajeros, se sintiera incómodo por el modo en que se movía el aparato.

Una vez con las ruedas en tierra la tensión desapareció entre el pasaje de manera inmediata. Restrepo se asomó a la ventanilla y descubrió un paisaje rural verde intenso, salpicado por algunas casas aquí y otras allá. Estaba lloviznando y el personal de tierra aparecía bien abrigado. No era lo que se esperaba de Canarias. Recordó una página de su guía de viajes que hablaba de los distintos microclimas de las islas, muy diferentes en función de la altitud y de la orientación al norte y a los vientos alisios. En la costa, no obstante, quedaba garantizada una buena temperatura. Los Rodeos se encontraba a seiscientos metros de altura, y esa circunstancia debía de notarse en su entorno.

Los pasajeros desembarcaron por la parte delantera del avión. A través de una pasarela cubierta llegaron a la terminal, giraron a la derecha por un amplio pasillo hasta llegar a la zona de recogida de equipajes. El colombiano solo llevaba consigo el abrigo necesario en Madrid, que preveía no usar durante su estancia en Tenerife. El pasillo terminaba en una escalera mecánica por la que descendió un nivel. Cinco cintas rodantes esperaban a los viajeros. Sólo dos estaban en funcionamiento. Restrepo comprobó que coincidían con otro vuelo, uno proveniente de La Palma, y que las maletas de ambos comenzaban a salir por la boca central de las respectivas cintas. Una eficiencia notable en la velocidad de los manipuladores de equipaje, pensó.

El avión, un Boeing 737, llevaba un número considerable de pasajeros, por lo que la tardanza en la aparición del equipaje de Restrepo estuvo justificada. El colombiano suspiró cuando por fin la cinta escupió su maleta, perfectamente reconocible por su diseño y color. Una rígida *American tourister* de 52 litros de capacidad, decorada en su exterior por una infinidad de triángulos multicolores que la hacían única. Restrepo la adquirió días antes en Nueva York buscando un modelo inconfundible, perfecto para evitar confusiones con el equipaje.

El colombiano esperó a que la maleta llegara a su altura —se había colocado a propósito cerca de la salida de los bultos—, y la tomó. Se echó atrás con ella y salió del círculo de ansiosos pasajeros que esperaban por las suyas.

Buscó la salida y se alarmó. Junto a las puertas automáticas descubrió a una pareja de la Guardia Civil que miraba en su dirección. Sabía que no existía aduana proviniendo de la península, pero siempre cabía la posibilidad de un registro aleatorio. Su físico de indígena americano podía jugar en su contra. Intentó tranquilizarse y se dirigió hacia la puerta con la mayor naturalidad posible. Se percató de que los guardias no le estaban mirando a él en concreto, sino a todos y a nadie en particular. Se acercó a tres pasajeros de su mismo avión que parecían viajar juntos y simuló ser uno más del grupo. Todos pasaron a la izquierda de los agentes del orden sin que estos

83

les detuviesen. Las puertas se abrieron a su paso y se cerraron tras ellos. Una valla metálica a media altura separaba al público que esperaba la salida de los pasajeros. Restrepo se separó del grupo y se desvió a su derecha. Oteó entre los rostros del numeroso gentío de la terminal y terminó reconociendo a Samuel, uno de sus hombres, que le esperaba junto a una de las puertas de salida del edificio del aeropuerto. Se acercó a él.

—¿Todo bien, jefe? —preguntó el que esperaba.

—Muy bien —contestó—. ¿Y por aquí?

—Sin problemas. Jonatán nos espera fuera en un auto.

Salieron al exterior del edificio y un viento fresco tentó a Restrepo a colocarse de nuevo el abrigo que llevaba en el brazo. No hizo falta. Muy cerca se encontraba el coche de sus hombres.

Restrepo soltó por lo bajo una maldición por el frío y subió al automóvil al mismo tiempo que Samuel.

***

—¡Señorita Clavijo! —exclamó Olegario—. ¡Qué agradable sorpresa!

Sandra se volvió y se encontró con Sebastián, el chófer de su amigo Ariosto, que acababa de recoger su maleta en la cinta de al lado. En realidad, se llamaba Olegario, aunque él insistía en que le llamaran Sebastián. Era por sentimentalismo, explicaba, así lo llamaba la difunta madre de su jefe, doña Consuelo. El chófer, de mediana estatura, lucía una complexión fuerte, remarcada por una nariz rota de boxeador que infundía respeto en los hombres y ternura —y a veces algo más— en las mujeres. Su aspecto de luchador se suavizaba por la elegante chaqueta de sport que vestía, indicio de la influencia que Emelina, su novia, ejercía en los últimos meses sobre su atuendo. Evidentemente, se encontraba fuera de servicio.

—¡Sebastián! —Sandra se alegró de ver a su antiguo compañero de aventuras—. ¿Cómo está? ¿Y su hombro?

Olegario no llevaba el brazo en cabestrillo, tal como lo había visto Sandra un par de semanas atrás, la última vez que coincidieron. Se recuperaba de una herida de bala sufrida meses atrás, durante la crisis del secuestro del ferri catamarán.

—Mejorando de modo ostensible —contestó el chófer—. Tanto es así que el médico me ha dado el alta y mañana me reincorporo al trabajo.

—¿Debo alegrarme por eso? —bromeó Sandra, sonriendo.

Olegario se rio. La chica siempre le había caído bien.

—Deseaba terminar estas vacaciones forzosas —le confesó—. Ya comenzaba a aburrirme en La Palma y, esto no se lo diga a nadie, a cansarme de las múltiples atenciones de la familia de Emelina. En Tazacorte y en los pueblos cercanos viven seis hermanos y veintitrés primos, nada menos.

—Los palmeros son muy hospitalarios, eso no se puede negar —reconoció la periodista.

—¿Baja usted a Santa Cruz? —preguntó Olegario—. Si quiere, puede venir conmigo. Remedios, la séptima hermana de Emelina, viene a buscarme. Hasta aquí llega su familia.

Sandra pensó que se ahorraría el taxi, unos veinte euros, y se podría quedar con esa parte de las dietas de viaje.

—Es lo que pasa por echarse una novia palmera, Sebastián —dijo, y volvió a sonreír—. Pero estoy segura de que son más las ventajas que los inconvenientes.

Olegario miró al cielo, con aire resignado, siguiendo la broma.

—Espere un segundo —añadió Sandra, mirando a la cinta—, ya sale mi maleta.

—¿Cuál es?

—Justo esa que sale ahora —indicó—. La *American tourister* de triángulos de colorines. La compré en Nueva York porque es única y así evito confundirla con otra.

19

Santa Cruz de Tenerife, 9 de febrero, al día siguiente

Wu Lung, junto al resto de la tripulación, se encontraba esperando el regreso del capitán, que había ido a sellar los pasaportes. El Goldenlake 36 había atracado en la Dársena Pesquera a última hora de la tarde y, tras agradecer al práctico su trabajo, el capitán había decidido que esa noche todos la pasarían en el barco. El chino apenas conocía a la tripulación. A pesar de que figuraba como marinero en el rol de embarque, había salido de su camarote —contaba con el lujo de disponer de uno individual— en contadas ocasiones. Había acudido al comedor a algunos almuerzos, en los que solo cruzaba algunas palabras con el capitán, y poco más. De resto, se le servía su manutención en el camarote.

Entre la marinería había corrido la voz de que la naviera había sido untada con toda generosidad por parte de un mecenas magnánimo, de ahí el cambio de rumbo, y de que alguna propina les iba a caer a todos, por lo que nadie hizo preguntas ni trató de molestar al extraño pasajero. Se le consideró como un objeto de adorno de cierto valor.

De cualquier manera, con toda probabilidad les hubiera sido difícil entablar conversación con el esquivo ocupante del tercer camarote a la izquierda, ya que este, en apariencia, solo hablaba chino, y los ocho coreanos, los dos vietnamitas, el tailandés y el indonesio no lo hablaban. Solo el capitán, del que se decía que era malayo, chapurreaba algunas palabrejas de mandarín.

En el barco cada cual era capaz de determinar el origen de sus compañeros, algo impensable para los oficiales europeos, que no sabían distinguir un chino de un coreano.

Por eso Lung estaba allí. Por esa incapacidad. Para pasar desapercibido.

La espera llegó a su fin antes de las once de la mañana. El capitán entregó a cada tripulante el pasaporte validado y manifestó que todos tenían el día libre. Al día siguiente zarparían rumbo al banco de pesca sahariano.

Lung hizo piña con los marineros y casi todos salieron del barco en grupos. Como en todas partes, los pesqueros atracaban en muelles de escaso valor paisajístico, y sus ocupantes tenían que desplazarse bastante para llegar al centro de las ciudades más cercanas. En este caso, los marinos decidieron ir al centro de Santa Cruz caminando. Los más veteranos conocían el puerto y aseguraron que no tardarían más de media hora larga.

Lung se dejó llevar, solo le interesaba llegar a la ciudad de la manera más anónima posible y caminó junto al grupo, que comentaba las singularidades de aquella tierra. Y es que Lung sí que comprendía lo que decían sus compañeros de viaje. Le llamó la atención que los habitantes de la isla comieran patatas sin pelar, mojadas en unos majados verdes o rojos. El rojo era el picante y, por tanto, el preferido de todos. Los detalles sobre los lugares que pretendían visitar los marineros después de comer —sitios donde el dinero cambiaba de manos muy deprisa, generalmente tras una sonrisa femenina— dejaron de interesarle.

El puerto se conectaba con la capital a través de una carretera paralela a la costa de varios kilómetros de longitud. Prácticamente todo el litoral que recorrió a pie pertenecía a un inmenso puerto, excesivo a todas luces para aquella isla. Los habitantes de los barrios costeros, salvo en contadas ocasiones, no tenían acceso al mar. Eso no tendría nada de particular en las ciudades asiáticas, pero le asombraba esa falta de sensibilidad en territorio europeo. Tal vez la cercanía de África tuviera algo que ver.

Tras cuarenta y cinco minutos —una media hora larga, en efecto—, los orientales llegaron a la ciudad. La avenida de Anaga, un corredor de kilómetro y medio llano a la sombra de laureles de Indias —el lugar preferido para las caminatas de los santacruceros—, era la puerta de entrada viniendo desde el norte. Lung se percató que, desde el mar, apenas se veía la ciudad. Una pared continua de decenas de edificios de ocho plantas o más, de los años setenta, colmataba todo el paseo marítimo e impedía que los vecinos pudieran ver el mar. El litoral seguía siendo propiedad de las autoridades portuarias. Ni una mísera playa para la ciudadanía, observó el chino.

Lung no llegaba a Santa Cruz desinformado. En diferentes publicaciones había asimilado que se trataba de una ciudad de mediano tamaño, con un centro en forma de triángulo, donde era posible ir a pie de un extremo a otro. Los barrios crecían más allá de ese polígono y se perdían de vista en la suave pendiente que llegaba hasta La Laguna, a unos diez kilómetros de distancia.

Y es que esa era otra característica de la ciudad. Todo estaba en pendiente. Las cuestas la hacían incómoda para los ciclistas y los peatones. Los autobuses de subida solían ir más llenos que los de bajada, eso estaba claro. Y todas las calles aparecían llenas de taxis y de coches particulares. Eso también era parte importante del paisaje.

Como no se trataba de una gran urbe, sus habitantes eran amables y accesibles, no habían perdido todavía la sensibilidad en el trato, como en la gran ciudad. Muchos rincones encantadores la hacían un lugar tranquilo y digno donde vivir, aunque no fuera espectacular.

Al llegar a la Plaza de España, una extensión extrañamente diáfana ocupada en su mayor parte por un estanque circular que robaba muchos metros de esparcimiento al público, Lung se despidió por señas del grupo, que siguió su camino.

El chino recordó el plano de la ciudad que había memorizado y se dirigió, pasando de la clásica Plaza de la Candelaria

a una serie de calles más estrechas, en dirección al establecimiento de Yong Lu, uno de los clientes de su jefe en Shanghái,
donde le estaban esperando.

El local, de tres plantas, era un restaurante, chino, por supuesto. Lung se dirigió a la camarera que se encargaba de la
caja, a la entrada del comedor, identificándose con el alias que
se le habían adjudicado para aquella misión.

La empleada avisó al dueño, que apareció de inmediato
de las profundidades del restaurante y, tras las reverencias de
rigor, se dirigió al recién llegado, muy circunspecto.

—Está usted en su casa —dijo, con solemnidad—. Y estamos
a su disposición para lo que necesite.

Lung sonrió levemente y siguió al dueño escaleras arriba,
al lugar que le serviría de alojamiento en los próximos seis
días.

Todo estaba resultando fácil, pensó Lung.

Como debía ser. La sombra de quien le había contratado
llegaba hasta allí.

20

Santa Cruz de Tenerife, 9 de febrero

*D*os días habían tardado en liberar una parte de los escombros del pasillo subterráneo. Marta había visto durante ese tiempo cómo pasaban por allí toda clase de personas. Desde el juez de guardia, que se inhibió del asunto debido a la antigüedad de los restos humanos. «Más de cincuenta años», había sentenciado de un solo vistazo. Luego entraron varios técnicos de distintas instituciones con la excusa de comprobar la seguridad del pasadizo, según dijeron. Más tarde una comisión de políticos curiosos y excitados por el morbo del cadáver —Marta estaba maravillada de que no hubieran filtrado la noticia a la prensa todavía—. Y al final, los operarios encargados de retirar los escombros que quedaban en el suelo y de asegurar los techos con puntales, los únicos cuyo trabajo era útil. Cuando estos avanzaron unos cuatro metros ampliando el espacio libre de tierra y piedra, los arqueólogos retiraron con todo cuidado los restos de la mujer, que habían estado cubiertos bajo una caja de madera para evitar su deterioro. Los embalaron de manera conveniente y fueron enviados al laboratorio de la Universidad. La policía estaba interesada en conocer el resultado del estudio científico —sobre todo del cráneo— y había solicitado que uno de sus especialistas estuviera presente cuando se realizara.

Los obreros continuaron limpiando el pasadizo y lograron abrir un hueco en la zona donde el techo no se había derrumbado. Marta subió el terraplén y echó un vistazo con su linterna. Como había supuesto, el pasillo continuaba más allá unos metros. Fijándose bien, justo en el lugar donde llegaba el haz halógeno de su lámpara, descubrió que el corredor giraba de nuevo a la izquierda.

—Liberen un poco más el espacio, para que podamos entrar, por favor —pidió la arqueóloga a los trabajadores.

Con la ayuda de unas azadas, en cinco minutos se retiró la suficiente tierra de la parte alta del talud para dejar pasar a una persona por el hueco resultante. Marta se arrastró por el borde superior y se deslizó al otro lado, linterna en ristre.

El derrumbe había llenado el espacio también por allí y los escombros se extendían en una pendiente inclinada otros tres metros. A continuación, el pasillo continuaba libre de piedras. Marta bajó con precaución y llegó al espacio diáfano. Su ayudante Jonay la siguió. Ambos se limpiaron la ropa de polvo y de tierra y comenzaron a avanzar.

Doblaron el giro del corredor y se encontraron con que el pasillo terminaba en una puerta a otros cinco metros. Estaba tapiada.

—¡Vaya! —comentó la arqueóloga—. Alguien se tomó bastantes molestias para que nadie llegase más allá de este punto.

—El mismo sistema de cerramiento que en el tubo volcánico —indicó Jonay.

Marta estudió con detenimiento el hueco murado.

—Y el tabique se cerró desde este lado —dijo, a su vez—. Quien lo hizo fue retrocediendo a lo largo del pasillo, dejando cerradas las puertas a medida que se dirigía a la salida por la galería volcánica.

—¿Qué hacemos?

—Ya estoy harta de tantas dilaciones. Llama a los obreros y que nos abran un hueco en este muro.

Jonay se dispuso a obedecer la orden.

—Espero que no haya otro muro detrás —murmuró.

En diez minutos el estrecho espacio estaba ocupado por cuatro trabajadores y los tres arqueólogos. El ambiente comenzó a sentirse cargado. Los operarios, siguiendo las ins-

91

trucciones de Marta, desplazaron de su lugar las piedras rectangulares que obstruían el paso del extremo derecho superior y fueron bajándolas una a una. Marta se asomó en cuanto pudo con su linterna. Al otro lado se abría una estancia amplia de paredes desnudas. Resistió la tentación de seguir escudriñando en la oscuridad y permitió que los obreros continuaran con su labor.

Al cabo de veinte minutos la mitad superior de la puerta tapiada había sido retirada.

—Ya hay espacio para pasar —dijo—. Pueden descansar.

Los trabajadores se echaron un lado y la arqueóloga se encaramó en el borde del muro y pasó ambas piernas al otro lado. Con un movimiento de cadera se dejó caer y aterrizó dentro de la sala subterránea. Sus compañeros la iluminaron desde el hueco que acaba de traspasar.

Marta describió un semicírculo con su linterna. La cámara medía unos diez por seis metros. Las paredes aparecían enlucidas con cal y en la parte baja existían bancos de obra adosados a los muros. Los tabiques carecían de cualquier adorno, aunque se adivinaban unos rectángulos de sombra a media altura, tal vez las marcas dejadas por cuadros —o espejos grandes— retirados mucho tiempo atrás.

La única pieza destacable de mobiliario era un túmulo cuadrangular que se elevaba en medio de la sala. Una losa pulimentada lo cubría.

—Parece un altar —dijo David, el otro arqueólogo ayudante, que acababa de entrar en la cámara. Jonay le siguió.

—Es lo primero que viene a la mente —comentó Marta—. No hay duda.

El arqueólogo pasó su linterna por la superficie lisa de la piedra.

—Está cubierta por una costra oscura —advirtió.

Marta pasó un dedo por encima y notó una película áspera al tacto. Parecía pintura reseca. Las paredes laterales de la tarima elevada no compartían ese revestimiento.

Marta se preguntaba qué función tendría la plataforma cuando se le ocurrió desviar su atención hacia arriba.

—Mirad el techo —indicó a sus ayudantes.

Los tres dirigieron los haces de luz y descubrieron una serie de dibujos realizados con pintura roja. El principal de ellos, en la vertical del altar, consistía en una estrella de cinco puntas entrelazadas con tres barras superpuestas. Los extremos de dos de las barras terminaban en pequeños círculos y uno de la tercera en una cruz invertida. Dos pequeñas volutas sobresalían de las barras exteriores y cada ángulo de la estrella estaba coronado por tres puntos.

—¿Qué diablos es eso? —preguntó David.

Marta esbozó una leve sonrisa al escuchar la pregunta.

—Pues precisamente eso —dijo—. Si no me equivoco, es la representación simbólica de un diablo. En concreto de Astaroth.

—¿De un demonio? —inquirió Jonay, a su vez—. ¿Es una invocación o algo así?

—Podría serlo —respondió Marta—. Y hay más por todo el techo. Este espacio aparenta ser un lugar ceremonial.

—¿Ceremonias diabólicas? —a David la voz se le había quebrado.

Los ayudantes se miraron, con el rostro demudado. Jonay rompió el silencio.

—Si eso es así, la costra oscura del altar podría ser...

—No aventuremos nada hasta su comprobación científica —cortó Marta—. Pero, la verdad, no me extrañaría nada que fuera sangre.

93

21

Santa Cruz de Tenerife, 9 de febrero

Cuando Marta abrió la puerta de su apartamento, agotada después de un día de duro trabajo, el olor la reconfortó. No hacía falta asomarse a la cocina, Antonio había llegado antes y se había puesto a preparar la cena. Le llegó el aroma de un wok de pollo con verduras, aderezado con salsa de soja y miel, era una de sus especialidades. Y a ella le encantaba.

Se quitó la chaqueta y la dejó colgada del perchero colgado de la pared, en la entrada del piso. Giró a su izquierda y se internó en la cocina. Allí estaba Antonio Galán, su novio, su pareja, su hombre, con el delantal puesto, comprobando el punto de cocción. Él notó que Marta estaba a su espalda y se volvió con esa sonrisa que la hechizaba.

—¿Qué tal? —preguntó al tiempo que revolvía el contenido del wok—. ¿Cansada?

Marta se acercó y lo abrazó por detrás, acercando su nariz al cuello del hombre, buscando trazas de su colonia. Las encontró y se sintió bien.

—Un poco —contestó—. Ha sido una tarde de reuniones y papeleo después de lo que encontramos esta mañana.

—¿La cámara del diablo? —El tono jocoso de Galán indicó que trataba de bromear sobre el tema. Marta se lo había contado por teléfono a mediodía.

—Exacto —Marta se separó, observó que la mesa estaba puesta, y se dirigió a la nevera—. El alcalde quiere convocar una rueda de prensa para dar a conocer el hallazgo. Va a ser todo un circo.

Marta buscó y encontró una botella de vino abierta. Le apetecía una copita. Comprobó la marca: un Tanajara de capuchón azul, regalo de Elena, una amiga profesora que vivía en El Hierro.

—Y tú no quieres estar por medio, ¿verdad? —preguntó el inspector.

—Es un hallazgo de arqueología histórica, no más allá de trescientos años. Sabes que mi especialidad son los guanches, no las sectas satánicas.

—Pero lo hiciste muy bien en el pozo de la Casa Lercaro —objetó Galán—. Ya eres conocida, ahora tienes que afrontar cualquier cosa que salga.

Marta sacó dos copas pequeñas y sirvió el vino en ambas. También cogió un trozo de queso curado de Guía, se sentó a la mesa y cortó un pedazo en triángulos finos.

95

—Lo sé, pero lo que hemos encontrado no me gusta —dijo Marta, ofreciéndole una de las copas a Galán—. Va a crear un revuelo extraordinario en la prensa y en la gente. Lo estoy viendo.

—Y tienes un cadáver, que es lo más sustancioso —añadió—. Y según me cuentas, una mujer desnuda. Todo un regalito para el curioseo mediático.

—Le he pedido al alcalde que omitamos ese detalle hasta que tengamos más datos. Tal vez averigüemos quién era, y no creo que a sus descendientes les agrade que tratemos el tema de un modo frívolo.

El policía consideró que el wok estaba terminado y giró el interruptor de la vitrocerámica. Separó el recipiente del calor y lo dejó reposar. Probó el vino.

—Eres muy optimista creyendo que vas a identificar a una mujer asesinada hace tanto tiempo. Yo estoy siguiendo la pista a un asesino de hace sesenta años y no encuentro nada.

Marta dio buena cuenta de dos triángulos de queso antes de responder.

—¿El caso del padre del comisario Arencibia? En eso sí que vas a tener que hilar fino. ¿Acabaste la lectura del expediente?

Galán sacó dos platos y sirvió el contenido del wok. Los dejó en la mesa y se sentó al lado de Marta.

—Sí. Los documentos importantes se encontraban al principio. A continuación seguía una serie de interrogatorios a los vecinos y familiares del muerto que no aclara gran cosa. Tengo la impresión de que Arencibia estaba detrás de una noticia que a alguien no le interesaba que saliera a la luz. Es solo una intuición.

—¿En 1955? ¿Con la censura que existía?

—Por eso mismo. Cualquier cosa en la que el periodista estuviera investigando se sabría por los censores, funcionarios afectos al régimen que controlaban todo lo que se escribía en la prensa. Estarían al tanto de las pesquisas de Arencibia padre.

—Pues es un punto de partida para tu investigación —dijo Marta un instante antes de probar la comida. Luego introdujo el tenedor en su boca—. ¡Está buenísimo!

—Gracias. Lo hice con todo mi cariño —Galán sonrió y comprobó a su vez hasta qué punto era cierta la opinión de Marta. El pollo estaba a su gusto—. Me pregunto quién me podría ayudar en este asunto. Hace sesenta años de aquello.

—Pregunta a Sandra y a Ariosto, estoy segura de que ellos conocen a las personas idóneas para tu investigación. Sandra tiene acceso a la hemeroteca del periódico y Ariosto a las hemerotecas vivientes que son sus tías.

—Tienes razón. Los llamaré para vernos mañana.

—Hay un detalle que me llama la atención, Antonio.

Galán sirvió un poco más de vino en ambas copas. Estaba delicioso.

—Dime —respondió.

—Tenemos dos muertos, separados por un montón de años, por lo que parece. Y ambos murieron de la misma manera.

—¿De la misma manera? —preguntó el inspector—. ¿No había muerto la mujer por el derrumbe del techo?

—Creo que te lo conté —repuso la arqueóloga—. Seguro que estabas distraído. Los dos murieron de un disparo en la sien.

Marta miró a Galán adivinando lo que pensaba. Sabía que el detalle de la muerte de ambas víctimas era una curiosa casualidad. Lo conocía bien, sabía que iba a profundizar en ello. Y lo sabía porque Galán era de esas personas que no creían en las casualidades.

Y ella comenzaba a pensar igual.

22

Santa Cruz de Tenerife, 10 de febrero, al día siguiente

Sandra estaba dando cuenta de un bocadillo de jamón y queso bajo la atenta mirada de Fidela, la asistenta de Ariosto.

—Al menos este día la señorita va a desayunar con fundamento —sentenció la oronda empleada, satisfecha.

Ariosto las miraba, divertido. Se encontraban en la cocina de la mansión familiar de su propiedad. La luz matutina se filtraba por las ventanas de la planta baja a través de los visillos blancos y se reflejaba en las baldosas ajedrezadas, recuerdo de otra época, de cuando se construyó el edificio. Sandra había llegado a casa de Ariosto por una petición del inspector Galán, que quería verlos a ambos. Fidela encontró muy delgada a la periodista y se dispuso a arreglarlo, al menos de modo provisional. La joven trataba de no atragantarse, sintiendo muy cerca el marcaje de la señora. Ariosto tomaba un té rojo Pu Erh, un capricho exótico para esa mañana, y esperó a que tragara el bocado.

—Entonces, Sandra —dijo, en el momento apropiado, continuando una conversación interrumpida—, ¿cuándo te diste cuenta de que no era tu maleta?

La periodista tomó aire y miró de reojo a Fidela. Esta asintió, a modo de concesión de permiso para hablar.

—Cuando coloqué la contraseña y no se abrió. Estuve un buen rato dándole vueltas al asunto, pensando si la había cambiado sin darme cuenta, pero no, era la misma. Se me ocurrió mirar el resguardo adhesivo de equipaje facturado, y vi que los números no coincidían. No era la mía.

—¿Pero no decías que la maleta era especial? —Ariosto se lo estaba pasando bien con aquella historia.

—Eso pensaba yo. La compré en Nueva York, en una tienda en la que me aseguraron que era única. Ya ves.

—Igual ocurre con los vestidos de las famosas. No hay que darle mayor importancia.

—El caso es que llamé al aeropuerto y me dijeron que tratarían de localizar al propietario de la otra, la gemela.

—Y todavía no han dado con él, por lo que parece.

Sandra bebió un trago de un zumo de naranja, por lo de la vitamina C, según Fidela, y asintió resignada.

—No me han llamado todavía —confesó—. Y tengo parte de mi ropa favorita en el equipaje. Espero que aparezca.

Ariosto sonrió.

—A mí me pasó algo parecido en un viaje a Roma. Tuve que estar dos días con lo puesto. El tercero me acerqué a una tienda de la Via Condotti. Mi equipaje no llegó hasta el cuarto día. Fue en realidad desesperante. En tu caso, al menos, estás en casa.

Sandra hizo un mohín de conformidad y atacó de nuevo el bocadillo.

El timbre de la puerta de la casa sonó con estridencia, algo propio en las mansiones. Cuanto más grandes, más irritante era el timbre.

—Debe de ser Galán —dijo el dueño de la casa—. Voy a abrir.

En diez segundos volvió, guiando al policía.

—¡Otro que tampoco se alimenta como es debido! —exclamó Fidela. Galán estaba más delgado, a su entender—. ¡A dónde vamos a llegar con esta juventud!

Galán sonrió.

—Gracias por lo de joven, doña Fidela.

—Ni gracias ni nada. Voy a preparar otro bocadillo —replicó.

Galán miró a Ariosto, preguntándole qué debía hacer.

—Si Fidela lo dispone, no le queda más remedio —indicó el anfitrión.

Galán se dejó hacer y saludó a Sandra con dos besos en las mejillas.

—Hace tiempo que no te veía, Sandra —le comentó, amable—. ¿Qué tal te va?

—Pues la Reina me dio plantón en una entrevista —respondió la periodista—. Un poco molesta, si quieres que te diga la verdad.

—La Reina se puede permitir esas cosas, me imagino —repuso el policía—. Pero es todo un éxito que se programe la entrevista, ¿no?

—Estoy de acuerdo con Galán, Sandra —intervino Ariosto—. Sobre todo teniendo en cuenta que le ha prometido una exclusiva cuando venga a Tenerife.

—Me alegro entonces —añadió Galán—. El año pasado el nuncio y el presidente del gobierno, y este la Reina. Una buena progresión.

Sandra se encogió de hombros, las cosas le estaban pasando tan deprisa que no se percataba de su importancia.

—Se lo merece, sin duda —dijo Ariosto—. Y bien, amigo Galán, me pidió que nos reuniéramos, y aquí estamos.

El policía se echó atrás para facilitar que Fidela le colocara un plato con un flamante bocadillo caliente de plancha delante de sus narices.

—La idea ha sido de Marta —dijo, a modo de introducción—. Estoy investigando un asesinato que ocurrió hace sesenta años, y necesito la ayuda de los dos.

—¿Sesenta años? —Ariosto casi silbó—. De eso hace mucho. ¿No está prescrito el delito?

—Sí que lo está —respondió el policía—. En realidad, se trata de un encargo, con alguna dosis de sentimentalismo, hay que reconocerlo. Es un caso sin resolver, de esos que hacen daño a los policías.

—Lo entiendo —comentó Ariosto, comprensivo—. Un misterio por descubrir. Me interesa.

—A mí también —concluyó la periodista—. ¿En qué te podemos ayudar?

Galán miró con gratitud a sus amigos. Habían respondido tal como lo imaginó.

—Necesito información, y de la buena, de la vida en Tenerife hace más de cincuenta años y acerca de un periodista llamado Arencibia. Sé que ambos tenéis buenas fuentes.

—Yo puedo hablar con mis tías —indicó Ariosto.

—Don Claudio, el archivero del periódico, está a punto de jubilarse, y hay que aprovechar que todavía no lo ha hecho.

—¡Perfecto! —exclamó Ariosto—. ¿Qué les parece si merendamos esta tarde en casa de mi tía Enriqueta? Lo que ella no sepa, no existió jamás. Y puedes invitar a ese señor, Sandra.

—Lo avisaré. Espero que le guste la idea. Es difícil verlo fuera del periódico. ¿Te parece bien, Antonio?

Galán estaba sorprendido de cómo se desarrollaba el asunto. Las cosas con Ariosto y su familia eran así, con meriendas. Se dispuso a responder cuando sintió una sombra amenazadora a su espalda.

101

—¡Menos hablar, señor inspector! —ordenó Fidela—. ¡Y empiece el bocadillo, que se le enfría!

23

Aeropuerto de Los Rodeos, Tenerife. 10 de febrero

*R*estrepo llegó a la oficina de equipajes extraviados del aeropuerto cruzando los dedos. Había fallado como un novato. ¿Cómo era posible que se hubiera equivocado a la hora de recoger su valija? No es que hubiera algo comprometedor en la maleta, solo ropa, el problema es que iba a llamar la atención. Justo lo contrario de lo que pretendía.

También estaba escamado de la celeridad con la que los empleados de la sociedad gestora de los aeropuertos españoles lo habían localizado. Con toda seguridad, buscando en los hoteles su nombre estadounidense. No estaba siendo invisible, como deseaba. Tal vez tendría que cambiar de estrategia.

Al igual que sus compañeros colombianos, se encontraba alojado en unos apartamentos —más bien estudios de una sola estancia—, en Los Cristianos, en el sur de la isla. Apartamentos diferentes en diversos lugares de la zona turística, separados entre sí, pero no demasiado.

Se había percatado de que la maleta no era la suya al ir a abrirla. La contraseña no respondía. Pensando que se trataba de un fallo en la cerradura numérica, probó con un cuchillo de cocina e hizo saltar por la fuerza uno de los cierres. El chasquido del mecanismo al romperse hizo que se diera cuenta de que aquella maleta podía no ser la suya.

«¿Cómo era posible?» Se trataba de un modelo especial, único. Las posibilidades de haberla confundido con otra similar eran mínimas. Pero así había sido. Buscó los arañazos conocidos de la maleta y no los encontró. Miró entonces el resguardo de la facturación adherido al asa. Menos mal que no lo había tirado. No correspondía con el de su billete. Se había equivocado de maleta.

Un error.

Por eso llegaba con los dedos cruzados. Si llegara a saberse en Colombia tamaña ineptitud tendría las horas contadas.

Restrepo se encaminó con presteza a la pequeña oficina rectangular situada al lado de las pertenecientes a las agencias de alquiler de coches y se dirigió al empleado que se encontraba en él.

—Buenas tardes, me han llamado por un extravío de equipaje —evitó de manera consciente los términos sudamericanos.

—¿Nombre? —El responsable del servicio, un tipo flaco con cara de sueño, apenas le miró. A Restrepo no le gustó su actitud displicente. En Colombia le hubiera costado caro.

—Estévez —respondió, usando el nombre del pasaporte—. Mark Estévez, de los Estados Unidos.

103

Si el colombiano esperaba que la mención al país más poderoso del mundo hiciera efecto en el hombre que tenía enfrente, quedó decepcionado. A aquel empleado ese detalle le daba igual. «Es que por esta isla pasa gente de todo el mundo», pensó.

Restrepo observó cómo aquel tipo miraba en la pantalla de su ordenador y hacía varias comprobaciones, con toda la calma del mundo. Como si fuera sudamericano.

—¡Ah!, sí, ya lo tengo. Su maleta no ha llegado todavía. El viajero que se la llevó dijo que vendría sobre esta hora, pero no ha aparecido aún.

El colombiano trató de que su mirada no delatara el furor que sentía. Había tomado un taxi en Los Cristianos, que estaba como a cien euros y a cien kilómetros del aeropuerto del Norte —había dos aeropuertos en la isla y a él le había tocado el más lejano de su alojamiento—. Y ahora se preguntaba si debía dar el viaje por perdido.

—¿Y qué hago? —preguntó con acento dócil, en un alarde de autodominio.

—Le aconsejo que espere un rato. ¿Tiene alguna otra cosa que hacer mientras tanto? —inquirió el trabajador del aeropuerto, sin mirarle.

«¿Qué otra cosa tendría que hacer en aquel aeropuerto sino recoger la maleta?» La llamada primigenia que le impelía a estrangular en aquel mismo momento al estúpido que tenía delante fue dominada tras una ardua lucha interior. Restrepo sabía dominarse.

—Iré a tomar café —respondió, asombrándose de su comedido tono de voz.

El empleado asintió sin dejar de mirar la pantalla, dando por buena la idea. Restrepo se volvió y recordó la cafetería que se encontraba en la zona de espera de las llegadas. No hizo falta llegar a ella.

—¡Eh! ¡Oiga! —Una exclamación femenina hizo volverse al colombiano.

Una chica de veintitantos años se acercaba a él con rapidez. Llevaba rodando una maleta exactamente igual a la suya. Restrepo esperó a que llegara a su lado.

—¡Buenos días! —dijo la joven, señalando la maleta del hombre—. Soy Sandra Clavijo —Le ofreció la mano—. Parece que tuvimos un error doble ayer.

—Buenos días. Mark Estévez —Restrepo adoptó un tono de voz agradable—. Creo que así fue. Menos mal que se puede solucionar con rapidez. Aquí tiene su maleta.

La muchacha miró con alivio su equipaje.

—Y aquí la suya —respondió—. Me di cuenta de que no era la mía y no la he abierto.

Restrepo sabía que llegaban a un momento delicado.

—Pues yo, señorita, me di cuenta un poco después. No he abierto la maleta, pero sí rompí uno de los cierres. Cuánto lo siento.

El rostro de Sandra se demudó de decepción.

—¡Qué pena! ¡Era un recuerdo de Nueva York!

Restrepo contraatacó rápidamente.

—Le ofrezco pagársela, como compensación. Creo que a mí me costó doscientos cincuenta dólares.

—Sí, pero no la puedo conseguir en Tenerife.

—Cuatrocientos dólares —respondió el colombiano.

Sandra no se esperaba aquella salida. Estaba descolocada con la situación. El colombiano lo interpretó al estilo de su país, la chica quería más.

—Seiscientos dólares, y así le ayudo a pagar el coste de que se la envíen por correo desde Nueva York. En esa ciudad se vende de todo y las mercancías llegan a todas partes.

Restrepo sacó de su chaqueta un sobre con billetes estadounidenses, extrajo la cantidad ofrecida y se la puso en mano a Sandra.

—¡Oh! —dijo la periodista—. ¡No puedo aceptarlo!

—Sí que puede. Hágalo, por favor.

Sandra dudó un segundo. La maleta no tenía arreglo, de eso estaba segura, así que no estaba de más aceptar la indemnización que le ofrecían.

—De acuerdo. Es la mejor manera de resolver esto, ¿no?

—De nuevo le presento mis excusas —concluyó el colombiano, y esbozó una ligera sonrisa.

Se intercambiaron las maletas. Restrepo suspiró de alivio. El problema se resolvía como lo había planeado.

—Habrá que decirle algo al encargado de los equipajes extraviados —indicó Sandra.

—Vaya usted, por favor. Yo tengo mucha prisa.

El colombiano saludó con la cabeza, dio media vuelta y se dirigió a la salida, satisfecho por el desarrollo de los acontecimientos. Si se hubiera complicado la situación, posiblemente no le hubiera quedado otra solución que hacer desparecer a la chica.

Y todavía era muy pronto para complicarse con eso.

105

24

Santa Cruz de Tenerife, 10 de febrero

Al mediodía finalizó la labor de retirada de todas las piedras y la tierra que obstruían el pasillo subterráneo. Marta había supervisado los trabajos, acuciada por el concejal de Cultura y Patrimonio, Iván Yanes. El acceso a la cámara satánica, como comenzaban a llamarla todos por allí, debía estar expedito para cuando se anunciase su aparición. El político se encontraba entusiasmado, tal vez demasiado. Marta sabía que iba a ser todo un acontecimiento mediático. Un logro para la carrera política del concejal dentro de su partido y un espaldarazo a la candidatura del alcalde, que se iba a presentar a una nueva legislatura, a pesar de estar algo mayor.

—Entonces, profesora Herrero —Yanes se encontraba junto a la arqueóloga en el pasillo de acceso a la cámara. Ya se le había pasado la claustrofobia—, ¿hacemos la rueda de prensa mañana?

Marta sabía que no podía retrasarlo más.

—Por mí no hay problema —respondió.

—Queremos que esté usted en la mesa. El alcalde se lo pide como un favor personal.

No hacía falta que se lo pidieran. Prefería estar ella misma y centrar los aspectos arqueológicos del hallazgo, no fuera a ser que los políticos se dedicaran a elucubrar sobre ritos satánicos y ese tipo de cosas, tan del gusto de los periodistas.

Además, el ayuntamiento era quien estaba sufragando todos los gastos de la intervención.

—Allí estaré —Le dedicó una sonrisa—. Y dígale al alcalde Melián que me debe una.

Ambos sabían que era una broma. El concejal miró su reloj.

—Debo irme —dijo, algo agobiado—. Llego tarde a una reunión. Quedamos mañana a las doce, en el salón principal del ayuntamiento.

—Muy bien —respondió Marta, y se despidió del político con un apretón de manos.

Con la marcha del concejal, la arqueóloga se percató de que se había quedado sola en el pasadizo por primera vez desde que se había descubierto. Una instalación eléctrica de bombillas Led cada cinco metros colgaba del techo, iluminando a la perfección todo el pasillo y la cámara final.

Marta decidió hacer una inspección visual de todo el conjunto, comenzando desde el tubo volcánico. Retrocedió hasta la entrada y salió a la galería natural. Se detuvo a examinar las piedras rectangulares que conformaban la puerta tapiada original. Se agachó a observar de cerca la única que poseía el bajorrelieve de la calavera.

«¿Por qué dedicaron tiempo y esfuerzo a esculpir aquella forma macabra? ¿Era en realidad un aviso? Tal vez fuera que tomaron la piedra de un conjunto funerario y la aprovecharon para el muro». Esta última teoría le parecía más floja cada vez que pensaba en ella.

Nada de eso. Aquella piedra estaba allí aposta.

Era imposible calcular la antigüedad del relieve. Debía tener muchos años, pero ¿cuántos? Doscientos, trescientos años. Se decantaba por los doscientos, Santa Cruz no fue una ciudad importante en Tenerife en el siglo XVIII la capital era La Laguna por entonces, y la ciudad costera adquirió relevancia en el siguiente, sobre todo a partir de la guerra contra Napoleón.

Marta dejó a un lado su concentración sobre la piedra y entró en el pasillo esculpido en la roca volcánica del subsuelo de la ciudad. Las paredes habían sido cinceladas a conciencia, no era un trabajo de aficionados. El rectángulo por el que caminaba guardaba una simetría admirable. Algún profesional de la arquitectura o de la ingeniería de minas había estado al frente de aquella obra. Quien la hubiera hecho disponía de dinero, sin duda.

Llegó al lugar donde habían encontrado el cuerpo de la mujer. «¿Alguna razón concreta explicaba que estuviera allí? Si había sido asesinada de un disparo, ¿por qué dejaron el cadáver allí tirado? El cierre de las puertas con tapia tuvo que hacerse en los momentos posteriores a su muerte».

«¿Y si la mujer hubiera intentado escapar por el pasadizo y se hubiera encontrado la salida tapiada? Hubiera vuelto sobre sus pasos y se había enfrentado al asesino, que la abatió allí mismo. Eso tendría algo de lógica, en cuanto al abandono del cadáver. Pero, al mismo tiempo, planteaba una alternativa inevitable. Debía existir otra entrada a la cámara».

Y se dio cuenta de que, de modo inconsciente, era eso lo que estaba buscando. Nadie levanta muros de cierre de pasadizos subterráneos sabiendo que deja a unos metros el cadáver insepulto de una mujer. Es demasiado rocambolesco.

Marta siguió avanzando por el pasillo, atenta a las paredes. No vio la más mínima traza de alguna apertura lateral. Aquello era roca viva, una amalgama de distintas tonalidades y consistencias, bien distinguibles a simple vista —no hacía falta ser un experto—, pero sin surcos en ella.

La inspección de la galería no produjo ningún resultado.

Entró en la cámara.

Con la luz eléctrica se podía estudiar con detalle la estancia. A diferencia del pasillo, las paredes estaban enlucidas con yeso blanco, sin pintar. Las marcas dejadas por el polvo acumulado en los marcos de antiguos cuadros colgados, ya desaparecidos, era lo poco que se podía vislumbrar de interés en su superficie vertical.

«¿Qué imágenes contendrían aquellos cuadros?» Marta se imaginó motivos rituales a juego con los símbolos del techo. Estos consistían en seis diagramas, pintados con pintura roja, diseminados por toda su extensión. Cada uno correspondía a la alegoría de un demonio mítico. Muy concretos, muy precisos. «Los que dibujaron aquellos signos sabían bien lo que hacían».

Examinó con detalle las cuatro paredes, el suelo y el techo. No encontró el más leve indicio de la existencia de una puerta secreta. Comenzó a sentirse frustrada. Tal vez no existiera otra entrada que la del tubo volcánico y sus teorías fueran simples conjeturas sin base.

Centró su atención en el altar, o lo que fuera aquella ara que emergía del suelo en el centro de la cámara. Todavía no habían llegado los resultados del laboratorio de la pátina que recubría la parte superior de la losa.

«La losa», pensó. Se agachó y miró la unión de la piedra con su base rectangular, de un metro y diez centímetros de altura. No existía argamasa ni mortero en ella. Le dio la impresión de que la piedra plana estaba apoyada simplemente sobre su base.

Si estaba apoyada, tal vez podría moverse, pensó.

Aplicó las fuerzas de sus manos en una esquina y apoyó el cuerpo sobre ellas, haciendo fuerza.

No se movió.

«Tal vez hiciera falta alguien más fuerte para empujarla», se dijo. A pesar del pensamiento, volvió a la carga, tomando más impulso. Marta aplicó toda su fuerza sobre la losa. El esfuerzo se hizo más prolongado y Marta apretó los dientes y cerró los ojos al empujar.

La piedra se movió unos milímetros, con un sonido rasposo.

Marta paró y descansó un minuto. «¡La losa podía moverse!»

Tomó aire y empujó de nuevo, con un arranque violento. La piedra volvió a desplazarse, esta vez unos centímetros.

Marta comenzó a sudar por el esfuerzo que estaba aplicando. La piedra era muy pesada.

La atacó por tercera vez. De nuevo se movió unos centímetros.

Marta detuvo el empuje para descansar y observó que la losa se había movido lo suficiente para dejar en una de las es-

109

quinas de su base un triángulo oscuro al descubierto. Lo palpó y descubrió que se trataba de un hueco. Metió los dedos en él. No tocó fondo.

Sacó su linterna del bolsillo y la acercó a la pequeña oquedad. Enfocó la luz por el agujero y descubrió que se filtraba hacia abajo. «¡El túmulo rectangular que hacía de base del altar estaba hueco!»

Le costó unos segundos discernir qué estaba viendo a través del angosto espacio, pero no tardó en descubrir lo que era.

Una escalera descendente, que se perdía en una profundidad desconocida.

Marta sonrió y habló para sí, en voz alta.

—Lo sabía.

25

La Laguna, 10 de febrero

Enriqueta Cambreleng se movía con gracia y elegancia en el comedor de su casa lagunera, colocando todo en su lugar. Hacía tiempo que no organizaba una merienda, y tenía que desempolvar numerosos recuerdos en su cerebro. Con las dichosas dietas, ese tipo de reuniones había caído en desuso.

En pocos minutos llegarían Luisito con sus amigos «y una sorpresa», detalle este último que la había dejado más inquieta que otra cosa. Siempre había considerado de buen gusto que los invitados confirmaran su asistencia, de modo que se supiera cuántos eran y disponer su colocación en la mesa, como mandaba el protocolo. En este caso sabía que vendría Sandrita, la chiquita periodista; Galán, ese policía tan atractivo; Luisito y alguien más. ¿Sería una amiga de Luis? Si fuera conocida en la isla ya se habría enterado. Debía ser una de las nuevas, como la francesa amiga de su hermana Adela, de la que estaba convencida que había llamado la atención de su sobrino adoptivo. Aunque estaba segura de que no era ella, vivía en Francia y no había vuelto. ¿Quién sería?

Tenía preparado chocolate a la francesa, muy rico en cacao y poco azucarado, ligero, pero coronado con un copo de nata batida. Lo acompañaba con un surtido de bollos, cruasanes y tostaditas con mermelada, todo dispuesto en bufé. Y limonada para terminar, que no se le olvidara sacarla del frigorífico a tiempo. Para los que quisieran té, se había provisto de dos tipos, un Djaerleen y un Orange Pekoe, los mejores para combinar con leche.

Comprobó que el menaje estuviera en su sitio. Las tazas con sus platillos y platos de merienda, con cuchillo, tenedor y cuchara. También estaban dispuestas las necesarias jarras, teteras y chocolateras. Se fijó en el detalle de que las palas para la mantequilla y la mermelada estuvieran bien visibles. Había que evitar que algún invitado cometiera la incorrección de servirse con su cuchillo particular.

Para el final, si procedía, guardaba en la nevera una botella de brut francés, un Pommery de etiqueta azul elegido siguiendo los consejos de Luisito.

Con una pizca de ansiedad, miró su reloj Cartier de oro con brillantes, regalo de bodas de plata de su difunto Epifanio, que en gloria debía de estar. Las seis en punto. En unos segundos el sonido de las campanadas de la vecina torre de la iglesia de Nuestra Señora de la Concepción hizo acto de presencia. Se acercó al aparador del salón y puso en marcha el reproductor de música. Valses de Strauss, con el volumen bajo. La tarde comenzaba a declinar y los rayos del sol que caía tras las montañas se filtraban por los visillos de las ventanas de madera. Se asomó a la calle y descubrió a Luis y a sus amigos aproximándose a la casa. Le acompañaban la periodista y el policía, y un señor mayor que no identificó. ¿Ésa era la sorpresa? Se miró en el espejo cromado del salón para quitarse el rictus de decepción —no se trataba de una nueva novia de Luisito—, y se dirigió al pasillo de entrada donde se encontraba el telefonillo del portero eléctrico. Esperó a que sonase, dejó transcurrir un par de segundos, y pulsó el botón de apertura.

Abrió la puerta principal de la casa y esperó en el rellano del primer piso a que sus invitados subieran la escalera.

—¡Querida Enriqueta! —exclamó Ariosto, el primero en llegar—. ¡Tan guapa como siempre!

La señora Cambreleng sonrió ante la zalamería de su sobrino.

—Luis, siempre estás con chiquilladas.

Ariosto besó a Enriqueta. Se le unieron los demás en la entrada de la vivienda.

—¿Cómo estás, Sandrita? ¿Y usted, inspector?

Galán saludó a la señora y Sandra le dio dos besos.

—Enriqueta, quiero presentarle a un buen amigo mío, el archivero de mi periódico, don Claudio García.

Un setentón delgado, poco pelo y cara de buen humor se adelantó un paso y sonrió.

—¿Cómo estás, Enriqueta? —preguntó.

La dueña de la casa se quedó de una pieza al ver al hombre.

—¿Claudito? —acertó a decir al cabo de dos segundos—. ¿Eres tú? ¿El hijo de Rufina?

—El mismo —contestó el aludido, y sonrió—. Hace mucho tiempo que no nos vemos.

Ariosto sonrió a su vez y Galán se dio cuenta. Sandra se quedó estupefacta.

—¿Se conocían? —preguntó la periodista a los mayores.

—Claro que nos conocemos —dijo Enriqueta, visiblemente emocionada—. De niños éramos compañeros de juegos.

Enriqueta y Claudio se fundieron en un abrazo sentido que duró un par de segundos, algo más de lo habitual.

—Sean bienvenidos. Vamos adentro —indicó la señora, una vez se separaron.

Los recién llegados entraron en la casa, decorada en un estilo clásico que no había llegado a convertirse en antiguo. Muebles de caoba y cerezo tapizados con telas floridas competían con aparadores repletos de figuritas de porcelana. Las paredes estaban recubiertas de telas y en los techos altos colgaban lámparas de cristal. Enriqueta los condujo al comedor, donde tenía preparado el ágape.

—Siéntense, queridos —invitó—. Tú, Claudio, ponte aquí, a mi lado, por favor.

Los invitados obedecieron y la anfitriona comenzó a servir el chocolate o el té, según prefiriera cada uno.

—Cuéntame Claudio, ¿qué es de tu familia? ¿Cuánto hace que no nos vemos?

113

—Demasiado, ya ni me acuerdo, éramos tan jovencitos —respondió el archivero.

—¿Cincuenta? —preguntó Sandra, tratando de interesarse por la conversación.

Enriqueta fulminó con la mirada a la periodista, el tema de su edad era tabú en aquella casa, pero de inmediato suavizó su semblante, no quería tensión esa tarde.

—Mis padres murieron, como es natural —intervino Claudio—. Y mi hermana vive en Gran Canaria, se casó, tuvo dos hijos y ya va por seis nietos.

—¡Ah!, ¡La pequeña Rosi! —contestó Enriqueta—. ¡Qué mona era!

—¿Y tu hermana pequeña, Adela? —preguntó a su vez.

—Está muy bien, sólo que sigue viviendo en Santa Cruz, fíjate qué cosas. ¡Con lo bien que se está en La Laguna!

—Yo también vivo bien en Santa Cruz —dijo Ariosto.

—¡Luis! —cortó la dueña de la casa—, ayúdame a servir otra taza, por favor.

Ariosto obedeció ante la mirada risueña de Galán y de Sandra.

Una vez se hubo servido la segunda taza, Enriqueta se sintió tranquila y se relajó.

—He trabajado toda la vida en el Diario de Tenerife —explicó Claudio—. He hecho de todo, y estos últimos años me encargo del archivo del periódico.

—Pues yo me casé, ya sabes, con Epifanio, el de la casa de al lado —relató a su vez Enriqueta—. Sepan, jóvenes, que nuestras madres eran amigas y hacían punto juntas, y que Claudito venía muchas veces a casa.

—Me tocaba jugar a las casitas —indicó Claudio—. Era horrible.

—¿Qué dices? —saltó Enriqueta—. ¡Si nos enseñaste a jugar al póker a mi hermana y a mí! Algo indecente por completo en aquella época.

Todos rieron. Enriqueta notó que Galán tenía un leve aire de impaciencia. Tocaba cambiar de conversación.

—Me ha dicho Luis —dijo la señora, dirigiéndose a Galán—, que quería usted comentarme algo, inspector.

—Pues sí —respondió Galán—. Tanto a usted como a don Claudio.

Todos prestaron atención y se incorporaron un poco en sus sillas.

—Es una historia muy antigua —prosiguió el policía—. Ustedes debían de ser unos niños. Se trata del asesinato del periodista Arencibia, tal vez hayan oído hablar del asunto.

—¡Claro que me acuerdo! —dijo la anfitriona—. Y perfectamente. No era tan niña.

Sandra hizo un cálculo rápido de la edad de la mujer, pero se lo calló.

—Fue un asunto muy turbio —terció Claudio—. La policía no encontró ninguna pista en el lugar del crimen. Se supo en toda la ciudad.

—Circularon muchos rumores —añadió Enriqueta—. Las malas lenguas, que las hay en todas partes. Se decía que el periodista tenía información, cómo decirlo, comprometedora.

—¿Comprometedora? —preguntó Sandra.

Enriqueta se sintió un poco incómoda. Claudio salió en su ayuda.

—Unos decían que secretos de alcoba. Aunque algunos otros dijeron que se trataba de dinero que había desaparecido de algunas arcas muy concretas.

—¿Cuáles? —inquirió Galán—. Si puede saberse.

Claudio se lo pensó dos veces antes de contestar.

—El problema estaba en el ejército —dijo—. Hace ya tanto tiempo, que no creo que a nadie le importe mucho. El generalísimo murió hace cuarenta años.

—La gente hablaba por lo bajo, ya saben, cotilleos —Enriqueta se echó hacia adelante y bajó la voz, de modo involuntario—. Y por lo que se decía, estaba involucrado un general. Un pez gordo.

—Sí, se comentó mucho —añadió el archivero, en el mismo tono de voz.

Todos tuvieron que acercarse para escuchar mejor.

115

—Nadie tenía pruebas, pero se hablaba del general Gómez Riaño.

Don Claudio miró a Enriqueta con extrañeza.

—Perdona, querida —dijo—. Pero lo que se comentaba se refería al general Pérez Valcárcel.

—¿Dos generales? —preguntó Galán—. ¿Pueden explicar eso, por favor?

Claudio y Enriqueta se miraron, asombrados y confusos.

—¡Un momento! —intervino Ariosto—. La cosa se pone interesante. ¿Les apetece una copita de champán francés antes de proseguir?

26

La Laguna, 10 de febrero

Cuando el champán estuvo servido —Sandra prefirió limonada—, Enriqueta y Claudio se dispusieron a contar sus historias.

—Tú primero, Claudio —invitó la anfitriona.

—De acuerdo. Lo que yo sé se refiere al general Pérez Valcárcel. Por lo que se comentaba en aquellos días, el general tenía problemas con el juego. Disfrutaba de veladas de póker sin máximos en diferentes casas clandestinas de la ciudad. Era un general, nadie podía decirle nada en aquellos tiempos. El problema es que era un pésimo jugador, y sus pérdidas se fueron acumulando. El militar, que tenía acceso al presupuesto de varios cuarteles, destinó varias partidas de compra de material militar que luego desapareció. O que nunca llegó, que es casi lo mismo. Facturas falsas, en suma.

—Eso me suena tan moderno —dijo Sandra.

—Hay facetas de la naturaleza humana que no cambian con el transcurso del tiempo, Sandra —respondió Claudio—. En nuestro caso, uno de los subalternos del general descubrió el pastel y se lo comentó al periodista Arencibia. Resulta que Arencibia había acudido a alguna que otra timba y conocía las andanzas de Pérez Valcárcel. No se sabe bien si fue por el mando inferior o por el propio Arencibia, que la noticia llegó a Madrid y se abrió una investigación sobre las partidas contables desaparecidas. Como medida preventiva, bloquearon al general el acceso a los fondos, lo que le sentó muy mal. No obstante, no se le ocurrió otra cosa que acudir la semana siguiente a la partida del sábado por la noche. Como siempre, el general perdió, pero esta vez no pudo pagar. En la mesa estaba Arencibia, que también tuvo pérdidas, pero moderadas. El dueño del tugurio se vio en una situación comprometida. Nadie se iba del local sin pagar sus deudas.

—En aquel tiempo los militares eran poco menos que intocables —indicó Ariosto.

—Es cierto —asintió Claudio—. Era una sociedad casi castrense. En los años sesenta los políticos civiles adquirieron más importancia, pero en los cincuenta, salvo contadas excepciones, todavía no. El caso es que algunos de los acreedores de la mesa, un par de tipos duros que se enriquecían con el contrabando, exigieron al general que, si no tenía efectivo, pusiera algo sobre la mesa como garantía de pago de la deuda. El general se lo tomó como una afrenta personal. Casi llegaron a las manos y por ambas partes se intercambiaron todo tipo de amenazas. El general, según se dice, antes de marcharse, increpó a los presentes: «si no hay acreedores no hay deuda». Que cada cual interprete la frase a su modo.

—Es toda una amenaza. Suena incluso a maldición —comentó Sandra.

—Y Arencibia murió poco después, me imagino —especuló Galán.

—A los dos días. Y no solo eso. Uno de los estraperlistas que estuvieron aquella noche en la mesa de juego, de los que se dedicaban al contrabando, murió en un accidente de coche al día siguiente. El automóvil se salió de la vía en la carretera de Igueste de San Andrés y acabó destrozado en las rocas de la costa, treinta metros más abajo.

—¿No se investigó? —preguntó el policía.

—Parecía un accidente. Es una carretera peligrosa hoy día, imagine en aquellos años. El asunto es que los demás componentes de la mesa optaron por no dejarse ver mientras el general se mantuviera en su cargo. Fue relevado al mes siguiente y enviado al Sáhara Español. Allí estuvo unos cuantos años. Sé que volvió después durante una temporada y que, al final, se fue a vivir a la península.

—Es una pista importante —dijo Galán—, aunque no podemos decir que sea determinante.

—Ni mucho menos —intervino Enriqueta—. Yo tengo otra historia que contar.

Todos se volvieron hacia ella. Sabedora de que había atraído la atención de sus invitados, se lo tomó con calma y tomó un sorbo de la copa de champán antes de iniciar su relato.

—El general Gómez Riaño, que no tiene nada que ver con Pérez Valcárcel, salvo que coincidieron en Canarias por aquellas fechas, era un hombre guapísimo. Y soltero. Todas las mujeres casaderas de la isla estaban pendientes de él. Pero no había forma de que se emparejara con ninguna. Su encanto era tal que en todas sus apariciones en público, ya fuera en actos formales o informales, las señoras y señoritas no tenían ojos para otro hombre. Su aparición en la sala hacía que los señores casados se pusieran en guardia.

Enriqueta hizo una pausa y mordió la punta de un cruasán.

—Y no es que se tuviera noticia veraz de que el general hubiera seducido a ninguna señora. Y menos a alguna señorita. Pero hay cosas que se daban por hechas.

—¿Y cómo se conecta eso con Arencibia? —preguntó Ariosto.

—Espera, Luis, no seas impaciente —respondió la tía—. El general era asiduo de algunas tertulias literarias, de lo poco que se permitía hacer en aquellos años. Arencibia congenió con él, como todo el mundo. Era un encanto.

—Eso ya lo has dicho antes, querida tía —repuso Ariosto.

—Pues sí, lo era. Todo un galán de Hollywood, con cierto parecido a Errol Flynn, para que te hagas una idea. En una ocasión varios tertulianos fueron invitados a cenar al domicilio del general. Fue una velada interesante, en que se habló de todo menos de mujeres y de política. Al llegar a su casa, Arencibia se percató de que se había dejado el paraguas en la residencia del militar. Decidió ir a buscarlo al día siguiente por la mañana. A eso de las nueve se presentó en la casa y sus

119

llamadas a la puerta no obtuvieron respuesta. Era un chalé de una sola planta. Arencibia se podía haber marchado con tranquilidad, pero su curiosidad de periodista y el automóvil del general aparcado en la puerta le hicieron intuir que el ocupante de la casa permanecía en ella. Rodeó el chalé y la ventana del dormitorio principal que daba al jardín trasero se encontraba abierta. Se acercó un poco y descubrió al general en la cama con compañía.

—Entonces, su fama de seductor era cierta, ¿no? —preguntó Sandra.

—No sé qué decirte, Sandrita —respondió Enriqueta—. El problema en que se vio metido el curioso de Arencibia era que quien estaba en la cama con el general era su ayudante de cámara. Un chico muy mono.

—¡Vaya! —dijo Sandra, con los ojos muy abiertos.

—Hoy en día la cosa no tendría mayor importancia, pero estamos hablando de otra época y de otras mentalidades. Arencibia fue descubierto por el general, que se levantó del lecho y se dirigió al periodista cuando este ya se iba corriendo por donde había venido: «Arencibia, eres hombre muerto».

—¡Vaya situación! —exclamó Ariosto—. Pero, ¿cómo supiste esa historia, Enriqueta? Me imagino que el periodista guardaría silencio.

—No le dio mucho tiempo, pues murió a los tres días, precisamente. Pero antes se la contó a un buen amigo suyo, que me lo dijo a mí.

—¿A quién, si puede saberse? —repreguntó Ariosto.

—A mi difunto Epifanio, ya lo ves. De primera mano. Pero de mí no ha salido, te lo puedo asegurar.

—¿Qué le parece, amigo Galán? —preguntó Ariosto al policía—. ¿Despejan estas historias sus dudas?

Galán miró a sus compañeros de mesa y pensó la respuesta un segundo antes de contestar.

—Pues si quiere que le diga la verdad, Luis, no lo hacen. Creo que estoy más perdido que antes.

27

Santa Cruz de Tenerife, 10 de febrero

*L*a puerta de la pequeña habitación se cerró tras Yong Lu, el propietario del restaurante de la planta de abajo, que acababa de entrar. Wu Lung lo esperaba, sentado en un cama estrecha, fumando un cigarrillo. La tarde caía y en pocos minutos anochecería. El asesino llevaba todo el día allí. Había salido para asearse y comer algo al mediodía en la cocina del apartamento de Lu, que compartía con unos sobrinos del dueño y a los que apenas había visto, ya que siempre estaban fuera, trabajando. Sólo lo utilizaban para dormir, y pocas horas. A llegar a las seis y media de la tarde, había llamado a su anfitrión y le había pedido que subiera.

—Señor Yong Lu, debo agradecerle su hospitalidad. Me alojaré en su casa cinco días, no harán falta más. Espero importunarle lo menos posible.

Lu sabía que las palabras de aquel hombre eran protocolarias. Estaba obligado a alojarlo y podría quedarse todo el tiempo que quisiera.

—Señor Chiang Tsung, es usted bienvenido.

Wu Lung no había dado su nombre verdadero, como era natural, y aprobaba la sumisión del dueño del restaurante. Hablaba en serio, no pretendía importunarle más allá de algunas pequeñas peticiones que le eran necesarias.

—Voy a necesitar algunas cosas.

—Pida y lo tendrá —Yong Lu sintió aprensión, no sabía qué iba a pedir su huésped—. Espero que esté en mi mano satisfacerle.

—No es algo difícil de encontrar. Unas gafas oscuras de soldador, unos guantes gruesos, ochocientos gramos de óxido de hierro y trescientos gramos de óxido de aluminio. Los dos primeros los puede encontrar en una ferretería cualquiera. Los otros dos en talleres de vallas o puertas de hierro, así como de ventanas de aluminio. También doscientos gramos de cloruro de potasio y de ácido sulfúrico. El primero se encuentra en tiendas de nutrición, como sustituto de la sal común, y el segundo en baterías de automóviles descargadas, en cualquier taller de coches.

Yong Lu se quedó de piedra. No tenía ni idea de para qué servían aquellas sustancias, y aunque el encargo no parecía excesivamente difícil de realizar, era inquietante como él solo. Pero a Lu no le tocaba sospechar ni cuestionar nada.

—Aquí tiene la lista —añadió el asesino—. Me la devuelve cuando traiga lo que le he pedido.

Lu cogió el papel que se le exhibía y se lo guardó en el bolsillo.

—¿Desea algo más? —preguntó. Su lenguaje corporal indicaba que quería marcharse.

—Nada más —respondió Wu Lung—. Por favor, actúe con discreción.

El dueño del restaurante inclinó la cabeza y el torso a modo de despedida y salió de la habitación.

Lung se vistió con ropas occidentales y bajó a la calle. Era la hora de mayor concurrencia de personas en el centro de la ciudad, lo mejor para que nadie se fijase en él. El restaurante se encontraba muy cerca de la calle del Castillo, en otro tiempo la calle peatonal de comercio más importante de la ciudad, hoy algo venida a menos. La cruzó y se dirigió a la calle San Pedro Alcántara, una estrecha vía sin tráfico rodado con poca actividad. Giró a la derecha por la calle doctor Allart y en la siguiente esquina encontró lo que buscaba: el negocio de bazar de Shudi Deng, otro de sus contactos en la ciudad.

Lung entró en el establecimiento y rodeó las estanterías llenas de toda clase de artículos que abarrotaban el local. Se dirigió al fondo, donde se encontraban dos puertas cerradas y abrió la de la derecha. Detrás de ella existía un pequeño cuarto donde se localizaba una oficina. Una mesa y dos sillas, un ordenador, una impresora, un aparato de fax y un armario con archivadores de cartón. El hombre que trabajaba en la pantalla se sobresaltó por la intromisión y miró con recelo al recién llegado.

—Soy Chiang Tsung —anunció Lu Wung, y cerró la puerta tras él.

Un destello de reconocimiento pasó por la mirada del hombre de la oficina. Se levantó y se rehízo de inmediato de la sorpresa.

—Sea bienvenido, señor Tsung —dijo, atropellando las palabras—. Soy Shudi Deng. Siéntese, por favor.

Lung así lo hizo después de echar un vistazo rápido al habitáculo.

—Tengo instrucciones de servirle en lo que usted desee —prosiguió Deng.

—Quiero saber si el envío que espero va a llegar en fecha.

Deng no tuvo que consultar nada para responder.

—Lo he comprobado hace media hora, señor Tsung. Llegará mañana, como estaba previsto.

—¿Cuándo podré tener las cajas en mi poder?

—Si no hay problemas en la aduana, que no creo que los haya, por la tarde.

—Perfecto —dijo el asesino—. Necesitaré para el día siguiente un coche y alguien que me lleve a un lugar lejos de la población. Algún sitio perdido donde pueda hacer unas pruebas.

Deng pensó con velocidad la forma en que cumpliría el encargo. Él mismo se encargaría de conducir. No quería que nadie de su familia tuviera algo que ver con aquel hombre.

—Así se hará, señor Tsung. ¿Puedo complacerlo en algo más?

—Nada más, señor Deng. Con eso será bastante.

Lung se levantó, dando por terminada la conversación.

—Volveré mañana a las siete, como hoy, a comprobar la mercancía.

—Como guste. Aquí le estará esperando.

Lung miró a Deng y estuvo a punto de soltarle una de sus frasecitas preferidas, la de «espero que sea así por tu bien», pero prefirió ser magnánimo con aquel hombre. No era necesario ponerlo nervioso sin necesidad.

Al menos todavía.

28

Santa Cruz de Tenerife, 10 de febrero

$\mathcal{M}$arta estuvo tentada de empujar la losa y hacer el hueco del altar más grande para introducirse por él, sola. Pero recuerdos de situaciones desagradables de un pasado reciente en que se quedó en un túnel a solas y a oscuras la hizo ser más precavida. Volvió sobre sus pasos —allí abajo no había cobertura—, salió del pasadizo al tubo volcánico y se situó en la vertical del agujero de la calle. Con la recuperación de la señal telefónica llamó a sus ayudantes, que acudieron en pocos minutos con el equipo solicitado por la arqueóloga.

Marta los puso al tanto de lo descubierto y juntos se dirigieron a la cámara, esta vez sin la mirada incómoda de los técnicos municipales.

—¡Esto es mejor que cualquier cosa que haya visto en una película! —exclamó Jonay al ver la losa rodada y la oquedad triangular debajo de ella.

Marta sonrió con un brillo especial en los ojos, pocos minutos antes había pensado lo mismo y sentía una excitación similar.

—Vamos a mover la losa —indicó—. Con cuidado, no quiero que se parta.

Los ayudantes empujaron con ahínco y la fuerza combinada de los tres hizo que la piedra se moviera un poco, emitiendo un ruido de rozamiento que parecía un lamento profundo.

—¡Pesa muchísimo! — dijo David, entre dientes.

Descansaron un momento. Marta se asomó al hueco oscuro.

—No hace falta que quitemos la losa por completo. Con que se mueva veinte centímetros más, cabremos por el agujero.

—¡Vamos allá! —dijo Jonay, y los tres arrimaron el hombro.

La piedra se deslizó con lentitud, centímetro a centímetro, hasta que Marta dio la voz de alto.

—Vale. Por aquí ya pasamos.

Jonay, más corpulento que sus colegas, lo dudó. La silueta ágil de la profesora Herrero podría meterse por allí, y la delgadez de David también se lo permitiría. Pero él no. Se resignó. Ni aun haciendo dieta, lo que se prometía cada lunes, cabría por aquel espacio. Imposible. Esperaría a que se retirara la losa por completo.

—Pues venga, adentro —invitó.

Marta se colgó la linterna del cuello, se ajustó los guantes de cuero que llevaba y se sentó en el borde de la losa. Introdujo ambas piernas y haciendo fuerza con los brazos, se dejó caer despacio. Se apoyó en los antebrazos antes de soltarse y dejarse caer. La altura del salto hasta el comienzo de la plataforma donde nacía la escalera era de apenas treinta centímetros. Cayó flexionada y se agachó al tocar tierra con sus botas de montaña, sin sufrir ningún golpe.

—¿Bien? —preguntaron a dúo sus compañeros desde arriba.

—Sin problema —respondió, al tiempo que se sacaba la linterna del cuello y la encendía. Delante de ella vio una escalera de piedra de fábrica, no tallada, que descendía unos quince escalones. Los bajó con precaución. Aunque no parecía que los peldaños estuvieran húmedos, no quería arriesgarse a un resbalón. Y es que olía a humedad, a lugar cerrado durante años. Marta se dijo que aquello era precisamente lo que le había recordado el olor. Un lugar hermético, sellado, durante decenas de años, tal vez un siglo, o dos.

Al final de la escalera comenzaba un pasillo. Al contrario que el pasadizo superior, las paredes eran lisas y revocadas con cal, aunque la humedad había hecho estragos. Notó que David había bajado tras ella y llegaba a su altura.

126

—Jonay se queda fuera, para ayudarnos a salir —aclaró.

Marta apuntó el foco hacia adelante. El pasillo avanzaba unos veinte metros y luego giraba a la derecha. No había ningún obstáculo en el trayecto, solo trozos de cal caídos del techo.

Tras doblar el recodo, a unos diez metros, comenzaba otra escalera ascendente, gemela a la que habían usado para bajar de la cámara. La expectación de ambos era máxima, casi aguantaban la respiración. El aire comenzaba a dejar de oler con fuerza a humedad, o tal vez fuera que se habían acostumbrado al ambiente.

Se asomaron a la escalera y comenzaron a subirla. Tenía varios tramos de trece escalones cada uno, según contaron.

—Estamos subiendo por encima del nivel de la cámara —observó David.

—Sí, nos acercamos más a la superficie —contestó Marta—. Acuérdate de que la entrada del pasadizo estaba en el fondo del tubo volcánico, más de diez metros por debajo de la calle.

La escalera se revolvió en cuatro tramos —unos ocho metros de ascensión, calculó Marta— y no terminó esta vez con una losa por techo, sino en una puerta de hierro oxidado, cerrada por el otro lado.

—No hay cerradura ni tirador por esta parte. Tan solo sobresale la parte trasera de la cerradura —se lamentó David—. Se cierra por el otro lado. Vamos a tener que volver por herramientas.

Marta examinó las junturas de la puerta metálica y su fijación a la pared. La caja de la cerradura, de aspecto arcaico, sobresalía de la puerta hacia dentro.

—Déjame probar una cosa —dijo, y sacó de su bolsillo trasero una navaja multiusos con la guarda en rojo, al estilo suizo.

David contempló cómo su jefa introducía el fino acero de la navaja por el mínimo espacio existente entre la hoja de la puerta, en su parte inferior, y la guía que la rodeaba, también metálica. Subió despacio la navaja hasta llegar al cerrojo y comenzó a trastear en él. A los pocos segundos desistió.

—Nada que hacer —dijo—. Probemos otra cosa.

Esta vez tanteó la unión de la caja de la cerradura con la puerta y consiguió introducir el filo de la navaja en un resquicio. Manejó la hoja de un lado a otro, haciendo más grande el intersticio. Siguió trabajando unos segundos más con fuerza y luego intentó, con la hoja dentro de la caja, separarla de la puerta. Se oyó un crujido y Marta temió que la navaja se hubiera quebrado, pero no, la caja de la cerradura había cedido y se separaba de su anclaje al metal de la puerta.

—Es muy antigua, y los remaches están oxidados por completo —explicó la arqueóloga ante la mirada asombrada de su ayudante.

Marta extrajo la carcasa de metal y el mecanismo del cerrojo quedó a la vista. Con un par de movimientos expertos Marta consiguió desmontar el artilugio, aunque costó mucho más que el pasador se retirara a la posición de abierto, la herrumbre lo dificultaba.

—Esto lo aprendí de un amigo, Olegario, ya te lo presentaré algún día.

128

David estaba anonadado. Aquello no lo enseñaban en la universidad.

La cerradura dejó de ser un obstáculo y Marta introdujo la navaja en el hueco del ojal y tiró de ella. La puerta tembló, pero se resistió.

—Lleva mucho tiempo cerrada —comentó—. ¿Se te ocurre algo para tirar de ella?

David se palpó y miró el equipo que llevaban.

—¿Y si enganchamos la cuerda del asa de las linternas? —propuso.

—Intentémoslo —respondió Marta.

En pocos segundos anudaron los extremos de los cordeles de ambas linternas a los remaches de la cerradura.

—A la de tres —anunció la arqueóloga—. Una, dos, ¡y tres!

David y Marta tiraron de las cuerdas con brío y la puerta tembló, hizo un amago de abrirse, resistió, y se abrió por fin unos centímetros.

—¡Bien! —exclamó el ayudante.

El óxido impedía la apertura fácil del portalón de hierro. Los dos arqueólogos introdujeron sus dejos en el borde y tiraron hacia adentro. La puerta, renqueante, se abrió poco a poco. Al llegar a la media apertura, se detuvieron.

—Ya podemos pasar —dijo Marta.

Ambos se asomaron al hueco y enfocaron sus linternas a la oscuridad del otro lado. Una estancia amplia y vacía se abría ante sus miradas. Los focos se detuvieron en un bulto informe, blanquecino, que yacía en el suelo. Aguzaron la vista y un escalofrío les recorrió la espalda.

—¡Joder! —exclamó David—. ¿Qué es eso?

Marta no necesitó mirar mucho tiempo más.

—Un cadáver —respondió—. Igual que el otro. Momificado, desnudo, pero esta vez, por su complexión, se trata de un hombre.

29

Santa Cruz de Tenerife, 10 de febrero

$\mathcal{R}$estrepo se encontraba delante de la iglesia de El Pilar, templo que daba nombre a una de las principales vías de acceso al centro de la ciudad. Iba a dar la tercera vuelta a la manzana donde se encontraba el templo masónico, ahora reconvertido en museo. El trayecto, en el sentido de las agujas del reloj sobre un plano, recorría la calle San Lucas, Viera y Clavijo, San Clemente y vuelta a El Pilar. Era una manzana grande y alargada donde se alternaban, en ambos lados, edificios elevados con casas de cierta antigüedad de no más de dos alturas.

Santa Cruz era una ciudad relativamente moderna. Eran contados los edificios del siglo XVIII. Predominaba el XIX y, sobre todo, el XX. Su centro se recogía sobre sí mismo: era posible llegar de un lado al otro en apenas veinte minutos de caminata. A Restrepo le habían gustado varios rincones: la plaza de los Patos, el parque García Sanabria y la plaza del Príncipe, lugares de encanto romántico que recordaban un poco a América. De Santa Cruz había salido la expedición para la conquista de Colombia en 1536, le habían dicho. Una conexión inesperada con su país que no le desagradó. Ahora él venía a conquistar a los españoles, en cierta manera.

La calle San Lucas, una estrecha vía con el tráfico rodado restringido a los vecinos, comenzaba dejando a mano derecha la iglesia de El Pilar, una de las más antiguas de la capital, levantada en 1750. Tras la iglesia se encontraba el edificio parroquial, de factura más moderna. Al otro lado de la calle, en una construcción amplia de los años cuarenta, se mantenía la sede de la Cruz Roja. Justo detrás, una verja escondía una extraña casa antigua de arquitectura extraña, muy distinta a la tradicional canaria, que rememoraba un estilo inglés, cerrada por completo y abandonada. Su aspecto era inquietante, de novela de terror. Avanzando por la calle, a la derecha, construido sobre el solar que ocupaba una ciudadela —grupo de viviendas humildes adosadas formando una calle particular—, se erguía un alto edificio cuadrado y exento, de factura muy reciente a juzgar por su diseño, que chocaba visualmente con el resto de las construcciones de la calle. Tras él, casi oculto detrás de un muro alto de bloques vistos, se elevaba el templo masónico, con sus columnas y su frontón triangular tan simbólicos. Se detuvo delante de la puerta, observando a través de los barrotes de hierro que separaban el patio delantero de la calle. Memorizó los detalles y, de paso, sacó varias fotografías con su móvil. No estaba de más.

El edificio del templo se retranqueaba unos cuatro metros respecto a la alineación de la calle, haciendo que quedara invisible al viandante hasta que prácticamente se encontraba sobre él. Enfrente se levantaba una serie de edificios modernos anodinos, corrientes, que contrastaban de manera extraordinaria con la singularidad del inmueble de la otra acera.

Restrepo siguió caminando y estudió con detenimiento los edificios, sus ventanas, balcones y azoteas. Giró a la derecha por Viera y Clavijo y continuó con la labor, menos interesado a medida que se alejaba del museo. Quería ver de nuevo el templo por detrás. Aceleró el paso y torció por San Clemente. Una extensa pared de edificios de más de nueve pisos le recibió a su izquierda. A la derecha, un edificio moderno que hacía esquina y a continuación el extremo posterior del templo, protegido por un muro. Observó una vez más que a la calle daba una pared lisa sin abertura alguna, aunque a algún lumbrera se le había ocurrido pintar sobre ella varias ventanas. Algo por completo fuera de lugar.

131

La imponente fachada desde la otra calle impedía comprobar que el edificio poseía un tejado elevado a dos aguas, con una hilera de ventanas a media altura, y sendos faldones de tejas en su ampliación inferior, todo lo cual recordaba a una fábrica antigua.

Descartó la parte posterior del edificio y siguió caminando por la calle hasta llegar a la siguiente esquina. Allí se encontraba Samuel, al lado de la obra de alcantarillado, controlando que nadie siguiera a su jefe.

—Usted dirá, patrón —le dijo, a modo de saludo.

—Necesitamos un lugar desde donde se vea la entrada al edificio griego —dijo Restrepo. Había decidido identificar el templo masónico con esa denominación para facilitar las cosas. Aunque tampoco estaba muy seguro de que sus acólitos supieran qué tenía de especial un edificio «griego».

—Entonces nos centramos en esta calle —respondió Samuel, señalando la de San Lucas.

—Exacto. Vamos a montar vigilancia constante las veinticuatro horas durante dos días. Quiero saber quién vive en los edificios; si todas las viviendas están ocupadas o si hay alguna libre; cuándo salen y entran sus habitantes; y cualquier otra cosa que pueda ser de interés.

—Como ordene, patrón.

Restrepo volvió a mirar la calle. Su estrechez le venía muy bien, la previsible vigilancia policial estaría muy condicionada por ese detalle. Le llamó la atención que, a falta de apenas cinco días para el evento, no había visto a ningún policía en los alrededores. En su país ya habría vigilancia continua. O los agentes españoles se lo tomaban con calma o muy seguros se sentían en aquellas islas. «Tanto mejor para él», pensó.

Restrepo indicó a Samuel que lo siguiera y se reunieron con Jonatán, que vigilaba en la siguiente esquina calle abajo, haciendo que miraba un escaparate. El paseo le había dado hambre. Irían a un local que le habían recomendado en La Laguna donde hacían unas arepas aceptables. A pesar de que eran venezolanas, era lo más parecido a Colombia que se podían permitir. Ya habría tiempo de disfrutar de un buen ajiaco

132

santafereño o un mote de queso costeño cuando volvieran a casa. Porque iban a volver. De eso estaba seguro.

Y con la misión cumplida.

30

Santa Cruz de Tenerife, 10 de febrero

*M*arta dirigió el haz de su linterna al cadáver. Lo encontró en unas condiciones de degradación muy similares a las del cuerpo de la mujer. Podían ser contemporáneos, aunque su instinto le decía que era más que eso. Con toda probabilidad, aquellas dos personas murieron la misma noche, muchos años atrás. Pero, ¿cuántos? ¿Y por qué? ¿Quiénes eran?

El cuerpo se encontraba boca arriba, con los brazos alineados con el tronco y las piernas estiradas. Las partes blandas se habían consumido y apenas quedaba un rastro de piel reseca sobre el esqueleto. Marta observó el cráneo por ambos lados. Esta vez no encontró el orificio de bala. La causa de la muerte tuvo que ser otra. Tal vez nunca lo supieran, los restos estaban en muy mal estado.

—¿Crees que encontraremos más difuntos? —preguntó David, algo desasosegado.

—Nunca se sabe —respondió Marta, y atemorizó más a su compañero sin pretenderlo.

La arqueóloga dirigió la atención a la sala. Una estancia rectangular de unos seis por ocho metros y tres de altura, vacía por completo. En el suelo se adivinaban las sombras de objetos que pasaron muchos años allá abajo. Era perfectamente distinguible la marca de un círculo dejado con toda probabilidad por un barril grande. Y también los de varias cajas.

Aquello ya no era una cámara secreta. Era un sótano.

Dirigió el foco de su linterna por todo el contorno y descubrió la puerta que buscaba. Se dirigió a ella.

—¿Esto sigue? —preguntó David—. ¿Hay más pasadizos?

—No lo sé con seguridad, pero apuesto a que por esa puerta se sale al exterior.

La puerta era metálica, con una apariencia más moderna que la del pasadizo. La cerradura estaba en mejor estado pero eso quedó en un segundo plano: estaba abierta. Marta giró el picaporte y la hoja giró hacia dentro. Detrás comenzaba a ascender una escalera estrecha con el pavimento de baldosas. Poseía un pasamano de madera oscura.

—Creo que estamos en el interior de una casa —aventuró la arqueóloga.

Marta comenzó a ascender y David la siguió de cerca. La escalera dio un giro y terminó, tras otro tramo, en una puerta, esta vez de madera. Marta calculó que ese tipo de diseño podía ser perfectamente del siglo XIX.

Cuando llegó a su altura cogió el manillar y notó resistencia al otro lado. Se abría hacia afuera. Apoyó el hombro contra ella y se abrió con un chirriar escandaloso de las bisagras. Al otro lado se encontraron con un pasillo en penumbra al que daban varias estancias. La luz apenas se filtraba por los resquicios de puertas y ventanas, provocando claroscuros que limitaban la visión.

Marta avanzó unos pasos y echó un vistazo dentro de una de las habitaciones. Era un saloncito que permanecía amueblado bajo una capa de polvo. En cierta manera le pareció más encantador que siniestro. El tiempo se había parado allí en un momento indeterminado del pasado pero, a juzgar por el tipo de mobiliario, tuvo que ser mucho tiempo atrás, decenios, por no decir siglos. Dos butacas y un sofá verdes se enfrentaban con una mesa baja en medio que servía de testigo. Sobre ella, un cenicero de cristal, mudo vestigio del abandono a que se veía sometido. Las paredes se encontraban recubiertas de telas de colores apagados. Unas cortinas de caída pesada —llenas de tierra y de polvo, sin duda, pensó—, y una lámpara con adornos florales completaban el decorado. El interruptor de la luz

135

era de mariposa, de los que giraban a un lado. Hacía mucho tiempo que no veía uno.

David parecía contener la respiración.

—Esto es como un museo —dijo, asombrado.

—Sí, lo dejaron todo tal cual lo estaban usando cuando sus habitantes se marcharon —respondió Marta—. Aunque veo muchas marcas de pisadas.

Pasaron a la siguiente estancia añadiendo las huellas de su calzado a las que se hallaban en el enlosado polvoriento. Se trataba de un dormitorio con cama de matrimonio cubierta con una colcha apergaminada que alguna vez fue de color azul. Remataba el mobiliario un armario grande de madera, con patas, una silla de respaldo circular y una palangana con su soporte.

—¿Principios del siglo XX? —preguntó David.

—Más o menos —contestó Marta—. Este mobiliario se usaba todavía en los años cuarenta.

Dos habitaciones más resultaron ser dormitorios individuales, con camas más estrechas y armarios más pequeños. Todo en el mismo estado de intacto abandono.

Al fondo del pasillo encontraron, a la izquierda, la cocina, fabricada de obra recubierta con azulejos amarillos, acompañada por una serie de alacenas de madera que corrían a lo largo de una de las paredes. Un fogón de gas y una caja grande que a la arqueóloga le costó identificar: una fresquera de hielo. No había electrodomésticos. La cocina poseía una puerta que debía dar a un pequeño patio. La puerta estaba cerrada y asegurada desde dentro con tablones clavados de manera transversal.

Al otro lado de la cocina se encontraba el salón de la casa. A la derecha, bajo la capa de polvo, aparecían una mesa de comedor con un florero ocupado por los restos de rosas mustias, seis pesadas sillas a su alrededor y un aparador auxiliar que contenía la loza de servicio.

A la izquierda contempló dos grandes sofás enfrentados con butaquitas a ambos lados. Una mesa baja de centro sobre una alfombra raída de dibujos desvaídos completaba la escena. Las mismas telas del saloncito forraban las paredes y similares cortinajes pesados terminaban de ofrecer un ambiente decadente y decrépito.

Marta estaba asombrada de que la casa no hubiera sido allanada y saqueada tras tanto tiempo cerrada y abandonada. Tal vez alguien la vigilara. Todo estaba en su sitio, como si sus ocupantes se hubieran marchado de un día para otro.

Se acercó a la puerta principal, que esperaba encontrar cerrada. No lo estaba, la hoja se mantenía separada del marco unos centímetros. La abrió y se encontró con un muro de bloques sin enlucir. Estaba tapiada desde fuera.

Marta necesitaba saber dónde estaba. Todo aquello era muy extraño. Cómo era posible que una casa así se hubiera salvado de la especulación inmobiliaria. Se acercó a una de las ventanas. Algunas lamas horizontales de las contraventanas habían desaparecido. La arqueóloga pudo atisbar entre los espacios. Un espacio lleno de tierra y malas hierbas separaba la casa de la calle, y en su extremo se alzaba una verja, vieja y cerrada, como lindero entre la actualidad y aquel pedazo de pasado petrificado.

Reconoció el lugar. La calle San Lucas. Estaba cerca del agujero donde había aparecido el tubo volcánico. Los pasillos subterráneos debían de dar vueltas y revueltas antes de acabar allí.

Y eso era lo que la intrigaba. ¿Por qué acababa allí la galería que provenía de la cámara? ¿Por qué el abandono tan súbito de la casa? ¿Qué secreto ocultaban aquellas paredes?

De una cosa sí estaba segura. Tocaba investigar.

31

La Laguna, 10 de febrero

Sandra y Ariosto se encontraban en el Mercedes 300 del año 1960, propiedad del segundo, conducido por Olegario, ya reincorporado al trabajo. Bajaban por la autovía de La Laguna a Santa Cruz a unos correctos noventa por hora en el segundo carril por la derecha de los cuatro practicables. Eran casi las diez de la noche y el flujo del tráfico había descendido de manera notoria, nada que ver con los atascos que los automovilistas debían sufrir todas las mañanas en aquel tramo de siete a nueve.

La merienda en casa de Enriqueta se había prolongado debido una ración extra de dulces y pasteles que aparecieron por sorpresa cuando la reunión decaía, y que logró con ello una prórroga de una hora más.

Acabada la repostería, se acordó por unanimidad levantar la sesión y cada cual se dirigió a su domicilio. Sandra vivía en Santa Cruz y había subido en tranvía, por lo que Ariosto se ofreció a llevarla en su automóvil. Galán habitaba en La Laguna, con lo que se marchó caminando, y respecto a don Claudio, nadie sabía dónde vivía, por lo que ninguno insistió demasiado sobre su traslado cuando el archivero manifestó su deseo de dar un paseo por la ciudad.

—Curioso caso, el del tal Arencibia —opinó Ariosto—. Según los datos de que disponemos, al menos dos generales

138

tenían motivos más que suficientes para intentar asesinar al periodista.

—Con esos sospechosos, no me extraña que la investigación no fuera demasiado profunda —replicó Sandra.

—Cerraron el caso por falta de pruebas —convino Ariosto—. En aquella época no tenían los medios que se tiene hoy día para investigar de modo científico los homicidios.

—¿Crees que esa es la razón de que Arencibia hijo le encargase el caso a Galán? —preguntó la periodista.

—Tal vez —respondió Ariosto, meditativo—. Pero me extraña que el jefe de Galán no ahondara más en la búsqueda del asesino de su padre. Tenía todos los medios a su alcance en los años de la transición, cuando la dictadura pasó a mejor vida.

—Tal vez quiso pero algo se lo impidió —concluyó Sandra—. Es la mejor explicación que se me ocurre. Lo que no adivino es el qué.

El coche llegó a la ciudad, Olegario dejó atrás la piscina municipal y enfiló por las Ramblas.

—Luis, en otras ocasiones hemos hablado con militares retirados, ¿no conoces a alguno? —preguntó Sandra.

Ariosto pasó revista en su mente a los oficiales conocidos.

—Sandra, fíjese que estamos hablando de los años cincuenta. Ha pasado mucho tiempo. Los mandos de aquel entonces ya han fallecido, con toda seguridad —caviló Ariosto.

—¿Y los reclutas? Quiero decir, los que eran jóvenes —aclaró la periodista.

Ariosto siguió dándole vueltas al asunto. Olegario aprovechó que el automóvil se había detenido en el semáforo de la plaza de La Paz para volverse.

—Si me permite la intervención —dijo el chófer—, le recuerdo al señor que don Jacinto Moragas sigue vivo.

—¿Jacinto? —Ariosto pareció sorprendido—. ¿Cree que es conveniente, Sebastián?

—¿Quién es Jacinto Moragas? —preguntó Sandra.

—Todo un personaje, señorita —respondió Olegario.

El semáforo se puso en verde y el coche arrancó de nuevo. Sandra miró a Ariosto, buscando una respuesta.

—¿Sebastián, sabe usted si está en...? —inquirió Ariosto.

Sandra volvía la cabeza de uno a otro, como en un partido de tenis.

—Creo que ya ha vuelto a su casa, señor —contestó el chófer.

—Aun así, me resisto a hablar con Jacinto —replicó Ariosto.

—¿Alguien me puede explicar quién diablos es ese Jacinto? —preguntó Sandra, algo exasperada.

—¿Nunca escuchó hablar del crimen de Vistabella, señorita Clavijo? —repreguntó a su vez el chófer.

Sandra adoptó una expresión de total ignorancia y negó con la cabeza al tiempo que se encogía de hombros.

—Es normal, ocurrió mucho antes de que usted naciera, Sandra, en los años setenta, si no recuerdo mal —añadió Ariosto. Olegario asintió, aprobando la fecha. Su jefe prosiguió—. Fue un suceso muy sonado. En uno de los chalés de Vistabella, ya sabe, un barrio de viviendas unifamiliares de calidad, apareció asesinada una mujer y su anciano padre. Las sospechas recayeron, por supuesto, en el esposo. Pero, una vez más, él tenía coartada y no se le pudo culpar, aunque la sensación de muchos vecinos es que había tenido algo que ver en el crimen.

—Otro caso de falta de pruebas —añadió Olegario.

—¿Y qué tiene que ver el tal Jacinto en esta historia? —inquirió Sandra.

—Pues que era el marido de la asesinada, que era militar de alta graduación, y que uno de los asesinados, el padre de ella, era un general del estado mayor. ¿Adivina quién era?

—¿Uno de los dos del caso Arencibia? —intentó adivinar Sandra.

—Exacto —contestó Ariosto—. Uno de ellos.

—Seguro que fue el que perdía jugando al póker —vaticinó la muchacha.

Ariosto sonrió ante la apuesta de la periodista.

—Pues no —replicó—. Precisamente el otro.

—¡No me lo puedo creer! —Sandra estaba estupefacta.

El coche bajó por la calle Numancia, giró por Méndez Núñez y luego por El Pilar.

—Ya estamos llegando, señorita Clavijo —indicó Olegario.

—Una última pregunta —pidió Sandra—. ¿Y qué importancia tiene de donde haya vuelto Jacinto?

—La importancia es relativa —respondió Ariosto—. Ha vuelto del psiquiátrico. Pasa temporadas allí. Cada vez que sufre una crisis.

—¿Crisis? ¿Está loco?

—No sé si es la palabra adecuada para retratarle. Mañana lo comprobará, querida —contestó Ariosto—. Le haremos una visita.

32

La Laguna, 11 de febrero, al día siguiente

*E*l mediodía dio un respiro al fresco de La Laguna cuando el sol surgió a través de un claro entre las nubes y dejó de llover. Galán se encontraba en su despacho de la comisaría de la calle del Agua bien sentado, pero no se sentía nada cómodo con el caso Arencibia. Tenía la impresión de que se enfrentaba a algo más que un simple asesinato, un asunto con unas ramificaciones que se le escapaban. Intentó no hacer caso de su intuición y se centró en trabajar con los datos que poseía.

Trató de seguir la pista de los generales Pérez Valcárcel, el jugador de póker, y Gómez Riaño, el amante de la literatura. Llamó a Capitanía y le pusieron con el coronel Garcés, un viejo amigo de instituto, de esos que se tienen toda la vida, y le pasó los nombres de los mandos sospechosos. Sabía que Garcés removería los archivos militares, aunque le costó recibir a cambio un par de improperios cuando le dijo la fecha en que sirvieron en la isla. El coronel terminó advirtiendo que en casos prehistóricos como aquel no prometía nada, y colgó.

Puesta en marcha la maquinaria inquisitiva del ejército, Galán pasó a otro de los puntos enigmáticos del caso: la munición empleada en el asesinato. El cartucho de calibre 38, de «9×33 mmR» por el sistema métrico, fue empleado en los años cincuenta en revólveres. La policía estadounidense lo utilizó desde aquellos años hasta los ochenta. Se daba la curiosidad de que los casquillos del 38 servían también para ser usados en revólveres magnum, pero la munición de esta segunda arma no funcionaba al revés. En España no eran muy comunes, pero con el establecimiento de relaciones políticas y comerciales con Estados Unidos a partir de 1953, es muy posible que llegaran algunos ejemplares procedentes de ese país. Un proyectil del 38 puede tumbar a una persona, y el retroceso del revólver al disparar es notable, aunque menor que el de una pistola de 9 milímetros.

Plantearse investigar si un revólver de procedencia americana había entrado en Canarias a comienzos de los años cincuenta era descabellado. Tal vez la Guardia Civil, el cuerpo competente para custodiar y retirar todo tipo de armas, tuviera un registro de aquella época, pero lo dudaba. Lo más que podría hacer era encargar a don Claudio que buscase alguna pista en la hemeroteca del periódico.

El teléfono sonó a su derecha. Lo descolgó antes del tercer timbrazo.

—¡Galán! —El policía reconoció la voz del coronel Garcés—. Tengo los datos que se han conservado en Capitanía. No son muchos, la verdad.

—Muchas gracias de antemano, Garcés —respondió el inspector—. ¿Puedes adelantarme algo?

Galán adivinó que su amigo revolvía algunos papeles antes de contestar.

—Primero el General Pérez Valcárcel. Natural de Córdoba. Nunca se casó. Participó como teniente en la guerra civil. Frente del norte y luego en el Ebro. Sirvió más tarde en la División Azul. Ascendió a capitán en 1940 y sus méritos bélicos le valieron una carrera rápida: era general en 1954, a los cuarenta y tantos años. Eran otros tiempos, hoy no se consigue eso ni de broma.

—¿Tuvo algún contacto con Estados Unidos durante aquellos años? —preguntó Galán.

—¿Cómo lo sabes? —La voz de Garcés poseía un tono de asombro perceptible—. Formó parte de la comisión española que negoció los acuerdos de Madrid en 1953 con Estados

143

Unidos. Ya sabes, cuando se rompió el hielo, a partir de ahí se instalaron las bases norteamericanas en España.

Garcés se interrumpió un par de segundos, como buscando un dato.

—La comisión estaba bajo el mando del General Vigón —prosiguió—, y se comenta que Valcárcel se hizo muy amigo del general Kissner, el jefe de la delegación estadounidense. Era de los pocos que sabía hablar inglés, por lo que parece.

—Y el general americano le enseñó a jugar al póker —comentó Galán, más para sí que para su interlocutor.

—Bueno, eso no aparece en los informes —replicó Garcés, tras dudar un segundo—, ¿de dónde lo has sacado?

—Es broma —aclaró el policía—. ¿Qué más?

—Pues eso, que ese servicio lo disparó hacia el generalato. En ese mismo año de 1953 viajó a Estados Unidos, invitado por los yanquis. Consta un informe de las instalaciones militares americanas que visitó en aquel país. La carrera de Valcárcel era meteórica, pero un problema con el mismo generalísimo, que no aparece en su expediente, hizo que lo destinaran a Canarias.

—¿Franco jugaba al póker? —preguntó Galán, que intentaba adivinar cuál fue el problema.

—¿Qué preguntas me estás haciendo? ¡No tengo ni idea! Déjame acabar. De Canarias fue destinado al Sáhara, donde estuvo unos cuantos años. Después se jubiló y volvió unos años a Tenerife. Con posterioridad se fue a vivir a Córdoba, donde vivió con su familia hasta la fecha de su muerte, en julio de 1983.

Galán anotó los datos relevantes. Valcárcel tuvo contacto con Estados Unidos. No era algo determinante respecto al revólver del 38, pero era algo.

—¿Y qué has averiguado del otro general, Gómez Riaño?

—Pues ese también llegó lejos con rapidez. Entró en la Academia militar antes de la guerra. Hizo varios cursos de táctica y logística en Londres, y el levantamiento de julio del treinta y seis le pilló en tierras británicas. Tardó bastante tiempo en salir de allí. Tanto el gobierno republicano como los jefes de los militares alzados le ordenaron que se mantuviese en su puesto en la embajada española en Londres y fuera informando de lo que allí sucedía. Al parecer informó más a Franco que a Azaña, el presidente republicano. La Segunda Guerra mundial lo sorprendió en la capital inglesa y se le mantuvo allí como asesor del nuevo embajador del régimen español hasta el final de la contienda.

—Una especie de espía, entonces —acotó Galán.

—Inteligencia militar, se le llama —repuso Garcés—. Con posterioridad fue destinado al ministerio de Asuntos Exteriores en Madrid, donde fue ascendiendo de forma fulgurante: en 1953 tenía el grado de general. Pero, al igual que ocurrió con el general Valcárcel, algo extraño pasó estando cerca de Franco, que en torno a ese año fue destinado a Melilla y poco después a Tenerife.

—¿Viene a ser como una degradación, no?

—En cuanto a empleo, sin duda, aunque mantuvo su rango sin mayor problema. Estuvo en Tenerife sin interrupción durante más de quince años, hasta que murió en 1972. Me imagino que ya sabes cómo.

—Sí, esa parte de la biografía la conozco —dijo el policía—. El crimen de Vistabella, lo llaman.

Galán le dio vueltas a los datos. El general Gómez Riaño vivió muchos años fuera de España, tendría por ello contactos en cualquier parte del mundo. Los que trabajaban en Inteligencia los tenían, sin duda. Una pregunta surgió en su mente.

—Garcés, ¿has visto en su expediente alguna referencia a comportamientos mal vistos en el ejército?

—¿A qué te refieres, Galán?

—Es un poco delicado, tratándose de militares —El inspector sabía que estaba pisando terreno poco firme—. ¿Alguna acusación de homosexualidad?

Garcés tardó unos segundos en responder, tal vez por la sorpresa.

—Pues no hay nada. Ni la más mínima sospecha. Consta una mención de gallardía en su expediente, pero nada de eso

145

que estás diciendo. Estuvo casado, con dos hijas. Me suena a maledicencia.

—Es posible, amigo mío —dijo Galán, extrañado—. Olvídalo, por favor.

Galán dio las gracias al coronel, que le prometió enviarle los datos por correo electrónico antes de colgar.

Pero, al contrario que la petición que le había hecho al militar, Galán no podía olvidarlo. ¿Y si en realidad Gómez Riaño no hubiera sido homosexual?

Algo no le cuadraba, y tenía que averiguar qué era.

33

Archivo Histórico Provincial, La Laguna, 11 de febrero

—*T*iemblo cada vez que te veo, Marta.

El archivero Pedro Hernández, un tipo delgado, de rostro amable y buenas maneras, recibió con esa broma la llegada de la arqueóloga a su despacho. El Archivo Histórico se caracterizaba por su diseño funcional en el que no cabían adornos. La frugalidad del lugar de trabajo de Hernández solo se veía contrarrestada por algún detalle colorista en los fondos de pantalla de los ordenadores y una estampa de la Virgen de la Concepción a un lado, bien visible.

—No sé por qué dices eso, Pedro. Siempre te traigo enigmas interesantes que investigar.

Ambos se abrazaron. Se conocían desde hacía muchos años y habían compartido algún que otro misterio y varias situaciones comprometidas, por no decir peligrosas.

—Espero que esta vez no vengas a proponerme una investigación en la que acabes encerrada en algún sitio oscuro y lóbrego.

Marta sonrió ante la frase de su amigo.

—¿Ya lo sabes, entonces?

Hernández abrió los ojos de la sorpresa.

—¿No me digas que has vuelto a las andadas? —preguntó, incrédulo—. ¿Otro túnel? ¿Otro pozo?

—Hemos encontrado en Santa Cruz un pasadizo subterráneo conectado a un tubo volcánico.

—He oído hablar de galerías volcánicas en Santa Cruz, cada dos por tres salen a la luz, pero pasadizos subterráneos no. Hasta ahora eran monopolio lagunero, creo que te acuerdas.

—No quiero acordarme, Pedro. Pero ahora estamos en Santa Cruz. Tengo varias líneas de investigación —Marta señaló tres dedos en su mano—. Primera, cualquier referencia a túneles artificiales en el subsuelo de la ciudad. Segunda, la historia de la casa de la calle San Lucas, número cincuenta y ocho. Y tercera, ¿tienes algo sobre sectas satánicas a principios del siglo xix?

Pedro se quedó con la boca abierta de la sorpresa.

—Un momento —dijo, y levantó una mano, tratando de lograr unos segundos para asimilar lo que le había pedido la arqueóloga—. Vayamos por partes. De túneles en la capital solo me salta a la mente la galería excavada debajo del templo masónico, la que conducía a la Cámara de Reflexiones, donde se iniciaban los nuevos miembros de la logia.

—No hay relación —contestó Marta—. Al menos en apariencia.

—Hay que buscar referencias. Sé que las hay —replicó Pedro—. Respecto a esa casa, ¿no se tratará de la casa del escalofrío?

—¿La llaman así? —preguntó la arqueóloga—. No lo sabía. Pues no es mal mote.

—Esa casa tiene una larga historia. ¿Sabes que en realidad da a dos calles? Es una larga construcción cuya entrada principal se encuentra en la otra calle, la de Suárez Guerra, que también está muy deteriorada. La construcción inicial data de finales del siglo xviii, aunque a finales de la centuria siguiente se le añadió un piso más. Consta en el archivo del ayuntamiento el expediente de esta ampliación, con los planos de las dos fachadas, firmados por el arquitecto Manuel de Cámara, una maravilla. Como detalle curioso, se trata del mismo arquitecto que diseñó el templo masónico. Sin embargo, por razones que se me escapan, la casa sufrió abandono desde hace mucho tiempo, de forma que hasta los más viejos del lugar la recuerdan deshabitada. Es todo un misterio.

—Pues ya tienes trabajo. Los misterios son tu especialidad.

—Y al final, ¿qué es eso de sectas satánicas? Me estás poniendo nervioso.

—Hemos encontrado un pasadizo subterráneo con salida en uno de sus extremos a un tubo volcánico desconocido. Pasa por una cámara en la que existía un altar o un ara.

—¿Un ara de sacrificio? —preguntó el archivero.

—Es posible que lo fuera, estoy a la espera de los resultados del laboratorio. Lo relevante de la cámara es que en el techo están dibujados los anagramas de distintos demonios legendarios. Intuyo que podría ser obra de un grupo de aficionados a lo oculto.

—Pues a mí me lo parece. Un altar y los signos en el techo no puede ser otra cosa que un lugar donde se practicaba magia negra.

Marta deseaba que la conversación no siguiera por ese derrotero.

—Me interesa fechar la cámara —indicó—. Calculo que es de finales del siglo XVIII o de comienzos del XIX.

—Para datarla necesito más detalles —contestó Pedro—. ¿No había algo más en la cámara? ¿En los pasadizos?

Marta desconfió de la pregunta.

—¿Qué podría haberme encontrado? —repreguntó a su vez.

—Pues algún resto de sacrificio, es lo lógico.

—¿Qué tipo de sacrificios, Pedro?

—Humanos, por supuesto, si se trataba de adoradores del demonio.

Marta esperaba esa respuesta, pero sabía que no le iba a gustar.

—Hemos encontrado dos cadáveres en los pasadizos —confesó.

Pedro se pasó los dedos por los cabellos. Se le notaba inquieto.

—¿Algo especial en los muertos? ¿Alguna marca?

—De los restos poco queda —contestó la arqueóloga—. Parece que estaban desnudos.

—¡Vaya! —exclamó Pedro—. ¡Entonces cuadra!

—¿Qué es lo que cuadra? —preguntó Marta, escamada.

—El ritual, es típico de los miembros de la secta de los Siete ángulos. Se dice que hunde sus raíces en la Edad Media, aunque solo se han documentado un par de casos en Andalucía, en conexión con comerciantes británicos, a comienzos del siglo XIX. Desapareció a mediados de esa centuria, sin que se sepa bien por qué. Tal vez sus miembros se aburrieron, o las autoridades lograron disolverlos.

—Necesitaré más información sobre ese grupo, Pedro.

El archivero se sintió importante.

—¡Claro! Cuenta con todo lo que tenga. Pero, no me has dicho una cosa.

—¿Cuál? —inquirió Marta.

—¿Dónde terminaba el otro extremo del pasadizo?

Antes de que la arqueóloga pudiera responder, Pedro volvió a preguntar.

—¿No sería en la casa del escalofrío? ¿La de la calle San Lucas?

Marta apenas pudo reaccionar de la sorpresa.

—¿Cómo diablos sabes tú eso? —preguntó, asombrada.

34

Monte de La Esperanza, Tenerife, 11 de febrero

El automóvil de Shudi Deng, una furgoneta Fiat Ducato, llegó al pueblo de La Esperanza y tomó a la derecha por la calle El Calvario. Siguió todo recto hasta el final, dejó atrás los edificios del ayuntamiento —el nuevo y el viejo— y subió la cuesta empinada de la calle Grano de Oro, la de la iglesia. Deng tuvo que meter la primera marcha por la pendiente pronunciada y así anduvo más de cuatrocientos metros, pasando por delante de casas dispersas a ambos lados de la calle. La furgoneta llegó al cruce de Cuatro Caminos y continuó hacia el frente unos doscientos metros más allá, donde terminaba el asfalto. El coche se introdujo en una pista forestal que abría el acceso a un mundo distinto por completo.

El bosque de La Esperanza, una mezcla del fayal brezal típico de la laurisilva con la especie endémica de pino canario —el árbol más resistente al fuego del mundo—, envolvió al automóvil con un abrazo intangible. Las ramas de los árboles a izquierda y a derecha convertían el camino en una galería verde, donde la luz quedaba atenuada por las sombras que rompían, aquí y allá, algunos rayos de sol que se filtraban entre las hojas y descendían sobre el sotobosque.

Lu Wung se sintió a gusto en el asiento del copiloto. Aquellos árboles le recordaban a su región natal, en Gongshan, donde se crió hasta que tuvo edad de valerse por sí mismo. Eso fue a los nueve años, si no recordaba mal. De niño trabajó como pastor del rebaño de vacas de la familia. Aprendió a controlar grupos, aunque fuera de animales. Años más tarde comprobaría que los mismos principios servían para los seres humanos.

El automóvil se desvió a la izquierda en el siguiente cruce, en dirección a La Lagunetilla. La vegetación se hizo más densa y los pinos se impusieron a los brezos. Deng tomó una desviación a pesar de que un letrero advertía que se trataba de un camino sin salida. Cuatrocientos metros más adelante, la pista terminaba en un claro amplio tapizado de hierba.

—Hemos llegado. Aquí no viene nadie, y menos un día de diario por la mañana.

Lung bajó de la furgoneta al tiempo que el conductor, y aspiró el aire fresco del monte. No había bruma y el sol comenzaba a calentar. Condiciones perfectas para hacer las pruebas, pensó.

Abrió la puerta trasera del vehículo y se enfrentó a dos cajas gemelas, las que había revisado la tarde anterior en el local de Deng.

Abrió la de la izquierda y comenzó a extraer su contenido. En primer lugar, el marco 3DR ArduCopter, que incorporaba nuevas características, como un tren de aterrizaje más apartado del centro y unos brazos muchos más fuertes, capaces de superar impactos medianos. A continuación sacó el motor 880Kv AC2836-358, específico para cargas pesadas y un paquete de hélices APC. Con sumo cuidado sacó la placa base y el APM 2.6, un sistema de piloto automático de código abierto compatible con misiones GPS. Junto a él colocó el 3DR uBlox GPS, con brújula digital HMC5883L incorporada, con una antena más grande que versiones anteriores y un chipset de última generación. Añadió al grupo un controlador de velocidad electrónico optimizado para una respuesta inmediata y una mayor estabilidad en los descensos y ascensos rápidos. Finalmente, la radio 3DR, la estación de tierra con la que se comunicaba con el vehículo que se disponía a ensamblar.

Todos eran componentes de un dron, un artefacto volador autónomo controlado desde tierra por radio. En parte asemejaba un Guizhou WZ-2000 —el dron militar del ejército chino— en miniatura, con piezas incorporadas del mercado occidental, por si se necesitaban repuestos.

Lung tardó doce minutos en montar el aparato, de un metro diez de largo. Aquella pequeña mezcla de avión y helicóptero que asemejaba un experimento de aeromodelismo poseía una autonomía de veinticinco minutos y la capacidad de ascender a más de doscientos metros de altura. Y también la de descender en picado desde esa altura al suelo en apenas diez segundos, lo que era la cualidad que más apreciaba Lung.

Pulsó los botones adecuados en el mando a distancia y el motor a baterías del dron se activó. Las hélices comenzaron a girar a toda velocidad y en pocos segundos el artilugio se elevó unos centímetros. Lung, satisfecho, maniobró con el *joystick* del mando y el dron se elevó en el aire.

Por encima de la mirada atónita de Deng, el aparato obedeció las órdenes de Lung y dio varias vueltas y cambios de dirección a distintas velocidades y alturas.

Marcó en los controles un punto GPS precisado con anterioridad, a unos veinte metros de donde se encontraba. Lung subió el dron hasta una cota de doscientos metros y a continuación lo hizo bajar a toda velocidad hasta unos diez metros del suelo, donde controló la caída y lo detuvo con suavidad a medio metro de la hierba, justo encima del lugar prefijado por GPS. Ordenó que se posara sobre el terreno y apagó el motor.

153

—¿Todo a su gusto, señor Tsung? —preguntó Deng.

El asesino asintió, sin dar mayor importancia a la prueba.

—Todo perfecto, señor Deng —contestó—. Ahora, a probar el otro aparato.

Deng se hizo a un lado mientras Lung comenzaba a desmontar el dron que acababa de volar. Adivinó que en la otra caja se encontraba un aparato igual.

—Señor Deng —dijo Lung al embalar con cuidado las hélices—. No sé si le he comentado que todo esto es muy confidencial.

El dueño de la furgoneta se envaró, incómodo.

—No hace falta que lo diga, señor Tsung —contestó con celeridad—. Puede contar con mi total discreción.

—Eso espero, señor Deng —dijo, con voz lúgubre—. Eso espero.

35

Santa Cruz de Tenerife, 11 de febrero

$\mathcal{M}$ientras el tercero se quedaba en la acera de enfrente, los otros dos colombianos entraron en la tienda de animales. El interior se encontraba en penumbra, con el ambiente cargado de olor a pienso y con una algarabía de trinos, gorjeos y cacareos inundando todos los rincones.

Restrepo buscó al dueño del local, un hombre mayor que se encontraba al fondo, detrás de un pequeño mostrador, ensimismado en unas anillas de paloma. Se dirigió hacia él avanzando entre estanterías de productos alimenticios para toda clase de animales, jaulas de cachorros caninos y un par de peceras.

—Buenos días, don Simón —dijo el colombiano.

El dueño del negocio levantó la mirada por encima de sus gafas de cerca. Reconoció a su visitante.

—¡Ah! ¡Ya está usted aquí! —dijo, a modo de saludo.

Restrepo asintió, aprobó que el hombre no usara nombres y esperó a que reaccionara. Su compañero se había quedado cerca de la puerta, vigilando. Don Simón dejó el trabajo que le mantenía ocupado, se quitó las gafas y salió de detrás del mostrador.

—Tengo su pedido preparado —anunció—. Permítame que cierre el negocio.

El pajarero se dirigió a la puerta del local e hizo lo que había dicho. Restrepo le hizo un gesto a Samuel para que se lo permitiera y se mantuviera en su lugar.

El hombre volvió por sus pasos e indicó a Restrepo una puerta a la derecha.

—Por aquí, por favor —indicó.

Don Simón la abrió y ambos entraron en un patio relativamente grande, de unos diez metros de fondo por cinco de ancho, cubierto en su totalidad por una malla metálica, a unos tres metros del suelo. «Una jaula gigante», pensó Restrepo.

—Aquí están sus dos amigas —dijo el propietario de la tienda—. Necesitan espacio y no pueden estar en jaulas convencionales.

Restrepo buscó con la mirada. Varias cajas de madera apiladas en un lado conseguían que las miradas de la calle no pasaran de allí. Varias ramas de árboles gruesos cortadas y colocadas en un montón hacían las veces de apoyaderos para aves.

156

Restrepo no buscó más. Se colocó un guante en la mano derecha que llevaba en el bolsillo y sacó una flauta pequeña y sopló por ella. Aunque los hombres no escucharon ningún sonido, dos aves grandes salieron de su escondite entre los troncos y remontaron un vuelo rasante en dirección al colombiano. Restrepo las esperó con el brazo en alto y los pájaros se posaron en su puño enguantado.

—¿Cómo están mis queridas pipiolas? —les preguntó con voz amigable al tiempo que con la mano izquierda acariciaba sus plumajes.

El pajarero tuvo un momento de aprensión por la familiaridad con la que el colombiano trataba a aquellas aves. Y es que se trataba de dos gavilanes americanos, el *accipiter striatus*, que también recibían el nombre de azor cordillerano, busardo mixto, gavilán acanelado o aguililla de Harris, un ave rapaz originaria del continente americano. Eran halcones de color marrón oscuro con el final de la cola blanco, más imponentes por su aparente fiereza que por su belleza. Los dos ejemplares, hembras, medían unos setenta centímetros y poseían una envergadura alar de un metro y treinta centímetros. El pico corto y curvo y las garras fuertes los hacían especialmente peligrosos en el trato. Cualquier despiste en su manejo podía acarrear una herida profunda en la piel.

Restrepo mantuvo las caricias durante unos minutos. Para don Simón era evidente que había sido su entrenador, allá de donde viniesen, que no lo sabía.

—¿Ha tenido problemas para su entrada en España? —preguntó el colombiano.

—Los típicos de la importación de aves —respondió don Simón—. Muchos papeles y un plazo de cuarentena. Desde 2005, con lo de la gripe aviar, las autoridades comunitarias europeas son bastante estrictas con los pájaros. Pero ya pasaron todos los controles e inspecciones, las correspondientes vacunas y la instalación de una anilla que contuviera el número de identificación que figuraba en el certificado zoosanitario.

—¿Y ha seguido mis instrucciones?

—Al pie de la letra —respondió el hombre mayor—. Sacrifiqué dos cernícalos comunes de Canarias e informé a las autoridades de que se trataba de los gavilanes americanos. Los restos fueron incinerados y los papeles administrativos así lo prueban. A todos los efectos, sus pájaros no existen.

—Perfecto —dijo Restrepo—. Ha hecho un buen trabajo manteniendo en forma a mis queridas amiguitas. Será recompensado como tratamos.

—Ha sido un placer. Y muy interesante para mí, desde el punto de vista profesional. No había trabajado nunca con este tipo de pájaro.

Restrepo miró de soslayo al pajarero. No era necesario tanto entusiasmo.

—Y es muy posible que nunca lo vuelva a hacer —cortó.

Don Simón no entendió muy bien la indirecta, ni si se trataba de una amenaza soterrada. Sí comprendió que era mejor que se callara.

—Mañana por la noche me las llevaré unas horas —avisó Restrepo—. Para que les dé el aire.

157

Don Simón asintió, estaba informado de que eso ocurriría en cualquier momento. El para qué, ni lo sabía ni le debía interesar.

—Como quiera. ¿A qué hora?

—A la una.

El horario de apertura de la tienda por la mañana finalizaba a la una pero, por lo que pagaba aquel tipo, no había problema en esperar un poco para realizar el servicio.

—A la una pues —contestó.

36

Santa Cruz de Tenerife, 11 de febrero

El Mercedes negro de Ariosto se detuvo en el número siete de la calle Marcos Peraza y Vera, en el barrio de Vistabella, delante de una casa unifamiliar de dos pisos rodeada de un pequeño jardín. El estilo de la edificación, con líneas severas, discretas, sin ninguna concesión a la ornamentación, rezumaba pura practicidad, y pertenecía a los años en que los arquitectos se cansaron de las volutas y adornos del modernismo, allá por el segundo tercio del siglo xx.

Sandra y Ariosto descendieron del vehículo y Olegario se dirigió a estacionar el automóvil en un extremo de la calle. Esperaría en el coche.

—Es una casa especial —consideró Sandra al contemplar la fachada.

—Sin duda —respondió Ariosto—. Los edificios racionalistas se levantaron en los años treinta. Existe un número importante de ellos en la ciudad, aunque algo diseminados. Hay verdaderas obras maestras de la arquitectura, desde edificios institucionales a viviendas como esta.

Pulsó el timbre anexo a una puerta metálica integrada en un muro bajo que separaba la zona ajardinada de la acera. Sandra no dejó de percibir que Ariosto daba un paso atrás, un detalle preventivo revelador. No se fiaba, evidentemente. La periodista hizo lo mismo. La puerta tardó en abrirse, y lo hizo con lentitud. La cabeza de un anciano asomó por detrás, con expresión desconfiada. Sandra le calculó más de ochenta años. No pareció reconocer a sus visitantes.

—No me interesa —advirtió el hombre, y se dispuso a cerrar la puerta.

—¡Jacinto! —exclamó Ariosto, que avanzó un paso y evitó con el brazo que la puerta se cerrase—. ¡Soy Luis Ariosto!

El dueño de la casa forcejeó para cerrar la puerta y Ariosto tuvo que resistir y echar mano de sus recursos.

—¡Contraalmirante! ¡Soy el almirante Jervis! ¡Cuádrese! —exclamó.

El empuje desde dentro se detuvo. Un segundo después, la hoja volvía a abrirse. El semblante de Jacinto era de duda expectante.

—¿Almirante?

Sandra miró asombrada a Ariosto. «¿Qué historia era esa de almirantes?».

—El mismo —respondió Ariosto, sin devolver la mirada a su amiga—. Señor Nelson, que no vuelva a ocurrir. Permiso para subir a bordo.

El anciano se puso firme y realizó un saludo militar.

—A sus órdenes. Permiso concedido —contestó—. ¡Atención! ¡Almirante a bordo!

Jacinto se volvió y comenzó a caminar hacia la casa, cruzando el jardín con aire marcial. Sandra mantuvo la mirada inquisitiva sobre Ariosto.

—Se cree Nelson —le dijo en voz baja—. No pasa nada, es inofensivo.

A Sandra le pedía el cuerpo estallar en carcajadas pero mantuvo el tipo por la seriedad aparente de su amigo, que le indicó que siguiera al dueño de la casa. Este se detuvo de perfil en la entrada, esperando la llegada de sus visitantes. Sandra llegó a su altura la primera.

—Yo soy Sandra Clavijo, periodista de El diario de Tenerife —dijo la joven, ofreciéndole la mano—. De los Clavijo de Trafalgar Square, ya sabe.

Ariosto miró de soslayo a la periodista, no convenía pasarse de bromista. Jacinto hizo un saludo militar de nuevo y la mano de Sandra se quedó en el aire.

—¡Atención! —voceó—. ¡Mujer a bordo!

Sandra se volvió hacia Ariosto, atónita.

—Hay que avisar a la marinería de que sube al barco la tentación —dijo, sonriendo.

Entraron en la casa y Jacinto cerró la puerta tras de sí. Un recibidor distribuía un salón a la izquierda y la cocina, aseo, un cuarto de servicio y la solana a la derecha, y dejaba al frente una escalera que se perdía en el piso superior.

Entraron en el salón, que supuso una sorpresa para Sandra. Todo, absolutamente todo, estaba fuera de moda. Le recordó a algunas películas de los años setenta, con un mobiliario que pretendía ser futurista y que hoy en día se consideraba *vintage*. Las paredes se encontraban empapeladas con motivos geométricos de un tono verde que restaba luz a la estancia. Unos pequeños sofás individuales de color amarillo anaranjado en serie ocupaban toda la esquina. En los extremos, los silloncitos poseían apoyabrazos que producían al conjunto el efecto de constituir un gran sillón esquinero. Una mesa redonda de mármol color crema y una lámpara de cristal rojo que semejaba una pecera invertida colgaba del techo a una distancia peligrosa para las cabezas de los usuarios de la sala. Enfrente de la mesa se encontraba una pequeña mecedora de madera, colocada de modo que estuviera enfocada hacia un enorme televisor de lámpara que ocupaba toda una mesa baja cuadrada, bajo una de las ventanas. En el suelo se desplegaba una alfombra que asemejaba la piel de un bóvido lanudo del Tíbet, pero rubio platino. En la otra esquina, un aparador blanco de un material que parecía formica, mostraba en sus estantes algunos discos de vinilo y libros de bolsillo con sobrecubierta con una pátina decolorada en sus bordes que demostraba que no se habían tocado en años. Junto a él una mesa de comedor redonda y cuatro sillas tapizadas de escay crema completaban el mobiliario.

Pero lo más curioso de todo es que el centro del salón estaba ocupado por una maqueta gigante de un barco de guerra del siglo xviii, y dejaba muy poco espacio para moverse. La embarcación se encontraba sin terminar: el casco y las cubiertas estaban colocadas, pero la madera todavía no había sido barnizada. Los tres mástiles y las vergas aparecían en su lugar, pero sin velamen. Los agujeros de los cañones no tenían las piezas correspondientes, y las virutas en el suelo indicaban que en esos detalles se encontraba trabajando el dueño de la casa en los últimos días. La maqueta mediría unos cuatro metros de eslora y el palo mayor tocaba el techo del salón, alto de por sí.

—El HMS Theseus —informó Ariosto—. El buque insignia de la escuadra inglesa que atacó Tenerife en 1797.

Sandra rodeó como pudo el barco y se preguntó cómo lo sacarían de allí cuando lo terminaran. No cabía por la puerta ni por las ventanas. Lo pensó mejor y apostó por que Jacinto no tenía la más mínima intención de sacarlo de la casa.

De todos los asientos posibles, Jacinto eligió la mecedora. Sandra y Ariosto se sentaron en los sillones amarillos, demasiado bajos para ser cómodos.

Ariosto observó al militar retirado. Había adelgazado bastante y se le veía desmejorado, ceniciento, pero su ropa aparecía limpia y planchada, y el rostro, afeitado con pulcritud.

—¿Cómo le va, contraalmirante? —preguntó Ariosto—. ¿Está bien atendido?

—Bien, señor. Un poco renqueante, la verdad. Debe de ser la edad —contestó el interpelado, que parecía recobrar el humor—. Una de mis sobrinas viene todas las semanas para comprobar que la asistenta haya venido a limpiar y a dejarme comida hecha. No me quejo —Jacinto pareció recordar con quién estaba hablando—. Permítame felicitarle por la reciente concesión de Conde de San Vicente y su nombramiento como Primer Lord del Almirantazgo.

Ariosto hizo un gesto con la cabeza, quitando importancia al asunto.

—Ya sabe, la cámara de los lores y su Majestad son demasiado magnánimos conmigo.

Sandra pensó que su amigo era un actor consumado o que se había estudiado al dedillo la biografía de sir John Jervis. O ambas cosas.

Ariosto consideró que los prolegómenos debían terminar—. Contraalmirante, hemos venido a verle para que nos aclare una historia de la que posiblemente sepa algo.

El ex militar se echó atrás en la mecedora, expectante. Sandra consideró que era el momento de intervenir

—Se trata del general Pérez Valcárcel —dijo, y mostró su mejor sonrisa—. ¿Lo conoció usted?

Sandra dudaba de que aquel hombre tuviera memoria para contestar a las preguntas que tenía en mente. Estaba en el siglo XVIII.

—Por supuesto, don José Manuel Pérez-Valcárcel y Ortiz de Mendíbil, los dos apellidos compuestos —contestó Jacinto con aplomo. Parecía otra persona—. Era un pésimo jugador de póker, pero muy simpático. Serví a sus órdenes una temporada.

La periodista borró de su pensamiento las dudas. Respecto al general, Jacinto parecía recordarlo todo.

—Tenemos entendido que hubo un momento en que tuvo problemas de juego —indicó Ariosto—. Tal vez nos pueda aclarar ese asunto.

Jacinto se meció antes de contestar, como preparando lo que tenía que decir.

—Valcárcel era un tipo extraño —dijo, y dejó de mecerse—. Creo que escondía algo. Aunque lo intentara, a mí me daba la sensación de que nunca era sincero. Jugaba al póker fatal, pero cuando quería. De vez en cuando sacaba una mano magistral, y perdía a continuación todas las demás. Parecía forzado.

—¿Con quién jugaba al póker? —Sandra trató de llevarlo al tema que les interesaba.

—Pues con mucha gente, que yo supiera —contestó Jacinto—. Tenía una timba especial, en la que estaban varios empresarios de la isla. Y también un periodista, Arencibia, su gran amigo. Escribía en el mismo diario que usted.

163

Sandra y Ariosto se miraron. El ex militar se lo estaba poniendo en bandeja.

—¿Su gran amigo? —preguntó la periodista.

—A Valcárcel y Arencibia los unía un lazo muy especial. Ambos sirvieron en el frente ruso, codo con codo.

—¿En qué frente ruso? —Sandra estaba descolocada.

—¿Nunca ha oído hablar de la División Azul? —repreguntó Jacinto, con expresión de asombro—. Esa es otra historia.

—Cuéntenosla, por favor —rogó Sandra.

37

Santa Cruz de Tenerife, 11 de febrero

Jacinto se meció dos veces antes de iniciar su perorata.

—La División Azul fue una iniciativa de ayuda militar de Franco a los alemanes en la Segunda Guerra Mundial en su lucha contra los soviéticos. El 22 de junio de 1941 Alemania inició la llamada Operación Barbarroja invadiendo la Unión Soviética, traicionando a la hasta entonces aliada de conveniencia de Hitler. Al día siguiente, el consejo de ministros español decidió el envío de una división militar para apoyar el ataque. El motivo no era otro que vengarse del enemigo ruso por haber prestado su ayuda al bando republicano durante la Guerra Civil.

—Pero siempre se dijo que España permaneció neutral en la guerra en Europa, ¿no es así? —preguntó Sandra.

—Por decir, se podía decir cualquier cosa. Franco pasó de declararse neutral a no beligerante, que es lo mismo que decir que apoyas a una de las partes aunque no intervengas de manera directa con tropas en el conflicto. En el caso de la División Azul, se planteó más como una iniciativa de un grupo de voluntarios que como el desplazamiento de tropas españolas previamente constituidas. De modo oficial, España no estaba en guerra.

Jacinto se detuvo al escuchar una alarma en la habitación. El dueño de la casa se levantó, localizó un pequeño despertador en una estantería de la librería, lo apagó y se dirigió a la cocina.

—Perdonen, es la hora de mi pastilla.

En un minuto estuvo de vuelta. Volvió a sentarse y les sonrió. A Ariosto le pareció que había perdido el hilo de su historia. Acudió en su ayuda.

—Estaba contando cómo se inició la División Azul —dijo.

—¡Ah, sí! Como decía, veteranos de la guerra y jóvenes entusiastas se ofrecieron como voluntarios para ir a luchar. Valcárcel era uno de los primeros y Arencibia de los segundos. Por ese azar del destino, ambos cayeron en la misma compañía. Valcárcel era el superior de Arencibia. Llegaron a Grafenwöhr, en Alemania, la segunda quincena de julio de 1941. Tras un mes de instrucción, partieron hacia el frente ruso: mil seiscientos kilómetros en tren y otros novecientos caminando. Cuando iban a incorporarse a las tropas que atacaban Moscú fueron desviados hacia el cerco de Leningrado, lo que hoy llaman San Petersburgo, cientos de kilómetros al norte. Llegaron el 12 de octubre, fecha casual, al frente de Novgorod. Allí estuvieron un año empantanados, sufriendo un invierno gélido y luchando contra los soviéticos por la posesión de las orillas del río Voljov.

—Me imagino lo complicado que debía de ser sobrevivir en un entorno tan peligroso —dijo Ariosto.

—Así es —corroboró Jacinto—. Me han contado que, en una ocasión en que se llegó al cuerpo a cuerpo, Arencibia estuvo oportuno liquidando a un bolchevique que iba a disparar a Valcárcel, que no se había percatado de la presencia del enemigo. Aquello hizo que ambos hombres estrecharan su camaradería. Cuando alguien te salva la vida, no lo olvidas.

—Así pues, Valcárcel le debía la vida a Arencibia —intervino Sandra—. El futuro general tendría que estar en deuda con él. Eso no casa con las sospechas de nuestra investigación, ¿verdad, Luis?

—En principio no, Sandra —respondió Ariosto—. Dejemos que Jacinto nos cuente el resto de la historia.

—Del frente de Novgorod los trasladaron al de Leningrado en agosto de 1942 –prosiguió el ex militar–. En ese momento había unos cuarenta y cinco mil españoles en la división, que se encargó de estrechar el asedio de la ciudad por el sur. En enero del año siguiente, a temperaturas de cuarenta grados bajo cero, cuatro divisiones de refuerzo ruso intentaron romper el cerco y lo consiguieron en Krasny Bor, el lugar donde los combates fueron más encarnizados. Las tropas españolas lograron mantener el control de la carretera de Moscú, que no lograron conquistar los soviéticos a pesar de sus continuados ataques. En marzo la lucha se hizo menos cruenta y los bandos se dedicaron a pequeños golpes de mano y a una guerra de trincheras. En una de las escaramuzas Arencibia fue hecho prisionero y no se volvió a saber de él.

—¡Vaya! —exclamó la periodista—. Eso sí que no lo sabíamos.

Jacinto se tomó un respiro y continuó.

—Tras la caída de Stalingrado, al darse cuenta de que la victoria alemana no estaba nada clara, y de que los españoles habían sufrido cinco mil muertos y casi nueve mil heridos, Franco cambió de ministro de Asuntos Exteriores y ordenó la repatriación del contingente español. El 12 de octubre de 1943 comenzó la vuelta de la División. Algunos, casi tres mil, decidieron quedarse allí, pero los demás volvieron a España. Valcárcel lo hizo con ellos. Sus méritos en campaña le valieron un ascenso rápido y su adscripción al Estado Mayor, en Madrid.

—¿Y qué pasó con Arencibia? —inquirió Sandra, nerviosa.

—A eso iba —respondió Jacinto—. El futuro periodista había caído prisionero de los rusos y estuvo preso en Moscú. Pudo volver al finalizar la guerra, en 1946, y con mucha suerte. Fue un intercambio de prisioneros por izquierdistas presos en España. Le tocó al azar ser uno de los afortunados. Otros españoles cautivos no tuvieron tanta suerte. Algunos tardaron más de doce años en poder regresar a España.

—Y luego se encontraría en Tenerife con su antiguo compañero de armas —indicó Ariosto.

167

—Así es, en 1954, cuando llegó a la isla el ya general Valcárcel —confirmó Jacinto—. El encuentro permitió al general entrar en ámbitos civiles locales un tanto «exclusivos», como la timba de póker con los estraperlistas. No eran reuniones frecuentadas por las autoridades militares, precisamente.

—En todo esto hay un detalle importante que no me cuadra —terció Sandra—, ¿ocurrió algo que pudiera enemistar al general con Arencibia?

Jacinto miró con extrañeza a la muchacha.

—Pues no, que yo sepa —contestó—. Siempre fueron muy amigos.

—¿No hubo alguna tensión por deudas de juego? —preguntó Ariosto—. Nos ha llegado algún rumor sobre ese extremo.

—Si la hubo, yo no me enteré —afirmó Jacinto—. Por aquel entonces era teniente a las órdenes del general, lo trataba a diario, y no vi nada semejante. Sé que Valcárcel jugaba mal, pero no tengo noticia de que se endeudara con sus compañeros de mesa. Sé que hizo algún que otro favor a los hijos de alguno de ellos, como que hicieran el servicio militar cerca de casa en destinos facilones, pero nada más.

Sandra miró a Ariosto con inquietud. La conversación estaba dando un giro extraño. Valcárcel estaba perdiendo peso como sospechoso de la muerte de Arencibia.

Jacinto se percató de la insatisfacción de sus visitantes. Trató de hacer memoria.

—Claro que, si hubo algo, tuvo que ser por Sarita —dijo.

—¿Sarita? —preguntó Sandra.

—Sí, Sarita la griega. Una jovencita algo ligera de cascos que traía de cabeza al general, y a alguno que otro. Es algo que me ha venido a la mente ahora mismo. Yo la vi alternar en aquellos días tanto con el general como con el periodista. Con ambos de modo muy discreto, el primero no quería perder su reputación de hombre serio, y el segundo estaba casado.

—Si existía tanta discreción, ¿cómo lo sabe usted? —inquirió Sandra.

Jacinto sonrió.

—Porque también estaba liada conmigo.

—Una ligereza de cascos notable, por cierto —comentó Ariosto.

—Pues no crea que quedó ahí la cosa —replicó Jacinto—. También entró en el círculo selecto de Sarita otro general, uno que se llamaba Gómez Riaño.

—¿Puede repetir eso? —saltó la periodista.

—Pues sí. El que iba a ser mi futuro suegro. También cayó bajo el hechizo de aquella Mata Hari.

Sandra intentó darle varias vueltas a los últimos datos. ¿No eran muchas casualidades?

—¿Y qué fue de la tal Sarita? —preguntó—. ¿Sigue viva?

—Después de la muerte de Arencibia nos distanciamos —respondió Jacinto—. Se fue de la isla, al extranjero creo, donde se casó. Pero volvió no hace mucho, ya viuda. Me la encontré casualmente por la calle. Me reconoció ella a mí. Estaba muy cambiada.

Sandra miró a Ariosto, que comprendió la mirada.

—Creo que sería de mucho interés si nos facilitara su dirección, contraalmirante —dijo el segundo.

—Por supuesto. Pero antes necesito que me hagan dos favores.

—Usted dirá —dijo Ariosto.

—El primero, que me compren un poco de cola para madera, que se me está acabando y tengo que asegurar las cureñas de una serie de cañones.

—Hecho. Sebastián se la traerá. ¿Y el segundo?

—Que no me llame contraalmirante. ¿No se ha dado cuenta de que llevo un rato siendo Jacinto Moragas?

169

38

Santa Cruz de Tenerife, 11 de febrero

*M*arta se encontraba de nuevo en la cámara subterránea, examinando una vez más los dibujos de su techo. Le seguía dando vueltas a las explicaciones que le había dado el archivero Pedro Hernández aquella mañana. La conexión entre la secta de los Siete ángulos y la casa de la calle San Lucas era algo endeble, pero existía. El propietario del inmueble a comienzos del siglo xix resultó ser uno de los componentes de la secta en Andalucía. Sin embargo, tenía en contra el hecho de que no se hubiera constatado actividad alguna en Tenerife en esa época.

Pedro quedó en seguir buscando datos sobre el propietario de la casa, un señor llamado José Manuel Rodríguez del Castillo, conocido en el Archivo porque en uno de los protocolos notariales se conservaba la escritura pública de compraventa de la casa, fechada en 1810.

Con independencia de quién fuera su dueño, algo debía explicar la existencia de los pasadizos debajo de la casa, su conexión con la cámara ritual y la salida al tubo volcánico.

En lo que el archivero investigaba, podía centrarse en el trabajo diario. Sus ayudantes y un topógrafo estaban levantando un mapa de los pasillos subterráneos y su localización en el subsuelo de la ciudad. Marta sospechaba que la cámara se encontraba directamente debajo de la iglesia del Pilar, tal vez debajo del altar mismo, como una especie de irreverencia buscada ex profeso por su constructor. Aunque el templo masónico se encontraba cerca, a unos doscientos metros de la iglesia en la misma calle, la longitud de los pasillos, según sus cálculos sin confirmar, no llegaba tan lejos.

Esa tarde o al día siguiente recibiría los informes anatómicos de los cadáveres y el analítico de la sustancia adherida en la superficie del altar. No se hacía demasiadas ilusiones, de los cuerpos no creía que se pudiera sacar información relevante. Y respecto a la pátina del altar, si era sangre, y además humana, reforzaría el uso sacrificial de la cámara, lo que añadiría morbo de cara a la prensa.

La prensa, recordó. El alcalde tenía convocados a los medios al mediodía. No podía esperar más para dar a conocer el descubrimiento, y lo entendía. Podía ser una baza política para sumar votos. Marta habría preferido tener todos los datos en la mano antes de enfrentarse a los periodistas, pero no iba a poder ser. Tal vez fuera mejor así, si le faltaba información no podían exigirle opiniones categóricas.

Decidió dejar a un lado esos pensamientos y centrarse en lo que había venido a hacer allí. Estudiar los gráficos del techo de la cámara.

Se había traído una publicación donde aparecían los símbolos satánicos más comunes y los estaba comparando con los que veía sobre su cabeza. Para esa función no necesitaba a sus ayudantes, por lo que había bajado sola. Desde su descubrimiento, la entrada se hallaba clausurada y tal vez aquella fuera una oportunidad única para evitar estar rodeada de curiosos. Porque lo estaría, sin duda, una vez que el alcalde anunciara al mundo el hallazgo.

No se había equivocado en el primer signo, el que estaba justo encima del altar. Era el de Astaroth. Miró en su guía demoniaca. Astaroth era una diosa conocida por los cananeos como Astarté, Ishtar por los asirios, o Isis por los egipcios. Se dice que había sido humana en el comienzo de los tiempos, nieta de Belcebú, hija de Ningal y Nanna. En diferentes culturas se la consideraba la diosa de la fertilidad, del amor y de la guerra. Su atribución como diablo en el cristianismo es muy posterior. Así, se la conoce como un demonio principal que seduce por medio de la pereza y la vanidad. Era fuente de inspiración de matemáticos, pintores, artesanos y otras profesiones liberales.

Marta se detuvo y leyó dos veces la última línea. Eso debía explicar el porqué de su colocación en un lugar tan principal, encima del altar. ¿Quiénes solían formar parte de las sectas? Precisamente ese tipo de personas, los profesionales liberales.

Los poderes que se le atribuían a Astaroth eran variados: desde volver invisibles a los hombres, contestar toda clase de preguntas que se le formulara con letras o números en cualquier idioma, hasta llevar a los humanos a encontrar tesoros escondidos mediante hechizos.

Esto último no estaba mal, se dijo. Y lo de volver invisibles a los hombres tampoco, sobre todo a alguno que tenía en mente.

Marta dio tres pasos a su derecha y buscó el diagrama del techo en su libro. El siguiente demonio simbolizado era Azazel. Por lo visto, era el hermano gemelo de Astaroth, nieto por tanto de Belcebú. En Acadia y Babilonia se le atribuyó ser el dios guerrero de la justicia y de la verdad.

Era curioso comprobar cómo se había demonizado a los dioses de la antigüedad, tal vez para diferenciarlos del dios de los cristianos. A la luz de la Historia ya no daban tanto miedo.

El siguiente diablo, otros tres pasos al frente, era Beelzebub o Belcebú, como se le conocía en España. La guía le informó que podía considerársele el mismo demonio que Enlil, lo que tampoco le dijo mucho. Era el dios de Nippur, en Sumeria, y también de los filisteos muchos años después. Se le consideraba el dios del viento, de la lluvia y de las tormentas.

El cuarto dibujo simbólico representaba a Belial, un poderoso demonio que representaba al elemento tierra. Se le daba también los nombres de Señor de la arrogancia o Señor del orgullo y de Hijo del infierno. Desde el medievo fue considerado como príncipe de los infiernos. En el judaísmo los hombres impíos son considerados los *hijos de Belial.*

Iba a dirigirse hacia el quinto de los seis símbolos dibujados cuando, de repente, se apagó la luz de las bombillas colocadas a intervalos en la cámara y los pasillos.

Marta se quedó a oscuras por completo.

La arqueóloga no pudo evitar pensar que ya había pasado por aquello en otras ocasiones. «Siempre me pasa algo parecido», se dijo. Como había luz eléctrica, no había tomado la precaución de coger una linterna, era innecesario. Echó mano a su teléfono móvil para disponer de la pantalla iluminada y se percató de que no lo llevaba encima. Se lo había dejado en el coche.

—¡Maldita sea! —exclamó.

Marta giró sobre sí misma, buscando algún tipo de resplandor. No se veía nada en absoluto. Hizo memoria del lugar donde se encontraba la salida. Con lentitud dio pasos pequeños con los brazos extendidos tratando de llegar a la pared. Desde allí sería capaz de encontrar la puerta y seguir por los pasillos.

Al séptimo paso llegó a su objetivo. El tacto de la pared le proporcionó seguridad. Sabía dónde se encontraba. El silencio era total y escuchaba en sus oídos el sonido de su respiración como si estuviera ampliado con un altavoz.

Entonces oyó varios golpes. Sonaban lejanos y apagados, como detrás de los muros de la estancia. Fueron cuatro sonidos seguidos y luego una pausa. Parecía como si alguien aporreara un muro con una maza o martillo grueso. Se detuvo a escuchar. Los impactos se repitieron, y en esa ocasión fueron seis. Le pareció que sonaron más próximos.

A pesar de su nerviosismo, Marta decidió que no podía quedarse allí, quieta. Inició el avance pegada al muro, deslizando la palma de sus manos por su superficie. Llegó a la puerta, se introdujo a través de ella y pasó al pasillo. La pared era de piedra, más rugosa e irregular al tacto. De nuevo escuchó los golpes. Siete esta vez, y bastante cerca.

Pensó que su situación no era nada atractiva, en la más completa negrura, después de haber estado leyendo sobre de-

173

monios antiquísimos y con unos turbadores golpes sonando cada vez más cerca.

Trató de tranquilizarse, podría ser algún operario que se hubiera quedado atrapado en el subterráneo sin luz, como ella. Sin embargo, recordó al instante que no había ninguno cuando bajó.

Y otra vez escuchó los golpes. Cinco seguidos, tan cerca que hubiera jurado que los habían dado tras la esquina que le esperaba unos metros adelante.

Le pareció que algo pequeño rozaba con velocidad sus pies.

«¿Ratas? —pensó— ¿Alguien trata de espantar las ratas con los golpes?»

Y, temblando, deseó estar lejos, muy lejos de allí.

39

Santa Cruz de Tenerife, 11 de febrero

Galán había bajado de La Laguna a Santa Cruz, y se encontraba en la comisaría de la avenida Tres de Mayo. Su identificación de inspector le abría con facilidad la puerta de cualquier archivo de la Policía. Le interesaba echar un vistazo a los expedientes de los años anteriores y posteriores a 1955.

Bajó las escaleras que lo llevaban al sótano, cerca de los calabozos destinados a los detenidos ruidosos. Un agente veterano sentado en una mesa pequeña montaba guardia en el pasillo. Ya estaba avisado y dejó pasar a Galán.

—La segunda puerta a la izquierda —le señaló.

—Ya he estado en el archivo en otra ocasión, gracias —contestó el inspector.

Galán abrió la puerta y entró en una estancia amplia llena de estanterías metálicas en paralelo repletas de cajas archivadoras de cartón blanco. Pulsó el interruptor de la luz y una serie de lámparas fluorescentes se encendieron en el techo, proyectando una luz amarillenta deprimente. El policía sintió una sensación de polvo en suspensión, la sala no estaba ventilada y olía con intensidad a papel antiguo.

Los estantes estaban colocados en orden cronológico, con lo que se acercó al extremo izquierdo de la sala. La década de los cincuenta se encontraba en la primera columna de archivadores. Cuando llegó a los años que le interesaban sufrió una fuerte impresión: debían de ser unas cincuenta cajas por año. Necesitaba un catálogo. Por fortuna, no tuvo que buscar mucho. En la cabecera de cada hilera se encontraba un grueso tomo encuadernado con canutillo donde se relacionaban los números de diligencias, el delito origen de la causa, las personas implicadas, las fechas de apertura y finalización del expediente y su resultado.

Galán comenzó a revisar los listados de manera vertical, buscando algún nombre conocido o algún delito relacionado con su investigación, comenzando en 1954. La mayoría de las infracciones perseguidas eran hurtos y otras ilegalidades de escasa relevancia. Por supuesto, no aparecían los nombres de los generales citados en casa de Enriqueta. Se preguntó si, al estar amparados por la jurisdicción militar, la policía no habría podido investigar ningún asunto en que se vieran envueltos. Pensó que al menos existiría el comienzo del expediente. En el año 1955 encontró el número de la caja que contenía el asesinato de Arencibia. Anotó la referencia y siguió buscando. No encontró nada del jugador de póker que se despeñó en Igueste de San Andrés. Estaba claro que lo habían considerado un accidente.

Acabó el año 1955 sin nada que resaltar. Se sentía bastante decepcionado. Decidió seguir con el 56 y en febrero se detuvo. Se trataba de un caso que rezaba «Espionaje. Contubernio con los soviéticos». Anotó el número de expediente y continuó hasta el final del año, sin nada más que reseñar.

Galán dejó el catálogo en su lugar y se acercó a buscar las cajas que le interesaban. Comenzó con la de Arencibia, más que nada por comprobar si su contenido era igual a la copia que le había llegado a través del notario. Le bastaron cinco minutos para percatarse de que era idéntica. No se había añadido nada a aquel legajo en los últimos quince años, por no decir sesenta.

Pasó al otro archivador. No esperaba encontrar gran cosa, pero la curiosidad le embargaba. «¡Un caso de espionaje! Tal vez fuera el resultado de la paranoia de aquellos años con todo lo que sonara a socialismo. En Estados Unidos tenían su propia caza de brujas a comienzos de los cincuenta». Abrió la caja y descubrió que el expediente que buscaba compartía espacio con otros dos. No era tan voluminoso como el de Arencibia. Lo sacó, dejó la caja en el suelo y comenzó a echarle un vistazo.

Lo primero que le llamó la atención es que la detenida era una mujer: Sara Yannakis, española, aunque su padre era griego. Soltera, muy joven —apenas veintiún años— y residente en Santa Cruz. Sin antecedentes.

Galán fue al comienzo del volumen para averiguar cómo comenzó todo. Una denuncia interpuesta por un tal Jacinto Moragas, teniente de infantería, abrió el procedimiento. Acusaba a Sara de trabajar para el gobierno ruso como espía, recabando información de personajes relevantes de la vida política y social de la isla. En otros momentos de la Historia una acusación como aquella no tardaría mucho en acabar en la papelera, pero en 1956 no fue así. El caso fue de inmediato a un inspector, que se lo tomó en serio. Por lo que decía Moragas, la señorita Yannakis frecuentaba la compañía de determinadas personas con poder fáctico en el Tenerife de entonces: dos generales, varios políticos y un periodista. Sin embargo, el denunciante no aportó nombres, «porque no los conocía», según venía reflejado en su declaración, «pero que sería fácil de averiguar», concluía.

177

Posiblemente la cosa no habría ido más allá si el inspector hubiera considerado la denuncia falta de base, pero ordenó un registro del domicilio de la mujer —así, sin autorización judicial—, y, ¡oh, sorpresa!, se encontró en él un transmisor de radio de baja frecuencia y largo alcance, un aparato de lo más sospechoso. El inventario del registro ocupaba buena parte del grosor del expediente.

Sara fue invitada a prestar declaración en la comisaría, donde negó la acusación y adujo que el artilugio que se encontraba en su casa era propiedad de un amigo suyo. Preguntada por que dijera quién era el amigo, respondió que el general Pérez Valcárcel.

Galán se quedó de una pieza y comenzó a atar cabos. Dos generales y un periodista, los tres conocidos. Y unos políticos, aunque de estos no sabía los nombres.

El inspector pasó la hoja y se encontró con otra sorpresa, esta vez desagradable. Por orden de la autoridad militar competente, la Dirección General de Seguridad del Estado se hacía cargo de la investigación y el asunto acabó derivando a la jurisdicción militar. La policía dejaba de ser competente en aquella investigación.

Varias páginas más de trámites de entrega de copia de lo actuado y las diligencias policiales acababan allí. Punto final.

Galán se sintió como un niño al que le quitaran el caramelo de la boca. Pero tenía algo nuevo. El caso Sara Yannakis. No sabía a dónde le llevaría, pero se proponía averiguarlo.

Su móvil comenzó a sonar. Miró la pantalla. Era Sandra.

—Hola Sandra, ¿qué tal va vuestra investigación?

—Pues creo que te interesa acompañarnos en nuestra próxima visita —respondió la periodista—. Se trata de entrevistarnos con una tal Sarita la griega. ¿Te vienes?

Galán tardó varios segundos en responder, nunca creía en las casualidades.

Aunque esta vez dudó.

40

Santa Cruz de Tenerife, 11 de febrero

*M*arta estaba conteniendo la respiración en la oscuridad. Se dio cuenta cuando se quedó sin aire y tuvo que inspirar con fuerza. Notaba que tenía húmedas las palmas de las manos que apoyaba en la pared. Se había vuelto de frente al pasillo, agudizando el oído, y esperaba notar en cualquier momento una presencia cerca de ella.

—¿Hay alguien ahí? —preguntó, aprovechando los últimos restos de valentía que le quedaban. La pregunta le sonó demasiado a película de terror.

No hubo respuesta. Solo el silencio.

La arqueóloga aguardó unos segundos por si se producía alguna reacción por parte de quien originaba los golpes. No podían ser de una máquina, no respondían a ningún patrón fijo.

Si ese alguien la había oído, estaba quieto también.

—Soy Marta Herrero, la arqueóloga encargada de esta intervención —dijo a la negrura circundante.

Si no hubiera estado tan nerviosa, se habría sentido un poco tonta hablando sola. Volvió a esperar, atenta a cualquier sonido. No hubo nada.

Algo más tranquila, decidió avanzar por el pasillo camino de la salida. Si tenía que tropezarse con algo, mejor hacerlo de frente y cuanto antes que quedarse allí esperando. Se volvió de cara a la pared y tanteó con las manos el paramento de piedra. Fue avanzando de lado paso a paso. Llegó a la primera esquina. Se detuvo e intentó escuchar más allá del retumbar de su corazón en los oídos. No oyó ningún sonido.

Dobló la esquina y continuó de la misma manera por el siguiente tramo de pasillo, un poco más rápido. A pesar de que no veía nada tenía la sensación de que era observada. «Debían de ser imaginaciones suyas», pensó.

Dio cuatro pasos más y notó en la pared un pilar cilíndrico de metal adosado al muro. Había llegado a la zona apuntalada, el lugar donde el pasillo se había derrumbado y el techo era sostenido por un entramado de tablas de madera y puntales. Se acordaba de que debía de medir unos cinco metros de largo, más o menos, y luego otros cinco antes de llegar a la siguiente esquina, esta vez girando a la izquierda.

Fue pasando de puntal en puntal, sabiendo dónde estaba. Cuando notó que ya no había más y comenzaba de nuevo la pared lisa, notó una ligera corriente de aire. Marta se detuvo. No era lugar donde se percibieran brisas, precisamente. Otro soplo le llegó al cuello. Olía raro, algo desagradable, como si fuera un aliento de alguien con pesadez de estómago. Se giró un poco, tratando de ver algo. Sintió el aire, esta vez en su cara, por tercera vez. Lo notó caliente, orgánico. Ahí al lado había alguien. O algo.

Marta se giró con rapidez e imprimió un vaivén rápido en semicírculo con los brazos extendidos y los puños cerrados. Los nudillos de la mano derecha golpearon algo de una solidez relativa, ni duro como piedra o madera, ni blando como goma. Oyó un gemido casi animal.

Se quedó helada. Ahora sabía que no estaba sola.

—¡Fuera de aquí! —gritó.

El grito tuvo su efecto. Le pareció escuchar unos pasos livianos alejándose por el pasillo, en dirección a la cámara.

Era su momento. Se colocó de frente en la dirección de la salida y con una sola mano rozando la pared, caminó veloz y con determinación a lo largo del pasillo. Si se encontraba con algún obstáculo inesperado, el golpe sería tremendo, pensó.

Pero nada la obstruyó. Llegó a la siguiente esquina y la dobló. Si no se equivocaba, enfilaba ya el último tramo en dirección a la puerta del tubo volcánico.

De nuevo sintió, más que oyó, el aliento a su espalda. Se volvió con fiereza.

—¡Basta ya! —gritó a la oscuridad, fuera de sí.

Lo que fuera que la estaba siguiendo se alejó a una distancia imprecisa.

Ya no pudo más.

Se giró y echó a correr deslizando la mano por la pared, para no perder la referencia, arañándose los dedos. En seis zancadas llegó al tubo volcánico. Ya podía ver. La oscuridad quedó atrás y se convirtió en penumbra, en la que algo de luz se filtraba por el agujero del techo, unos cincuenta metros más allá. Avanzó hasta el centro de la oquedad natural y se volvió a la puerta oscura, esperando que algo saliera de allí.

Pero no salió nada.

En un arrebato de valor, se acercó al cuadro de luz y comprobó que la palanca estaba bajada. La subió sin pensarlo dos veces y todo el subterráneo se iluminó en segundos, a media que los fluorescentes iban cobrando vida.

Miró al interior del pasillo, por donde había salido unos segundos antes.

No había nadie.

Dudó por un momento si entrar de nuevo y buscar qué era lo que la había aterrorizado allí dentro. Pero se lo pensó mejor.

Se giró y caminó hacia la escalera que subía a la calle.

«Ya he tenido suficiente por hoy», se dijo.

181

41

Santa Cruz de Tenerife, 11 de febrero

Ariosto, Sandra y Galán se encontraron en la puerta del domicilio de Sara Yannakis, también conocida como Sarita la griega. Un piso moderno situado en uno de los edificios de reciente construcción levantados en la ampliación de Santa Cruz sobre los terrenos cedidos al Ayuntamiento por la refinería, situado a medio camino entre el Centro Comercial Meridiano y El Corte Inglés. Tras intercambiar la información de sus respectivas investigaciones, Sandra pulsó el portero eléctrico del tercero D del portal B. Había concertado una cita esa misma tarde por teléfono, gracias al número fijo que aparecía en la guía. Y era una suerte, ya que ahora, con tantas compañías telefónicas, era difícil encontrar a alguien. La señora Yannakis accedió a la entrevista propuesta por la periodista y también a que la acompañaran unos amigos. «Una mujer muy receptiva», pensó Sandra cuando habló con ella.

La cerradura del portal se abrió con un pitido y los tres entraron en el edificio. Un silencioso ascensor les llevó al tercer nivel en pocos segundos. Sara Yannakis les esperaba con la puerta de su vivienda abierta.

Al primer vistazo se evidenciaba que aquella señora mayor, de unos setenta y muchos, había sido toda una belleza en su juventud. Un vestido negro ceñido revelaba una silueta delgada y elegante, y una mirada profunda y curiosa destacaba en su rostro cautivador, a pesar de las inevitables arrugas.

—¿Señorita Clavijo? —preguntó.

—Sí, soy yo —dijo Sandra, acercándose a la puerta—. Le presento a mis amigos Luis Ariosto y Antonio Galán.

La mujer miró de arriba abajo a los dos hombres y esbozó una sonrisa aprobadora.

—Elige bien a sus amigos, querida —dijo, con los ojos brillantes.

Los recién llegados saludaron a la mujer y entraron en el piso. Los guió al salón de la vivienda, decorado en estilo minimalista contemporáneo, donde un par de sillones de diseño ultramoderno tapizados con tela oscura les esperaban. Tomaron asiento y esperaron a que la señora Yannakis fuera a la cocina y volviera con un juego de café para cuatro.

—¡Ah! ¡Porcelana de Sèvres, mi preferida! —exclamó Ariosto.

La mujer lo miró complacida. Le sirvió a él primero.

—Es muy amable, señor Ariosto —le dijo, con voz seductora—. ¿No nos hemos visto antes?

—Estoy completamente seguro de que fue en otra vida —contestó Ariosto, con picardía—. Yo era Napoleón y usted, Josefina.

Tal como esperaba, Sara rio la ocurrencia.

—¡Qué cosas tiene, Luis!

A Sandra no le pasó desapercibido el cambio en el trato. Mejor, así se relajaría.

—Y el café es un arábigo colombiano —añadió Ariosto, tras probarlo—. ¿Me equivoco?

La señora de la casa volvió a asentir con media sonrisa.

—Veo que también sabe de café —replicó—. Tal vez le interese venir otro día a contemplar mi colección de sedas chinas.

—Con sumo placer —contestó Ariosto.

Sandra no sabía que se pudieran coleccionar sedas, y aquella conversación comenzaba a ser demasiado empalagosa para ella.

—Yo con un poco de leche —interrumpió la periodista, para llamar la atención sobre ella.

La anfitriona le sirvió según su gusto.

183

—Me comentó que deseaba charlar conmigo de los viejos tiempos, señorita Clavijo —dijo, mientras ofrecía el azúcar.

—Llámeme Sandra, por favor. Mis amigos y yo estamos desarrollando una investigación sobre la ciudad de Santa Cruz en los años cincuenta.

—¡Ah! ¡Qué bien! —manifestó la señora—. ¿Y en qué puedo ayudarles?

—Pues tengo entendido que usted pasó su juventud aquí y que conoció a gente importante de aquella época.

La señora Yannakis sonrió. Su porte y elegancia hacía muy difícil pensar en ella como Sarita la griega, se dijo Ariosto.

—Era muy jovencita en aquellos años. Y muy ingenua también, todo hay que decirlo. Tuve muchas amistades, es cierto —La mujer terminó de servir los cafés y se sentó en una butaca, con su taza y platillo en la mano—. Poco se podía hacer salvo disfrutar del trato de las personas. Algunas desempeñaban cargos de cierta relevancia, tuve suerte al conocerlas.

—Cuénteme algo sobre sus amistades —invitó Sandra—. Sé que había algún militar destacado.

La anfitriona ladeó la cabeza, rememorando algún rostro.

—Veo que está bastante informada, Sandra —dijo—. Tuve relaciones amistosas con un par de generales y algún que otro político. En aquel tiempo todos eran unos caballeros, de una educación exquisita. Eran gente interesante y divertida en una época gris y aburrida.

—Hábleme de los generales —insistió la periodista—. ¿Cómo los conoció?

La señora cerró los ojos, como rememorando.

—Creo que fue a través de otras amistades, ya ni me acuerdo. Comprenda el efecto que en una chiquilla podían hacer las estrellas, los galones, y todo el personal de que disponían para su servicio, dicho sea de paso. De cualquier manera, no fue nada serio. Duró poco.

Galán no se perdía ningún movimiento o ademán de Sara Yannakis, estudiando su lenguaje gestual. Un leve rictus en su sonrisa cuando terminó la frase le reveló que, con toda probabilidad, no guardaba tan buenos recuerdos de los militares.

—¿Cómo se divertían entonces? —Sandra trataba de llevar el interrogatorio a la excusa inicial de su visita.

—Ya había cine, por su puesto, casi siempre en blanco y negro. Pero lo mejor eran los bailes, los del Recreo, el Casino, el Club Náutico. A cada cual mejor. Y todos los hombres de chaqueta y corbata, no como hoy.

—Y en el mundo del periodismo —continuó la muchacha—, ¿había alguien que descollara socialmente?

A Sara Yannakis la pregunta pareció extrañarle.

—Pues ahora no me acuerdo —respondió—. Tal vez alguno, ¡conocí a tanta gente en aquellos años!

A Sandra le escamó aquella respuesta, nada que ver con la información suministrada por Jacinto Moragas. Continuó en su línea de preguntas.

—He seguido la figura de uno de ellos, se llamaba Arencibia, ¿no lo recuerda? Escribía en el mismo periódico que yo, el Diario de Tenerife.

La mujer desvió la vista hacia el techo, como tratando de recordar.

185

—Lo siento, querida —dijo, por fin, tras un par de segundos—. Ya tengo mis años y hay cosas que se me olvidan.

Galán notaba la incomodidad de la señora. Decidió intervenir.

—Conozco a una persona que me ha hablado muy bien de usted.

La frase llamó la atención de la mujer, que adquirió una expresión expectante, esperando que prosiguiera.

—Se trata de Jacinto Moragas, por aquellos años un teniente del ejército.

Sara volvió a adoptar expresión de ignorancia y se encogió de hombros.

—Pues tampoco me suena. Pero me halaga que se acuerden de mí. ¿Por qué me preguntan por gente que no conozco?

Aquella mujer tenía salidas para todo, pensó Galán. No supo si era el momento adecuado para sacar el tema de la denuncia de espionaje. Tal vez cerrara las puertas de ulteriores preguntas. Mejor dejarlo estar.

Ariosto salió al quite y rebajó la tensión.

—¡Qué marina tan formidable! Diría que es de principios del siglo xx. ¿Quién es el pintor? ¿Eliseo Meifrén?

—Es un estudio de Néstor de la Torre, ya sabe, el pintor grancanario.

—¿De Néstor, nada menos? Me imagino que debe de ser de su etapa juvenil. Incluso así, me deja asombrado, Sara.

Galán se desentendió de una conversación que derivaba a cuestiones triviales para él.

Aquella mujer mentía, y Jacinto Moragas también.

Y quería saber por qué.

42

Santa Cruz de Tenerife, 11 de febrero

—¡*L*legas justo a tiempo, Marta!

Manolo Pío, el jefe de protocolo del ayuntamiento, había estado hasta ese momento muy inquieto. Pasaban dos minutos de la hora prevista para la rueda de prensa, con todos los medios —prensa, radio y televisión— esperando, y la protagonista no había llegado. Hasta el alcalde se había presentado con cinco minutos de antelación, rompiendo su costumbre de hacer esperar a todo el mundo. Solo Yanes, el concejal de Patrimonio, había llegado después, y ya estaba sentado en su asiento. La expectación era máxima y Marta Herrero, la arqueóloga estrella, se hacía de rogar.

Su aparición por la puerta principal de la casa consistorial supuso un alivio inmenso para el funcionario. Incluso así, le puso un pero: para un acto como aquel convenía presentarse con un atuendo más formal. La arqueóloga vestía un uniforme de trabajo, similar al de los viajeros por el Sáhara, botas marrones y camisa y pantalón color arena. Lo atribuyó a las excentricidades de los profesores universitarios y no le dio más vueltas.

Marta le sonrió cuando llegó a su altura, después de subir los escalones que ascendían al entresuelo.

—Manolo, casi no llego. Mejor no te lo cuento, porque no me vas a creer.

El jefe de protocolo saludó a la arqueóloga con dos besos, le señaló la entrada al salón de plenos y la apremió.

—Lo bueno es que ya estás aquí ¡Vamos! ¡Que está todo el mundo dentro!

Marta fue introducida casi en volandas en un espacio amplio, un gigantesco salón con los techos decorados con pinturas alegóricas y relieves dorados, con un estrado central presidencial y dos bancales de asientos para los señores concejales, en ese momento vacíos, a cada lado.

Sandra observó que en la mesa presidencial quedaba un asiento desocupado. El alcalde, Servando Melián, el concejal de Patrimonio, Iván Yanes, y un par de concejales más ocupaban los restantes. Melián, un hombre setentón, algo grueso y de calvicie patente, se resistía a dejar el cargo a pesar de las presiones que sufría por parte de los delfines de su partido. Después de la crisis del petrolero ruso su figura aparecía reforzada, con lo que se había propuesto de nuevo para la reelección, pesara a quien pesase.

El alcalde sonrió a Marta —lo hacía con todas las mujeres atractivas— y le indicó que se sentara a su lado. Marta lo hizo en dos segundos.

—Perdone el retraso —dijo Marta en voz baja.

—No importa, llega a tiempo —respondió Melián—. Hablamos en el orden previsto, ¿no?

—Usted hace la entrada —dijo Marta—, luego hablo yo de los aspectos técnicos, el concejal de patrimonio hace la valoración y remata usted al final.

—Muy bien —repuso el político.

Probó si funcionaba bien el micrófono golpeando con el índice su recubrimiento de goma espuma y sendos ecos en la sala le confirmaron que así era.

—Buenas tardes, señoras y señores —Melián empleó su registro más bajo de voz, el que le hacía ganar votos, según él—. Gracias por acudir a nuestra convocatoria. Quiero anunciarles un descubrimiento de importancia capital que va a enriquecer de modo sustancial el patrimonio de nuestra ciudad, Santa Cruz.

El alcalde se detuvo y miró a los asistentes. Varios jóvenes periodistas grababan sus palabras o se aprestaban a tomar nota de ellas, en su mayor parte mujeres, junto a técnicos de radio y televisión que ajustaban los controles de audio, la mayoría hombres, todos pendientes de su intervención.

—Debajo de la calle del Pilar ha aparecido un tubo volcánico —prosiguió, y notó que los periodistas se volvían tensos con la noticia—. La longitud de la galería es de medio kilómetro en ambas direcciones, y se halla derruida en ambos extremos. No implica ningún riesgo para la ciudadanía, dado que se encuentra a más de cinco metros de profundidad respecto al nivel de la calle.

Melián dejó transcurrir unos segundos para que los periodistas absorbieran la información y los que tomaban nota no perdieran detalle.

—El tubo volcánico en sí es un atractivo geológico de primer orden para el municipio y se estudia por nuestros técnicos la posibilidad de que sea visitable en un futuro próximo. Pero lo mejor no es eso.

189

El alcalde volvió a hacer una pausa. Sabía cómo y cuándo crear expectación, y aquel era uno de esos momentos. Los periodistas casi ni respiraban de la intriga.

—En uno de los lados de la galería ha aparecido un hueco tapiado y, al retirar los bloques, hemos descubierto que se trata de una puerta que da acceso a un pasadizo subterráneo de al menos doscientos años de antigüedad.

Un rumor se extendió en el salón. La noticia estaba ahí. Las palabras claves fueron anotadas al instante: pasadizo, subterráneo, antiguo. Todo ello era igual a misterio.

—Ese corredor nos ha llevado a uno de los hallazgos más impresionantes de la Historia de la ciudad. Algo muy especial, único. Pero quiero que sea la doctora Herrero, una arqueóloga experimentada de nuestra universidad, la persona que entre en detalles.

Marta miró al alcalde. «Cuando quería ponerse melodramático, se ponía. Sin duda». Debía tener cuidado en que el mandatario no se desbocase en su entusiasmo. De momento estaba comedido pero, conociéndole, no se fiaba un pelo.

—Buenas tardes —saludó la arqueóloga—. Intentaré utilizar un lenguaje no demasiado técnico, que ustedes siempre se quejan de eso—. Con esa frase se ganó a los periodistas, que temían un informe de lenguaje incomprensible—. Como decía el señor alcalde, en el lateral derecho en dirección sudoeste del tubo volcánico, ha aparecido una abertura artificial tapiada con piedras rectangulares y mortero. Estimamos su antigüedad en un arco que abarca entre los doscientos y los trescientos años, a lo sumo. El tapiado, levantado desde fuera, cerraba la entrada a un pasillo excavado en la roca de unos cincuenta metros en dirección este que desemboca en una cámara cuya entrada también estaba cerrada con una pared de tapial.

Marta tomó aire. No se oía ni una mosca en el enorme salón. Continuó.

—La cámara es rectangular, de diez por seis metros, vacía de mobiliario. En su centro se encuentra un pilar de piedra con una losa encima, que asemeja un ara.

Lo de «ara» no pareció quedar claro a los periodistas por el ceño fruncido de alguno. Marta lo aclaró.

190

—Un ara es un altar. Un lugar central elevado y prominente en un espacio devocional de posibles connotaciones sacrificiales. En el techo aparecen iconografías representativas de simbología profana.

Marta no sabía si se había excedido en la terminología. Confiaba en la sapiencia de los periodistas. Para ella eran palabras que usaba todos los días.

—No conocemos todavía con certeza el uso que pudo darse a la cámara ni cuándo, para eso es necesario profundizar en el estudio...

No pudo seguir. El alcalde se acercó a su micrófono e interrumpió su informe.

—¡Hemos encontrado una cámara satánica! —anunció.

Marta se quedó estupefacta. Justo lo que pretendía evitar. No se lo podía creer. Los ojos se le fueron al techo del salón y se fijó que una de las figuras allí pintadas, una mujer ataviada al estilo griego, parecía reírse de ella.

43

Fort Meade, Maryland, Estados Unidos, 11 de febrero

George Sanders era un veterano de la Agencia Nacional de Seguridad, la NSA, que había conseguido un cómodo destino en la sede central de la agencia de inteligencia, «El fuerte», como llamaban al complejo de edificios que permanecía aislado del mundo exterior, salvo por la carretera de conexión con la autopista de Washington a Baltimore.

El despacho de Sanders se encontraba en la planta séptima de la esquina oeste de un edificio cuadrangular acristalado que reflejaba como un espejo el inmenso aparcamiento repleto de automóviles que lo rodeaba. Su mesa estaba junto a uno de los ventanales y tenía vistas sobre los bosques circundantes al recinto gubernamental. Todo un lujo.

Sanders era un tipo relativamente importante. Después de unos cuantos años de patear las carreteras estadounidenses, había ascendido hasta merecer estar sentado delante de un ordenador en vez de trabajar a nivel de calle. Pero no solo había tenido acceso a ese destino por su veteranía. También contaba en su haber otro activo: era un experto en búsqueda informática. Y su especialidad eran los pasaportes.

A lo largo de cada año la cifra de pérdida o robo de pasaportes norteamericanos dentro y fuera del país era alarmante, y seguía creciendo. Sanders se encargaba de buscar la utilización fraudulenta de los documentos desaparecidos en cualquier lugar del mundo. Para ello contaba con un equipo de ordenadores que le facilitaba el trabajo. Las alarmas eran continuas. La opinión pública desconocía que el número de pasaportes estadounidenses que no estaban en poder de sus legítimos usuarios alcanzaba el de varios cientos de miles de ejemplares. Su trabajo consistía en localizarlos y tratar de dirigir a sus compañeros y a las policías de todo el mundo para atrapar a quienes los usaban para delinquir.

A eso había que añadir olfato. Sanders era conocido por tener un sexto sentido que le avisaba cuándo un pasaporte era utilizado para algo peligroso para la seguridad nacional, tanto de la de Estados Unidos como de la de otros países, ya fueran amigos o enemigos.

Y aquella mañana había sentido una de esas sensaciones.

Se trataba del pasaporte de un tal Mark Estévez, de 56 años, natural de Puerto Rico y domiciliado en una zona residencial de las afueras de Nueva York. Quince días antes se había producido un incendio en su vivienda, y entre los bienes declarados como perdidos por el siniestro aparecía el pasaporte. Estévez había solicitado una nueva copia, aunque no pretendía salir del país en los próximos meses. Ahí saltó la alarma. Su pasaporte había sido utilizado una semana antes en el aeropuerto JFK de Nueva York por una persona que se dirigía, en viaje de turismo, a Eslovenia. Y había constancia de la llegada de su usuario a ese país balcánico.

Sanders no le habría dado preferencia al asunto si no hubiera sido por otros detalles. Siguiendo un protocolo mecánico, había introducido ese número de pasaporte en los listados de pasajeros de las líneas aéreas europeas, una información a la que Estados Unidos accedía en secreto. El resto de los países vivía en la ignorancia de que era posible examinar esos datos desde los terminales americanos. Nadie volaba en Europa sin que quedara un registro de sus movimientos en la sede de la NSA en Fort Meade.

La información que reflejaba su pantalla era la de que el pasaporte de Estévez había sido usado dos veces en los últimos días dentro del espacio aéreo de la Unión Europea. De Venecia a Madrid el día 7 y al día siguiente de Madrid a Tenerife, en las Islas Canarias. Un poco lejos de Eslovenia para pasar unos días.

A pesar de que los estadounidenses tienen plena libertad de movimientos en todo el mundo, Sanders era consciente de que se encontraba ante un comportamiento anormal, por no decir sospechoso.

Su extrañeza se convirtió en inquietud cuando solicitó al ordenador que le informara sobre los eventos de cierta importancia que fueran a celebrarse en un futuro próximo en aquella isla. La noticia más señalada era la visita de los reyes de España en apenas cuatro días.

¿Sería algo cotidiano que los reyes fueran a Canarias? Buscó la fecha de la visita anterior y habían transcurrido más de dos años. Otro detalle que indicaba que se encontraba ante un caso fuera de lo común.

Sanders decidió saltarse el protocolo y utilizar el programa FACE, aquella mirada de la fotografía del pasaporte no le gustaba. Introdujo la imagen del documento en la base de datos y pulsó *intro*. El ordenador comenzó a buscar rostros similares entre los millones de caras que contenía en sus registros, desde cualquier ciudadano anodino que hubiera entrado en los Estados Unidos, pasando por todos los estadounidenses poseedores de un pasaporte, hasta la comparación con las facciones de los delincuentes más buscados del planeta.

La búsqueda terminó en quince segundos. Hubo dos coincidencias. Una correspondía a un ciudadano mexicano que había entrado por Tijuana diez años atrás. Había regresado a México al cabo de dos semanas. La otra se refería a un delincuente colombiano, catalogado como peligroso. No conocía de nada a ninguno de los dos.

Decidió elaborar un pequeño informe sobre el caso y enviárselo a su superior, y otro también a la embajada en Madrid. Sus facultades se lo permitían. Más valía un exceso de información que una desgracia por defecto de ella.

Sanders no sabía con qué fin alguien podía estar usurpando la personalidad del tal Estévez, pero estaba seguro de que no se trataba de nada edificante. Y figurando un jefe de estado por medio, no estaba de más ser cauto. Para eso le pagaban.

Terminó en pocos minutos el informe y lo envió por correo electrónico. Antes de pasar al siguiente pasaporte de su interminable lista se preguntó qué hubiera pasado si no se hubiera producido el incendio en la casa de Estévez, un tipo que llevaba diez años sin viajar fuera del país y que no pensaba hacerlo en breve. «¿Serviría de algo el tiempo que había perdido siguiendo el rastro del pasaporte?» Lo dudaba. Ya lo había hecho en otras ocasiones, sin resultado positivo.

«En fin, nunca se sabía».

Decidió olvidar el asunto y pasó al siguiente número de pasaporte.

44

Santa Cruz de Tenerife, 12 de febrero, en la madrugada del día siguiente

𝒰n aire fresco dominaba la noche santacrucera. A las tres de la madrugada la temperatura había bajado a solo catorce grados, una temperatura gélida para los canarios pero muy llevadera para los visitantes foráneos del Archipiélago en esa época del año. Wu Lung había aparcado la furgoneta de Shudi Deng en la calle San Clemente, en un lugar en el que durante el día era imposible encontrar estacionamiento. Por la noche el centro de la ciudad ofrecía ese tipo de sorpresas agradables para los conductores, pero solo a altas horas de la madrugada.

Miró a su alrededor para comprobar que se encontraba solo en la calle. Todas las viviendas de los edificios circundantes tenían las luces apagadas y nadie deambulaba por las aceras. Bajó del vehículo y abrió la portezuela trasera. En este caso uno de los dos drones estaba montado. Cogió el mando a distancia y lo activó, al igual que el receptor del aparato. Una pequeña lucecita indicaba que la pequeña aeronave estaba lista para despegar.

Volvió a mirar en derredor hasta que tuvo la seguridad de que nadie le espiaba. Se echó un par de pasos atrás y manipuló el *joystick* del emisor. El dron cobró vida, las hélices comenzaron a girar en silencio y se elevó unos centímetros dentro de la furgoneta. Un sutil movimiento de los dedos de Lung y el aparato se desplazó hacia adelante y salió al aire libre. Otro desplazamiento del bastón de mando y el dron comenzó a elevarse con rapidez. Lung estaba maravillado de lo silencioso que resultaba. Apenas un leve zumbido, como el de un ventilador pequeño.

En su consola de mando podía controlar la velocidad, la dirección y la altitud. El dron siguió subiendo hasta superar la altura de las azoteas de los edificios de la acera izquierda de la calle, unos ocho pisos. Ahora era invisible desde abajo. Solo alguien con una capacidad visual extraordinaria podría divisarlo a esa altura, y Lung sabía que su autonomía daba para mucho más, si quisiera.

Pero no hacía falta. Era suficiente.

Mantuvo el aparato en el aire en el lugar donde estaba y comenzó a caminar en dirección a la calle Viera y Clavijo, con la intención de rodear la manzana y entrar en la calle San Lucas por su lado sur. Quería saber qué tal se portaba el dron con una orden de posicionamiento por GPS.

Llegó a la esquina y dobló por la calle San Lucas. En unos segundos cubrió los treinta metros que le separaban de la verja delantera del templo masónico y se colocó de frente a su puerta. Al otro lado, las cuatro esfinges que custodiaban el gran portón de entrada mantenían su mirada vacía e impertérrita.

Introdujo las coordenadas de aquel lugar en el miniordenador y activó la orden. Se trataba de que el dron se desplazara del lugar donde se encontraba, a unos doscientos metros en línea recta, se colocara sobre la vertical del punto exacto marcado por GPS —en este caso la cabeza de la esfinge de la derecha—, y descendiera en picado sobre ella.

Comprobó de nuevo que no hubiera nadie por los alrededores ni fisgando en las ventanas y programó el vuelo. Miró hacia arriba y en unos segundos apareció el aparato, visible con gran dificultad. Tal como se le había ordenado por el emisor, el dron se colocó justo encima de la zona de entrada al templo y, a la recepción de la orden, descendió a toda velocidad desde los casi cien metros de altura en que se mantenía. El aparato tardó apenas segundo y medio en cubrir la distancia y detuvo su caída a dos metros de la cabeza de la esfinge, exactamente encima de ella.

Lung estaba asombrado de las prestaciones de aquella maravilla de la técnica. Aquel aparato no necesitaba un guía desde tierra. Solo era necesario determinar unas coordenadas GPS y una altura máxima de descenso y el dron actuaría solo. Actuaría de forma autónoma hasta cumplir la misión que se le ordenara, solo era necesario dar la orden de descenso.

Lung pensó que en el momento decisivo situaría el dron bastante más alto, a unos trescientos metros, donde sería más invisible todavía. Con el peso añadido del explosivo bajo el fuselaje tardaría poco tiempo más en salvar la distancia hasta el suelo.

Porque cuando llegara ese momento, el lugar prefijado en el ordenador interno de detención de la caída del aparato no estaría a dos metros por encima de la cabeza de la esfinge, sino mucho más abajo, con lo que se estrellaría de modo irremediable.

El chino se sintió satisfecho. El manejo de aquellos trastos era tan fácil que decidió, para evitar la posibilidad de algún fallo, que pondría los dos en el aire sobre la calle y los haría caer en picado con un intervalo de medio segundo. Uno detrás de otro. Con las cargas explosivas que iban a portar, de allí no saldría nadie vivo en cincuenta metros a la redonda.

Volvió a elevar el aparato hasta hacerlo invisible y comenzó a regresar caminando a la furgoneta.

Estaba contento. Todo había ido a las mil maravillas.

Solo restaba incorporar el explosivo y esperar a que llegara el día.

Y faltaban muy pocos para eso.

45

Santa Cruz de Tenerife, 12 de febrero

*L*a sala de reuniones más grande de la comisaría de la calle Pérez de Ayala se encontraba repleta. Había llegado la avanzadilla de los escoltas de los reyes y el comisario jefe, Blázquez, había convocado a todos los mandos superiores e intermedios disponibles en la isla. También se encontraban en la sala representaciones de la Policía Local y de la Guardia Civil.

Galán se encontraba sentado en las primeras filas, como todos los inspectores. Dos hombres con traje oscuro —nada de uniformes— esperaban de pie junto al comisario jefe al fondo de la estancia a que todos los asistentes se sentaran y comenzaran a guardar silencio.

Blázquez pidió con gestos que se dieran prisa, no quería tener a sus hombres fuera de su lugar de trabajo más tiempo que el imprescindible. El jefe de la Policía Nacional tomó un micrófono inalámbrico de una mesa auxiliar y lo encendió.

—Señores, por favor —El hecho de que hubiera mujeres entre la concurrencia no pareció obligarle a cambiar su costumbre de dirigirse de esa manera a los compañeros.

El rumor de conversaciones fue decayendo hasta un murmullo y, al final, se hizo el silencio.

—Gracias —dijo Blázquez—. Como ha ocurrido en otras ocasiones anteriores, el motivo de esta reunión es coordinar nuestros operativos ante la próxima visita de los reyes a esta ciudad. Muchos de ustedes ya tienen experiencia al respecto, pero hay compañeros que no han participado en estos protocolos con anterioridad. Los coroneles Valdivia y Romero —el comisario señaló a los dos hombres que se hallaban junto a él— pertenecen a la escolta del rey y nos van a ofrecer algunas indicaciones de cara al dispositivo de seguridad que debemos desarrollar con ocasión de la visita real. Les ruego que presten atención.

Blázquez le tendió el micrófono al más cercano de ambos y se echó a un lado.

—Buenos días. Soy el coronel Valdivia y estoy adscrito al servicio de protección dinámica de la Casa Real —el agente de seguridad poseía un cerrado acento andaluz—. Es costumbre que en todos los lugares donde viaja algún miembro de la Casa Real en visita oficial tengamos una reunión de trabajo, con la debida antelación, para familiarizar a las fuerzas locales con el protocolo de seguridad. Si les parece, dejaremos las preguntas para cuando termine.

Los agentes de seguridad comprendieron que eso significaba que había que aguantar el rollo desde el comienzo hasta el final.

—En cuanto al itinerario real —prosiguió—, como están previstos cuatro actos, tres en el norte de la isla y uno en Santa Cruz, habrá que dividir los efectivos entre las distintas sedes. De eso se ocuparán los respectivos mandos. La operativa será la siguiente: en primer lugar, un examen visual de cada localización, con evaluación de los posibles riesgos y de sus contramedidas, con especificación de los lugares donde debe existir presencia de los agentes, tanto a nivel de calle como en zonas elevadas. En segundo lugar, inspeccionarán el itinerario la unidad de guías caninos, los antiexplosivos de los Tedax y los integrantes del servicio de vigilancia subterránea. En tercer lugar, planeamiento de la disposición del público civil, con la previsión exacta de los cordones de seguridad para la ciudadanía y de su vigilancia. Y, finalmente, seguimiento de las personas que posean autorización para estar cerca de la pareja real, que no es la primera vez que alguien intenta colarse.

El coronel Valdivia se detuvo un instante, y permitió que los asistentes asimilaran las palabras.

—En cuanto al despliegue, se realizará como en otras ocasiones. Tres círculos concéntricos en torno a las sedes de los diferentes eventos. El más cercano estará a cargo de los escoltas reales apoyados por la Unidad de Intervención Policial, la UIP; la segunda, encargada de modo principal a esta sección; y la tercera, encomendada a otras secciones de la Policía Nacional. La Policía Local se encargará de la liberación del tráfico en los traslados y de la vigilancia de parte del trazado urbano. La Guardia Civil, por su parte, de la escolta de los vehículos de la comitiva real desde el aeropuerto hasta los distintos destinos.

El escolta real miró en semicírculo a los concurrentes. No percibió rostros de incomprensión.

—¿Alguna pregunta? —finalizó.

—¿Cuánto durará el dispositivo? —preguntó uno de los policías más veteranos.

—Las inspecciones previas comenzarán mañana mismo. El día de la visita de los monarcas, todos deberán estar en sus puestos desde las ocho de la mañana, una hora antes de que aterricen los reyes, hasta las diecisiete horas, momento en que despegarán hacia Madrid. Las distintas sedes, una vez concluyan los actos, se irán liberando de modo paulatino, pero todos se mantendrán en alerta.

—Veo que el protocolo no ha cambiado desde la última vez —indicó otro policía—. ¿Existe algún grado de alerta especial en este caso?

El coronel Valdivia respondió en una décima de segundo.

—El grado de alerta es el normal. Por fortuna, en Canarias nunca se ha detectado el menor riesgo. Y es lógico, si yo fuera un terrorista, el último lugar del mundo donde se me ocurriría atentar contra los reyes sería aquí, en una isla. Una opción bastante improbable.

46

Santa Cruz de Tenerife, 12 de febrero

—*D*on Claudio, no me dijo que Arencibia había trabajado en este periódico.

Sandra se encontraba en la hemeroteca del Diario de Tenerife, situada en la última planta del edificio del rotativo. Era el dominio de don Claudio, que llevaba empleado allí más de veinte años. En aquel lugar se conservaban los ejemplares de las ediciones antiguas, que se remontaban al inicio de la empresa, allá por los años treinta. La mayoría de los originales estaban microfilmados, por lo que el interesado en consultarlos no necesitaba acceder al papel antiguo. Y a pesar de eso, a veces tampoco era necesario consultar los microfilmes, con preguntar a don Claudio bastaba. El veterano periodista rivalizaba con las ingentes líneas de archivadores en su conocimiento del pasado de la isla de los últimos sesenta años.

Tras la visita a Sara Yannakis habían quedado muchos interrogantes en el aire, y Sandra sintió la necesidad de resolver los que pudiera con su compañero de trabajo.

—¿No te lo dije? —El conservador de la hemeroteca pareció sorprendido—. Pues sería que nadie me lo preguntó.

Don Claudio se rascó la nuca, sin comprender cómo era posible que se le hubiera escapado ese detalle, y siguió hablando.

—Es verdad que trabajó en el periódico, en su antigua sede, unos nueve años, más o menos. Desde que volvió de Rusia hasta su muerte. Era un tipo inteligente, escribía muy bien y se le leía con facilidad. Sus crónicas eran conocidas y esperadas por el público. Y eso que en aquella época había que hilar fino con la censura. Arencibia era capaz de escribir entre líneas y que su mensaje llegara a los lectores, y eso tenía su dificultad.

Sandra aceptó el despiste de don Claudio. No podía hacer otra cosa. Pero ya tenía preparadas un par de preguntas.

—¿Usted lo conoció bien? ¿Llegó a hacer amistad con él?

—¡Claro que sí! —respondió don Claudio—. Yo estaba empezando en el periódico y, a pesar de que era un hombre en apariencia reservado, nos tomamos algunas copitas de vino en los bares cercanos.

Sandra pensó que, en efecto, estaban hablando de un pasado remoto. Le constaba que nadie en la redacción en los últimos veinte años lo había visto en la calle, y menos en un bar. Don Claudio prosiguió.

—Conocí a su mujer, una muchacha despierta, Clara creo que se llamaba. También me acuerdo de que tenían un niño, un pequeñín del que no me acuerdo el nombre, que luego se hizo policía de mayor. El comisario Arencibia, conocido por todos.

—¿Llegó a jugar alguna vez a las cartas con Arencibia padre?

Don Claudio quedó sorprendido por la pregunta. Sandra insistió.

—Usted nos contó que Arencibia formaba parte de una timba ilegal de póker. Es decir, que jugaba con frecuencia. ¿Nunca participó usted?

—La verdad, aunque hubiera querido, no hubiera podido. No tenía un duro. Lo que ganaba por aquel entonces iba a parar a mi familia de siete hermanos. Yo era un jovencito y mi padre administraba los ingresos de todos los componentes de la prole. Siempre me llamó la atención que Arencibia jugara en esos antros. Debía de tener suerte y ganancias, ya que con el salario que percibíamos era una temeridad aficionarse al juego.

A Sandra ese detalle no le pasó inadvertido.

202

—¿Cree que era extraordinario que Arencibia, con su sueldo de periodista, participara en las partidas?

—Debía de ser un buen jugador, si no fuera así, no me lo explico. Tal vez tuviera dinero de familia, o algún otro ingreso.

Sandra tomó nota mental del asunto de los emolumentos de Arencibia para investigarlo más a fondo.

—¿Podía tener Arencibia algún otro ingreso? ¿Hasta qué punto lo conocía usted?

Don Claudio se mantuvo pensativo unos segundos, como si dudara en revelar un importante secreto.

—Siempre tuve dudas —respondió—. No es que llevara un nivel de vida exagerado en cuanto a gastos, en apariencia era un ciudadano más, pero algún que otro detalle me llamó la atención.

—¿Detalle? —preguntó Sandra.

—En un par de ocasiones vi que llevaba en el bolsillo interior de la chaqueta un fajo de billetes asombroso. Nunca había visto tanto dinero junto. Me acuerdo también de que una vez sorprendió al gobernador militar con un regalo para su hija, un collar de perlas que debía costar una fortuna. Nadie supo de dónde lo sacó, yo lo atribuí a herencia familiar, no podía ser otra cosa en aquellos años.

—¿Cree que Arencibia manejaba dinero ilícito?

—Yo no llegaría a tanto —Don Claudio casi se estaba arrepintiendo de haber sacado el tema—. Arencibia era un hombre íntegro, o así me lo pareció durante todos los años que traté con él. Pero había algunos aspectos de su personalidad desconocidos para mí. Me sabe mal decirlo, pero notaba que existía algo oculto en su interior.

—¿Cree entonces que no siempre era sincero con usted?

—Nunca le comenté nada de ese dinero, por supuesto. Y tampoco salió de él ninguna explicación. No hablábamos del tema, simplemente.

Sandra meditó sobre las últimas palabras del encargado de la hemeroteca. Era el momento de darle una vuelta de tuerca a las preguntas.

—Don Claudio, sobre el tema de las deudas de juego del general Valcárcel. ¿Quién se lo comentó?

—Pues lo supe de primera mano. Me lo dijo el propio Arencibia.

—Pero —Sandra insistió—, ¿era algo que todo el mundo sabía?

—Me pidió que conservara el secreto —respondió don Claudio—, y lo he hecho hasta que el otro día lo revelé en casa de Enriqueta. Creo que con el tiempo que ha pasado no voy a hacer daño a nadie.

—Entonces no tiene prueba alguna de la existencia de esas deudas, ¿verdad?

Don Claudio se detuvo a reflexionar, dubitativo.

—El testimonio del propio Arencibia era para mí suficiente. No me planteé otra cosa.

—Don Claudio, Arencibia le mintió, igual que al esposo de Enriqueta. Nunca tuvo deudas de juego, y el general Gómez Riaño no era homosexual. En ambos casos la mentira llevaba la intención de difamar a los dos generales.

—Eso es absurdo. ¿Por qué querría hacer algo así?

Sandra fue la que ahora tardó en responder.

—No lo sé. Pero vamos a averiguarlo, si me quiere usted ayudar.

—¿Qué tengo que hacer?

—¿Recuerda algo extraño de Arencibia en sus últimos meses de vida?

Don Claudio pensó y repensó, tratando de estrujar los recuerdos de su cerebro.

—¿Te sirve de algo que hablara ruso con fluidez?

—¿Le escuchó hablar en ese idioma con alguien?

—Sí, un par de veces, con una mujer. La llamaban Sarita la griega.

47

Santa Cruz de Tenerife, 12 de febrero

*R*estrepo había esperado a que llegara el mismo momento del día en que tenía planeado ejecutar el golpe: las catorce horas. Según el programa, que aparecía publicado en la web del Ayuntamiento de la ciudad, los reyes finalizarían las visitas de la mañana con la inauguración del Museo de las Asociaciones Humanas en el antiguo templo masónico de la calle San Lucas. Hora prevista de entrada, las trece y quince minutos. Las intervenciones dentro del recinto estaban cronometradas. Se suponía que los reyes saldrían de su interior a las catorce horas, minuto arriba, minuto abajo.

Por eso el colombiano había llevado sus halcones a esa hora a la azotea de uno de los edificios cercanos al museo que estaba a punto de ser inaugurado. Los animales se habían portado de maravilla encerrados en unas amplias cajas de cartón de electrodomésticos —de calentadores eléctricos, si no se equivocaba—. La vigilancia de sus hombres los días anteriores en el entorno del templo había hecho que se decidiera por un inmueble de seis viviendas. Tres de ellas se encontraban deshabitadas; en otras dos residían matrimonios sin hijos que estaban todo el día fuera, trabajando; y en la restante vivía un anciana que no salía y apenas recibía visitas.

Era el inmueble perfecto.

Las cerraduras de las puertas de la calle y la de acceso a la cubierta del inmueble no plantearon problemas. Además, la azotea no se utilizaba por los vecinos. Debían de tener sus propios tendederos en las solanas de los pisos.

Restrepo contaba con que hubiera vigilancia policial en las azoteas el día de la visita de los monarcas. Era lo previsible. Por ello, aquella azotea no le serviría para el día de la operación, estaba demasiado expuesta. Pero para ese problema ya tenía solución. Otro edificio, más lejano, le serviría como atalaya en el momento oportuno. Como no le convenía ser visto allí todavía, había elegido la azotea en la que se encontraba para entrenar a los halcones. Era ideal para que sus pájaros se acostumbrasen al entorno con la suficiente antelación.

Pero tampoco había que esforzarse mucho. Él había amaestrado a sus halcones con un silbato especial de ultrasonidos. Emitía una gama limitada de órdenes silbadas, no más de seis, pero las suficientes para llevar a término sus planes. Una de ellas, de las más trabajadas, era la de posarse en cualquier lugar que se les ordenara. La única ayuda que necesitaban las aves para tomar tierra era la de que el punto concreto de aterrizaje estuviera señalado con anterioridad con una pintura refractante especial, visible para el ojo de los halcones. En este caso utilizó una pintura ultravioleta transparente que, una vez aplicada y seca, podía pasar por una pequeña mancha en el lugar donde fuera empleada.

Las aves podían detectar con la vista longitudes de onda fuera de rango de la visión humana, incluyendo el espectro de la luz ultravioleta. La capacidad de detección de esa luz podía ayudarles a encontrar comida, pareja, y a orientarse durante los largos vuelos migratorios.

Samuel había aprovechado, justo aquella mañana, cuando todavía no había amanecido, para trepar la valla que separaba la calle San Lucas del patio exterior delantero del templo masónico —Restrepo siempre se asombraba al ver trepar a aquel muchacho, parecía un mono— y una vez dentro, aplicar unas cuantas pinceladas de la pintura especial encima de las cabezas de las esfinges que adornaban la puerta principal de entrada al suntuoso edificio. Samuel había permanecido allí apenas un minuto y vuelto a salir por el mismo lugar sin que nadie se hubiera percatado de su presencia.

Ahora, ocho horas después, la pintura ya estaba seca y el único rastro era unas pequeñas manchas en la parte superior de las estatuas que podrían ser achacadas a cualquier agente atmosférico o animal.

Los colombianos habían tomado la precaución de cerrar la puerta de la escalera del edificio donde se encontraban y de comprobar que no hubiera nadie a la vista en las azoteas vecinas. Samuel y Jonatán abrieron las dos cajas de cartón y sacaron unas jaulas grandes donde se encontraban los halcones. Los capuchones que portaban en sus cabezas los pájaros hicieron que no notaran el cambio de luz.

Restrepo los sacó de las jaulas y posó uno de ellos en el guante especial que portaba en el antebrazo izquierdo. El otro halcón se colocó en un gemelo que llevaba Samuel. Les quitó los capuchones y dejó que se acostumbraran durante unos segundos al entorno. Se llevó a los labios el silbato, tapó con un dedo uno de los pequeños agujeros que jalonaban su superficie y sopló. Un sonido inaudible salió del instrumento y ambos pájaros alzaron el vuelo de modo inmediato y ascendieron hasta una altura cercana a los cien metros, bastante por encima de las edificaciones circundantes.

Restrepo observó el ascenso de sus halcones y cómo comenzaban a volar en círculos amplios sobre su vertical cuando dejó de silbar. Al comprobar que estaban en el lugar apropiado, colocó el dedo en otro agujero y volvió a emitir un ultrasonido dirigido a las aves.

Los pájaros lo oyeron y cambiaron su vuelo fijo por una caída en picado hacia la calle. Restrepo no perdió detalle desde el borde de la azotea donde se encontraba. Los halcones, sin la más mínima duda o titubeo, bajaron a toda velocidad y se posaron con ambas garras en la cabeza de las esfinges, en el lugar exacto donde se había aplicado la pintura.

Restrepo se permitió una sonrisa de satisfacción. Tocó con el silbato otra orden y los pájaros alzaron el vuelo, dirigiéndose a donde él se encontraba.

207

El colombiano y su ayudante se prepararon para recibirlos.

—Buenas chicas —les dijo cuando se posaron en los guantes—. Las mejores. ¡Qué pena perderlas!

48

Santa Cruz de Tenerife, 12 de febrero

—*S*ofía, ¿no crees que sería mejor que las introducciones las hiciera alguien de la alcaldía? —preguntó Ariosto.

Ariosto se encontraba reunido con Sofía Reverón —la arquitecta de la restauración del templo masónico— y con el concejal de Patrimonio, Iván Yanes, con la intención de concretar el desarrollo de la inauguración del Museo de las Asociaciones Humanas, instalado en el antiguo templo masónico.

—Mejor que sea alguien independiente —replicó el concejal—. Así nadie podrá interpretarlo en clave de búsqueda de votos. Si lo hiciera yo, me acusarían de hacer campaña a favor de mi partido, sobre todo cuando apenas quedan dos meses para las elecciones. ¿Quiere hacerlo, señor Ariosto?

—Por supuesto —Ariosto mintió, preferiría evitar el compromiso, pero se lo había prometido a Sofía—. Es todo un honor.

—De acuerdo entonces —intervino Sofía—. Confirmado el maestro de ceremonias.

—¿Y en qué va a consistir y qué quieren que yo haga? —preguntó Ariosto.

El concejal se adelantó a Sofía.

—Usted va a actuar como presentador. Dará la bienvenida a los reyes de acuerdo con un texto protocolario preestablecido y concederá la palabra a los intervinientes. En primer lugar al alcalde, dado que estamos en su ciudad; a continuación al presidente del gobierno de Canarias, que es quien ha financiado una parte importante de las obras; después, a un miembro del equipo técnico restaurador, que va a ser Sofía y, finalmente, el discurso del rey. Nada más, es bastante simple.

—¿Algo especial en la entrada y la salida? —inquirió Ariosto.

—Está previsto que los monarcas sean cumplimentados al final del acto —respondió el concejal Yanes—. Bajarán de su estrado y recibirán el saludo de los asistentes, que guardarán fila para ello, en el mismo orden en que tengan asignados sus asientos.

—No parece complicado —concedió Ariosto—, aunque estoy seguro de que un locutor profesional lo haría mejor que yo.

—Queremos que seas tú —intervino Sofía—. Es un capricho mío.

Ariosto asintió sonriendo, indicando que no tenía otra opción.

—Muy bien —dijo el concejal, levantándose—. Entonces, nos vemos dentro de tres días. Un poco antes de la una, no se olvide.

—Aquí estaré —replicó Ariosto estrechando la mano del político que, tras saludar a Sofía, se fue.

La arquitecta indicó a Ariosto que se sentara un momento.

—Si permito que los políticos hagan lo que quieran, cualquiera de ellos nos lanza un mitin en el momento más imprevisto —le dijo, en tono confidencial—. Además, este concejal en concreto siempre ha tenido un interés excesivo en todo lo que ha rodeado al proyecto del museo. Un poco cargante, la verdad.

—Creo que exageras, Sofía. Pero es verdad que se va a montar un buen circo aquí. Van a estar todos los capitostes de la isla y me imagino que se hará un despliegue amplio de seguridad.

—Sí, la policía ya está trabajando desde ayer, revisándolo todo. Pero me preocupa algo.

Ariosto miró inquisitivo a su amiga.

—¿Qué te preocupa?

—Lo que te comenté el otro día. Los ruidos que oigo de vez en cuando, abajo, en el túnel de la Cámara de Reflexiones.

—¿Has vuelto a escucharlos?

—Ayer, sin ir más lejos. Parecían golpes de algo metálico, como una barra de hierro, contra las paredes.

—¿No sería una máquina de alguna obra de los alrededores?

—Ahora no hay obras cerca de aquí, y no tenían un patrón regular, los golpes eran aleatorios.

—¿Y qué piensas hacer? ¿Decirlo a la policía?

Sofía sopesó la pregunta de Ariosto.

—Lo he pensado, pero ¿y si deciden romper el muro y a consecuencia de eso hay que posponer la inauguración?

—¿Tú crees? —Ariosto no pensaba que la investigación pudiera llegar a provocar ese resultado—. Me parece que ves peligros en todos lados. A fin de cuentas, solo son ruidos, nada más.

Sofía levantó la mirada y la fijó en Ariosto, parecía debatirse en su interior, como tomando fuerzas para desvelar algo que le costaba mucho.

—Es que no solo es eso —dijo, al final—. Anoche salí la última de aquí. Muchas veces yo cierro el templo. Estaba haciendo una última ronda, revisando los detalles de acabado, cuando la luz se apagó. Lo primero que se me ocurrió fue buscar el móvil para utilizarlo como linterna improvisada pero, cuando comencé a rebuscar en mi bolso, noté una presencia a mi espalda, soplándome en la nuca. Y algo me tocó el hombro.

—¿Algo? —preguntó Ariosto.

—Era una mano, Luis, no tengo la menor duda. No fue un contacto violento, pero sí firme.

—¿Alguno de los operarios?

—No quedaba nadie. Se habían marchado todos.

—¿Y qué pasó?

—Me volví y di un grito. Quien estuviera allí debió asustarse, me pareció oír cómo se alejaba. Pude sacar el móvil y lo encendí. No había nadie cerca. Me di la vuelta rápidamente y me dirigí al cuadro eléctrico. La palanca general estaba bajada, y no por la existencia de algún cortocircuito, alguien la había bajado a mano.

211

Sofía terminó su relato y un par de segundos de tensión se coló entre ambos.

—Te conozco, Sofía. Eres una persona muy racional, en exceso diría yo. Lo que me cuentas no es imaginación tuya, de eso estoy seguro. Creo que deberíamos tener una conversación con aquella amiga mía arqueóloga de la que te hablé. Es experta en cuevas y subterráneos. Seguro que su experiencia puede darnos alguna pista. Aunque, la verdad, no sé si se habrá visto alguna vez en un caso como este de golpes en un túnel oscuro y de que alguien le respire en la nuca.

49

Santa Cruz de Tenerife, 12 de febrero

*G*alán se encontraba sentado en uno de los sillones de cuero que amueblaban el enorme despacho del teniente general en la sede de la Capitanía Militar, en la plaza Weyler. El edificio, de sobrias y elegantes formas, como correspondía a una construcción castrense, databa de más de cien años atrás, cuando el general Valeriano Weyler, más tarde Marqués de Tenerife, regía de forma competente la plaza tinerfeña antes de adquirir triste fama por inventar los campos de concentración en la Guerra de Cuba.

El inspector fue recibido en la puerta principal del inmueble por un suboficial, que llamó a un coronel, el asistente del teniente general, que a su vez le dio la bienvenida y le acompañó desde la entrada a un patio central porticado, desviándose ambos a la izquierda para subir por una escalera de dos tramos con los escalones alfombrados hasta el primer nivel, donde unas armaduras centenarias adosadas a las paredes se mantuvieron impávidas a su paso.

El despacho del teniente general se encontraba en el ala este, justo encima de la entrada y ocupaba el extremo norte, en la confluencia con la calle Juan Pablo II, antes llamada 18 de julio, fecha que algunos políticos muy modernos pretendían borrar de los libros de Historia.

A Galán le habían ofrecido asiento en los sillones mientras llegaba el teniente general, ocupado en ese momento en alguna ignota labor militar. La amplia estancia tenía dos ambientes. En la entrada, la zona de descanso o de visita, donde dos tresillos se enfrentaban, escoltados por sendas butacas, todas tapizadas de sobrio cuero marrón. A su izquierda se encontraba el despacho propiamente dicho, con una mesa amplia de trabajo y dos sillas de cortesía. Flanqueaban el espacio de trabajo varias librerías acristaladas junto a mástiles con enseñas y banderas que hacían guardia a su lado. Las paredes estaban decoradas con cuadros y metopas que recordaban efemérides de tiempos mejores.

El inspector observó que la limpieza era perfecta, pero no podía ocultar una sensación de elegante decadencia en el mobiliario, que parecía haber superado con nota un centenar de años de uso continuo.

«Aquí diseñó el General Franco el alzamiento», pensó Galán, recordando que el posterior Generalísimo estaba destinado en Santa Cruz en julio de 1936. Ese despacho fue uno de los escenarios donde se fraguó una guerra civil de un millón de muertos. Se hallaba en un lugar histórico, sin duda.

La entrada del coronel, y medio segundo después, del teniente general, sacaron al policía de sus cavilaciones.

—Buenos días, inspector —dijo el mando superior, se acercó y le estrechó la mano al tiempo que este se levantaba.

—Gracias por recibirme con tan poca antelación —contestó Galán.

El teniente general se dirigió a su mesa de trabajo, tomó una gruesa carpeta de su superficie y volvió al ambiente de sillones de cuero. Se sentó enfrente de Galán y despidió al coronel, que no pudo evitar mostrar su decepción por no poder enterarse de la razón por la cual el teniente general había aceptado de inmediato la solicitud de entrevista que el inspector de policía había efectuado aquella misma mañana a primera hora.

Una vez fuera de la sala el coronel asistente y bien cerrada la puerta del despacho, el teniente general depositó la carpeta sobre la mesa y se la acercó al policía.

—Ahí lo tiene —dijo—, el juicio por espionaje contra Sara Yannakis. Todavía es material clasificado, por lo que le ruego que sea discreto con su contenido.

—No se preocupe por eso —contestó Galán—. Se lo agradezco profundamente.

—No es nada. Que no se diga que el estamento militar no colabora con la policía en el esclarecimiento de los delitos.

Galán no sabía si sentirse bien o mal. Había forzado aquella reunión recordando al alto mando militar aquel desafortunado episodio en que su hijo fue detenido, junto a tres chavales más recién llegados a la mayoría de edad, por entretenerse en arrojar piedras contra un furgón policial. Tras la necesaria detención, los agentes del orden comprobaron que los jóvenes se encontraban bajo la influencia de los efectos del alcohol. El teniente general, de incógnito, ataviado con un flamante traje civil, realizó una visita muy oportuna a la comisaría y solicitó entrevistarse con Galán. Las garantías ofrecidas por el militar fueron suficientes para que los chicos quedaran en libertad por el buen tino del inspector Galán, que se hizo con ello una buena amistad. Los chicos fueron abroncados de manera conveniente y el automóvil objeto de las pedradas fue reparado con cargo al bolsillo del militar. Desde aquel día los muchachos no volvieron a meterse en líos y el teniente general se consideró en deuda con Galán. Y el inspector, tras muchas dudas, se había decidido a hacer la llamada a Capitanía para zanjar el débito. «Era por una buena causa», se dijo, recordando al fallecido inspector Arencibia.

Galán tomó la carpeta, pero no la abrió.

—¿Le ha echado un vistazo al contenido? —preguntó al militar.

El teniente general se echó atrás en el asiento, adoptando una postura algo más cómoda, pero sin desprenderse de su envaramiento castrense.

—No le voy a engañar. Sí, lo he mirado. No lo conocía, y me ha parecido un asunto muy extraño.

—¿Le ha parecido convincente la acusación de espionaje contra Sara Yannakis?

215

El militar no dudó en contestar.

—Las pruebas eran contundentes. Un radio transmisor de baja frecuencia y largo alcance en su domicilio, un librito de códigos en ruso y el descubrimiento de que la señorita en cuestión dominaba ese idioma. En aquellos años cualquiera de esas evidencias hubiera servido como prueba de cargo. La condena a veinte años de reclusión en una cárcel de alta seguridad para Sara era lógica. Así y todo, solo cumplió diecisiete años.

—Todo un recuerdo de la guerra fría. Ahora podría parecernos irreal. Que Santa Cruz de Tenerife fuera un lugar donde se pudiera desarrollar el espionaje entre Occidente y el Pacto de Varsovia suena a película en blanco y negro.

—No olvide, inspector, que en esos años llegó a hablarse de la instalación de una base norteamericana en Canarias, algo que se descartó de inmediato después de este proceso. No me extrañaría que estuvieran conectados de alguna manera. Y de las indagaciones del fiscal militar se llegó a un importante descubrimiento, que significó el desmantelamiento de la estructura de espionaje de los rusos en España. Y esto sigue siendo alto secreto.

—¿Este proceso acabó con varios espías soviéticos? ¿Tan importante fue?

—Pues sí. La señorita Yannakis sabía poco, era apenas un peón en la partida, pero puso a las autoridades en la pista de quien era su contacto, su mentor. Y de la documentación que se encontró en el domicilio de este, se llegó a los demás. Los norteamericanos supieron ser agradecidos.

—Un gran éxito para la inteligencia española, según parece —dijo Galán—. Me imagino que en esta carpeta está todo, pero mi curiosidad puede conmigo. ¿Quién era el verdadero espía? ¿Alguien conocido?

El teniente general se sentó más vertical, aparentaba que iba a desvelar algo trascendental.

—Ha pasado tanto tiempo que no sé si tendrá sentido para usted. ¿Ha oído hablar de un periodista llamado Arencibia?

50

Santa Cruz de Tenerife, 12 de febrero

—*Q*uerida Sandrita, ¡qué alegría verte!

La frase de Adela Cambreleng no era fingida, en realidad estaba complacida con la visita de la periodista.

—Buena tardes, Adela. Pasaba por aquí y me dije, vamos a ver qué tal está la mujer más chic de la ciudad.

Adela soltó una risita.

—¡Qué cosas dices! Pasa, pasa, que llegas a tiempo para una taza de té.

Sandra obedeció y entró en la vivienda de Adela, en el tercer piso de la esquina de la calle Veinticinco de Julio con Numancia. Tras el recibidor, a la derecha, se entraba en un salón amplio decorado con telas de colores variados. Un tresillo en rojo vivo con cojines grandes en distintos tonos de verde y marrón presidía el ambiente. Todo muy alegre, casi chillón, pensó Sandra, que descubrió algunas innovaciones desde la última vez que estuvo allí. Adela había renovado las cortinas y retapizado las sillas de la mesa de comedor. Y había cambiado los libros de sitio, su disposición en las estanterías era distinta.

—Siéntate, querida —invitó la anfitriona—. Enseguida vengo con el té.

Mientras Adela se afanaba en la cocina, Sandra le dio vueltas a cómo iba a encarar el tema que le había traído allí. No era una simple visita de cortesía, Adela era un archivo ambulante de la Santa Cruz de los años cincuenta hasta la actualidad, y eso había que aprovecharlo.

En mucho menos tiempo de lo esperado, Adela apareció con una bandeja que portaba un juego de té, un cuarto de limón cortado y un azucarero. Sandra, de manera inconsciente, echó de menos la sacarina o la stevia, que para el caso era lo mismo.

Adela Cambreleng, una señora septuagenaria que hacía de la elegancia una forma de vida, era la viuda del profesor Montes, un catedrático aburrido de renombre aburrido, pero ella era todo lo contrario, un terremoto de vitalidad capaz de vivir cada día como si fuera el último. Sabía aprovechar muy bien las veinticuatro horas: los últimos talleres a los que se había apuntado versaban sobre la redacción de haikus japoneses, versos muy cortos con significados muy profundos, y una introducción al dibujo manga erótico. Pero este último nunca lo reconocería en público.

Adela sirvió el té en ambas tazas. Era una mezcla de té verde con rooibos y un punto de picante, un porcentaje ínfimo de cannabis liofilizado, lo justo y permitido por la ley.

Sandra lo probó y le gustó. Adela sonrió cuando comprobó su gesto de aprobación.

—Me alegra que te guste, Sandrita —Adela se relajó sentada en el asiento de uno de los tresillos—. Pero dime qué es lo que te inquieta. Porque no me vayas a decir que has venido a verme solo para saber cómo estoy de salud...

Sandra ya se esperaba una salida así. Y mucho había tardado.

—Investigo sobre la Santa Cruz de los años cincuenta —respondió la periodista.

Adela no contestó de modo inmediato. Se llevó la taza a los labios, más para pensar en la respuesta que para saborear la mezcla.

—Yo era una niña en esos años. Casi no me acuerdo.

—¿No fue usted la candidata de la sociedad del Recreo a la elección de Reina de las fiestas de mayo de 1954? Me consta que no dejaban presentarse a las menores de edad.

Adela mantuvo su sonrisa, aunque esta vez un tanto forzada. Aquella chica la estaba obligando a reconocer su edad, algo impensable e incómodo, en ese orden.

—A mí me colaron en ese festival —replicó Adela—. Tenía catorce años pero podía pasar por una de dieciocho. Ya sabes, algunas desarrollamos muy pronto.

—¿Y quién ganó? —preguntó la periodista.

—Pues una chica despampanante, todo hay que decirlo. ¿Sabes quién fue Rita Hayworth? ¿Conoces la película Gilda? Pues ganó la que denominaban la Gilda de Tenerife.

—¿Su nombre?

—No sé con certeza cuáles eran los apellidos. Solo sé que la llamaban Sarita, la griega.

—¿Qué me puede contar de ella? —inquirió la periodista. Estaba llegando a donde había planeado.

—Una chica demasiado ligera para aquellos años. Era extranjera, lo cual lo explicaba todo.

—No sea tan convencional —repuso Sandra—. Ella ligaba con todos y las demás no.

219

Adela, un poco nerviosa, se sirvió un poco más de té a pesar de tener la mitad de la taza llena.

—No es cuestión de convencionalismo. En aquellos años todas, pero todas, no solo éramos decentes, sino que incluso lo parecíamos. Sarita era la excepción que confirmaba la regla. No tenía inhibiciones a la hora de salir con hombres mayores, incluso casados.

—Eso no se veía bien por entonces, ¿no?

—Imagínate. No es que fuera un escándalo, pero daba pie a rumores que podían ser igual de peligrosos.

Sandra tomó otro sorbo de té. Era el momento de profundizar en el asunto.

—¿Y circulaban nombres? De sus acompañantes, me refiero.

—Claro que sí, era un secreto a media voz. Se comentaba que se había liado con dos generales, nada menos, y con un concejal y un jefe de la diputación. Todos ellos eran gente importante, con dinero en el bolsillo que compartía con la jovencita.

—¿Y algún periodista?

Adela miró al techo, tratando de recordar.

—Pues no me acuerdo de eso, querida. Era una chica muy alegre, coqueteaba con todos, es posible que hubiera alguno más. Hechizaba a todos los hombres con ese acento extranjero, con deje eslavo.

—¿Eslavo? ¿Pero no era griega?

—El apellido de su padre era griego, pero nunca lo conoció. Vino de muy pequeña con su madre, que fue quien la crió.

—Y su madre, ¿era eslava?

—Era rusa, lo recuerdo muy bien. Anastasia Ivanova, ¿te dice eso algo?

51

Madrid, 12 de febrero

John Epstein, embajador de Estados Unidos en España, recibió el aviso de un ordenanza: el ministro de Interior le esperaba en su despacho.

El embajador, un hombre alto que cifraba los sesenta y que mantenía una figura elegante gracias a una dieta kosher sobria y a su determinación de no probar el alcohol, se levantó del sillón donde esperaba y siguió al funcionario español.

Epstein llevaba dos años en su puesto en Madrid y, al contrario que alguno de sus predecesores en el cargo, no tenía problemas de idioma en la capital española. Su familia, de origen asquenazí, provenía de Argentina, de donde emigraron en los años setenta a Estados Unidos. Él era un niño cuando se trasladaron. Su padre era científico y no tuvieron problemas con las autoridades de inmigración. Unos cuantos años después de vivir en Boston, ya poseían la nacionalidad estadounidense. La integración en la sociedad norteamericana fue rápida y profunda. Epstein se consideraba un yanqui más, y esa convicción le llevó a llegar lejos en la carrera diplomática. Después de un par de años en Bolivia, España como destino equivalía a un ascenso, sin duda.

Su simpatía por los españoles fue la causa de que insistiera en ver al ministro en persona, y no a través de algún subalterno de la embajada. Después del 11 de septiembre, era uno más de los estadounidenses que se tomaban muy en serio el problema del terrorismo.

Epstein entró en el despacho a indicación del ordenanza, que se quedó fuera y cerró la puerta. El ministro Velázquez, un hombre delgado y con un rictus en el rostro, con toda probabilidad por sufrir del intestino, se levantó de su escritorio para saludarle.

—Embajador, sea bienvenido —le dijo al tiempo de estrecharle la mano.

—Muchas gracias por recibirme tan pronto —El norteamericano había telefoneado la tarde anterior y se le hizo un hueco en la agenda ministerial de modo inmediato. Ventajas de la marca USA.

—Me tiene intrigado, amigo Espstein —El ministro indicó un sillón amplio y ambos se sentaron—. Mencionó en su petición de entrevista que se trataba de un asunto grave.

Epstein se impulsó levemente con el pie para sentarse erguido en el respaldo del sillón y probó a cruzar las piernas. Satisfecho con su comodidad personal, se dirigió al ministro.

222

—Podría serlo —indicó—. Es una mera sospecha, pero no nos podíamos quedar tranquilos si no les hacíamos extensivas unas circunstancias que hemos descubierto.

El ministro mantuvo la mirada. Epstein se preguntó si aquel hombre pestañeaba alguna vez.

—Como puede suponer —prosiguió el estadounidense—, se extravían o sustraen miles de pasaportes de nuestro país en todo el mundo cada año.

Velázquez asintió. En España ocurría otro tanto de lo mismo.

—Hemos descubierto el uso fraudulento de un pasaporte que presumimos que fue robado —anunció Epstein—. Quien lo ha utilizado para salir de Estados Unidos rumbo a Europa no es su titular legítimo.

Para eso se roban los pasaportes, pensó Velázquez, pero no hizo comentario alguno, invitando a su visitante a que continuara su relato.

—Eso en sí no debería ser motivo de alarma, ocurre con mucha frecuencia. El problema es que sabemos quién ha sido la persona que ha usado ese pasaporte —Epstein se detuvo un par de segundos, buscando el énfasis en lo que iba a decir a continuación—. Y no es gente recomendable.

A pesar del acento argentino, tan dado a excesos verborreicos, Velázquez notó una clara entonación de alarma.

—¿A qué se refiere? —preguntó el español.

—Quien ha viajado con pasaporte falso es un colombiano, Manuel Restrepo. Uno de los peores asesinos a sueldo que caminan por la faz de la tierra.

—¿Y en qué nos afecta eso, señor embajador?

—Pues en que en estos momentos se encuentra en territorio español. Entró por Eslovenia y se ha desplazado por toda Europa para llegar a su destino: la isla canaria de Tenerife, en concreto. No es un comportamiento normal.

Velázquez no entendió en un primer momento qué podía buscar un asesino colombiano en Canarias más allá de pasar unos días agradables y soleados descansando de lo que pudiera estar cansado, como hacían once millones de turistas al año. Pero no tardó en recordar la agenda de los reyes y su visita prevista a la isla.

—En tres días los reyes estarán en Tenerife —comentó—. ¿Cree que la presencia del asesino en la isla puede estar relacionada con la visita de los monarcas?

Epstein tardó unos instantes en responder. También él se había hecho la misma pregunta. Le había costado responderla, pero había llegado a una conclusión: las casualidades en estos casos son mínimas.

—Eso es algo que ustedes deben investigar —contestó—. Nosotros tenemos la fundada sospecha de que ese asesino no ha ido a Canarias de viaje de placer, precisamente.

El ministro Velázquez trató de asimilar la noticia. Decenas de preguntas surgieron en su mente, pero su interlocutor no tendría las respuestas, de eso estaba seguro.

—¿Cree que el tal Restrepo prepara un atentado contra los reyes?

—Yo no descartaría esa opción, señor Velázquez —respondió Epstein.

223

El ministro tragó saliva y respiró hondo acto seguido. Aquel era un momento difícil, se avecinaba una crisis, y de las importantes.

—No voy a preguntarle, señor embajador, si sus sospechas están fundadas o no. En España no se ha detectado nada en tal sentido.

—Puede preguntar lo que quiera, señor ministro, y yo responderé hasta donde pueda. Pero tenga una cosa por segura. Restrepo trama algo, y yo, si fuera usted, me tomaría con especial cuidado la seguridad de los monarcas en Canarias.

Velázquez sintió la sinceridad de Epstein, algo extraordinario proviniendo de un diplomático.

—Le conozco desde hace tiempo, señor embajador, y sé que no habría venido a verme si las sospechas fueran leves. Se lo agradezco profundamente.

—Me alegro —respondió el americano—. Le voy a enviar el dossier completo del colombiano, para que se hagan una idea de con quién pueden tener que tratar. Tiene más de doscientas muertes sobre su cabeza.

224

Velázquez intentó ordenar sus ideas y decidir a quién llamar primero.

—Si lo que me cuenta es cierto, los españoles tendremos una gran deuda de gratitud con usted.

Epstein se mantuvo recto sobre el respaldo del sillón. El hecho de que todos lo tomaran en serio no producía relajación en él.

—Busque a ese tipo y sáquelo de la circulación —pidió—. Cuanto antes mejor. No es necesario correr riesgos.

—Estoy de acuerdo con usted. Movilizaré a mis hombres en la isla para que tomen medidas contra el terrorista.

Epstein meditó un segundo sobre lo que había dicho el ministro.

—Perdone, señor Velázquez —dijo—. Ese colombiano no es un terrorista. Es un asesino a sueldo bien entrenado, de los mejores del mundo. Y eso es mucho peor que un terrorista. Muchísimo peor.

52

México Distrito Federal, 12 de febrero

—*E*stá en las últimas, señor Rubiales.

El médico adoptó un semblante en consonancia con la gravedad de sus palabras. Rubiales, el secretario del todopoderoso millonario Luis Cova, dirigió su mirada a la cama de hospital que centraba toda la atención del equipo médico instalado en el salón de la mansión del magnate.

—¿Cuánto le queda? —preguntó Rubiales.

—Veinticuatro horas, cuarenta y ocho como máximo.

Cova estaba a punto de morir. El anciano había aguantado de modo sorprendente la evolución de la enfermedad durante unos cuantos años, allí donde muchos otros habían sido vencidos en meses. Su determinación había tenido mucho que ver en ello. Cova había sido siempre un luchador, y lo seguía siendo. Aunque los motivos que le impulsaban a mantenerse con vida en los últimos días distaban mucho del simple apego a la vida. Quería estar vivo para disfrutar de su venganza. Y solo faltaban tres días para que se consumara.

Rubiales agradeció la franqueza del médico y se acercó a la cabecera del lecho del moribundo. Este, con los ojos semicerrados, se percató de su presencia. Le hizo un gesto con la mano para que se acercase.

—Rubiales —susurró el enfermo—, ¿qué te ha dicho el médico? Estoy seguro de que a mí me engaña.

—Señor, no le queda mucho —respondió el secretario, que se sintió asombrado de su propia sinceridad.

Cova asintió, eso ya lo sabía, no hacía falta hacer la carrera de Medicina para darse cuenta. En otros momentos hubiera sido sarcástico con el doctor, pero en aquel momento no tenía fuerzas para ello.

—¿Cuánto? —preguntó Cova.

Rubiales no se atrevió a seguir siendo franco. Era muy doloroso para él y lo sería aún más para su jefe.

—Tres días, cuatro como máximo.

Cova esbozó una sonrisa. La noticia le levantó el ánimo.

—Todo debe seguir como está planeado, Rubiales.

—Sí, señor. Todo se está cumpliendo como usted ordenó.

—¿Hay alguna noticia de Tenerife? ¿Algo del chino? ¿Del colombiano?

—Ninguna. Ya sabe que las personas que ha contratado no se van a poner en contacto con nosotros, era una de las condiciones del acuerdo. Tenemos constancia de que están allí. Y también sabemos que no ha saltado ninguna alarma en las fuerzas de seguridad

—Muy bien, Rubiales —La voz de Cova bajó un tono. Se estaba agotando con la conversación—. Me has servido bien y tendrás tu premio cuando yo me vaya. No necesitarás trabajar más el resto de tu vida.

Rubiales se sintió conmovido. No conocía el contenido del testamento del magnate, pero intuía que sería el beneficiario de un legado sustancioso.

—Es usted muy generoso. Se lo agradezco profundamente.

Cova hizo un gesto con la cabeza, indicando que no siguiera por ahí.

—Pero todavía has de hacer algo por mí —dijo.

—Lo que usted diga, señor.

—Llama a Hugo Cabrera, ya sabes, el director de la compañía de seguridad de mis empresas. Y dile que me quedan tres días. Solo eso.

Rubiales se extrañó, ¿qué interés podría tener Cabrera, un empleado medio en el escalafón del organigrama del grupo de empresas, en recibir esa información?

—Hazlo ahora —A pesar de lo bajo de la voz, la orden de Cova era terminante. El índice del millonario apuntando a la puerta reforzó el mandato.

—Ahora mismo, señor.

Rubiales se giró y, tras diez pasos, salió del salón. Cerró la puerta tras de sí y enfiló por el pasillo que se encontraba detrás. Sacó su teléfono móvil, buscó el número de Cabrera y marcó la tecla de llamada.

—Cabrera —El jefe de seguridad contestó con sequedad al segundo tono.

—Soy Rubiales. El jefe me ha pedido que te llamara y te dijera que le quedan tres días de vida.

Cabrera no contestó en un par de segundos, como si los necesitara para encajar la noticia.

—Gracias —respondió—. Yo también tengo algo que comunicarte. El jefe me pidió que te dijera que, si por alguna razón el rey de España no muere en los próximos tres días, tendré que matarte. No es nada personal, es solo para asegurarme de que cumples sus órdenes y no das marcha atrás en el último momento. El jefe teme que te vayas a aflojar.

Rubiales no contestó. Cortó la comunicación y pensó que su jefe era un auténtico hijo de puta.

Incluso estando a un paso de la tumba.

53

Santa Cruz de Tenerife, 12 de febrero

Olegario, el chófer de Ariosto, se encontraba con su novia Emelina en la arepera Punto Criollo, sita en la pequeña calle del Tizón, en La Laguna. El local, que no era demasiado grande, unas siete mesas, estaba lleno, como en numerosas ocasiones. Olegario, en realidad, no sentía una pasión desbordante por las arepas, pero como a Emelina le encantaban se habían convertido en clientes frecuentes del negocio. La demanda de la colonia de canarios retornados de Venezuela, junto a la de los inmigrantes sudamericanos y la de los vecinos conquistados por el sabor especiado de los bocadillos de pan de maíz frito habían logrado que la arepa fuera una oferta gastronómica muy común en Tenerife.

Emelina prefería la arepa de tortilla, almogrote, soja y queso amarillo, aunque Olegario se decantaba por probar en cada ocasión otros productos como los tequeños, las empanadas, las cachapas o el gofio ensalsado, especialidad de la casa. Solo por variar, decía.

Antes de entrar en el establecimiento se habían encontrado a Marta y Galán, que daban un paseo por los alrededores de la iglesia de la Concepción, a dos pasos de la arepera. A Olegario le había llamado la atención el aspecto demacrado de la arqueóloga, que había reconocido que tenía la garganta tocada.

—No me gusta la cara de la profesora —comentó Emelina cuando se separaron. Olegario compartió la opinión.

En la puerta de la arepera les esperaba Giorgina, la peluquera colombiana de Emelina, que era quien la había introducido en el mundo de la arepa y otras exquisiteces del continente americano. Ambas mujeres se conocían de muchos años y compartían chismes y curiosidades. Las amigas, después de pedir lo que les apetecía al camarero, se dispusieron a ponerse al día mutuamente mientras Olegario, un tanto ajeno a la conversación, se concentró en su plato en cuanto llegó a la mesa. Si le hubieran preguntado, preferiría haber estado a solas con su novia. La colombiana era un loro hablando y no dejaba meter baza.

En la mesa de al lado se encontraban tres hombres con rasgos físicos de mezcla india. En un momento dado, uno de ellos levantó algo la voz y su frase fue escuchada por Giorgina. Esta se detuvo en su perorata y se volvió hacia ellos.

—¿Son ustedes de Medellín? —preguntó, más con espontaneidad que con descaro.

Los hombres cesaron su conversación y miraron a la mujer. Olegario notó que dudaban en responder. Al fin, uno de ellos, el de mayor edad, tomó la iniciativa.

—Sí que los somos —respondió, con cierta cautela.

—¡Qué bueno! —exclamó Giorgina—. ¡Yo también! ¿De qué comuna son?

Olegario supuso que preguntaba por el barrio de origen.

—De la Manrique —respondió el colombiano.

—Buenos bailarines hay allí.

—Así es, nos encanta el tango.

—Hace años estuve en la Casa Museo Gardel —repuso Giorgina.

—Mi padre era el conserje —dijo otro de los colombianos, uno delgado.

El mayor lo fulminó con la mirada, detalle que no le pasó inadvertido a Olegario. Evidentemente, había dicho algo que le había incomodado. El hombre que había hablado por primera vez cambió su expresión, transmutada en apariencia de evidente incomodidad. Quedaba patente que la frase era del todo inadecuada.

—¿Era un señor grueso, elegante, con bigote blanco? Me acuerdo de él —dijo Giorgina.

Antes de que el joven pudiera responder, se levantó el que llevaba la voz cantante.

—Pues no. Su padre murió cuando mi amigo era muy niño, hace más de treinta años.

La frase se sintió en la mesa de Olegario como cuando un cuchillo corta la mantequilla de un tajo. El tema no era bien visto en la otra mesa.

—¡Cuánto lo siento! —dijo Giorgina.

—Sí, una verdadera tragedia —confirmó el hombre mayor—. Y, por desgracia, es hora de irnos. Ha sido un placer, señora.

Los otros dos colombianos se levantaron como resortes, saludaron con un asentimiento de cabeza y se dirigieron a la puerta. El mayor pagó en la barra y salieron del local sin mirar atrás.

230 Giorgina se quedó pasmada. La reacción de aquel trío había sido de lo más extraña.

—No piensen que los colombianos son así —dijo Giorgina a sus amigos—. Algo les pasa a estos.

—Conociéndote, querida, estoy segura de que son la excepción que confirma la regla —dijo Emelina, tranquilizadora.

Olegario convino con su novia en su afirmación. Conocía a muchos colombianos maravillosos. Sin embargo, aquellos tipos no eran trigo limpio, de eso estaba seguro. Su olfato se lo decía.

La cuestión era en qué podía afectarle. ¿Valía la pena averiguar algo del señor del bigote blanco que fue el conserje de la Casa museo Gardel de Medellín?

Olegario lo descartó. No había razones. Archivó conversación y recuerdos de los rostros de los colombianos en lo más profundo de su cerebro y volvió al presente, a su mesa. Ante la perspectiva de que la colombiana volviera a hablar de modo descontrolado durante horas, de modo inconsciente, se le escapó una simple pregunta.

—Querida Giorgina, ¿no se considera educado en Colombia irse a dormir ya?

54

La Laguna, 13 de febrero, al día siguiente

$\mathcal{M}$arta se encontraba de nuevo en el despacho de Pedro Hernández, en el Archivo Histórico Provincial. Las amplias cristaleras que dejaban pasar la luz de la mañana no lograban calentar la estancia en los días nublados, como aquel. La arqueóloga notaba dolor en la garganta y sentía frío, y se preguntaba si el personal del Archivo lo sufriría así durante todo el invierno. En los pequeños despachos individuales de la facultad en Guajara también sufrían temperaturas frescas, pero luchaban contra ellas por medio de estufas eléctricas. En el archivo no las había. En Canarias no hace frío, no hace falta calefacción, decían algunos que otros idiotas.

Marta había acudido a la llamada de Pedro: tenía nuevos detalles que contarle a partir de lo que había encontrado en su búsqueda de documentos sobre las asociaciones liberales del siglo XIX.

Pedro la recibió con los besos de rigor al comienzo del pasillo que dejaba a su derecha la sala de investigadores y al otro lado los despachos administrativos del personal del archivo.

—¡Qué pronto has llegado! —El archivero parecía estar entusiasmado—. ¡Fantástico!

—Tenía un par de horas libres y voy a aprovecharlas. Después de hablar contigo he quedado con Ariosto en Santa Cruz. Quiere enseñarme algo en el templo masónico.

—Muchas cosas se están hablando en torno a ese edificio en los últimos días. ¿Cuándo es la inauguración del museo? ¿Pasado mañana?

Marta entró en el despacho de Pedro y se sentó en una silla adyacente a la del archivero.

—Sí, en dos días. Ariosto ha sido elegido como maestro de ceremonias y el hombre está un poco nervioso.

—La verdad es que siempre aparece en todos los fregados. Es un tipo incansable. De mayor quiero ser como él.

Marta sonrió ante la broma de su amigo. Sabía de primera mano que ambos se llevaban muy bien, sobre todo a raíz de la resolución del caso del secuestro del nuncio, unos meses atrás.

—Cuéntame qué has encontrado —pidió Marta.

Pedro se sentó en su silla y activó el teclado de su ordenador. La pantalla recobró vida. La imagen de un documento amarillento, antiguo, escrito a mano, apareció ante sus ojos.

—Ahí lo tienes, un proceso de inquisición —indicó el archivero—. El último que se hizo en Canarias.

—¿De inquisición? —Marta se sorprendió—. Entonces es de comienzos del siglo XIX.

—En efecto. Hagamos un poco de Historia: la inquisición era una institución arcaica y denostada a finales del siglo XVIII, con poca fuerza, muy alejada de la furibunda represión que la hizo famosa en el siglo XVI. Uno de los objetivos de las Cortes de Cádiz que elaboraron la Constitución de 1812 fue la supresión del Santo Oficio.

—Esa historia es conocida —respondió Marta—, aunque no te puedo precisar las fechas.

—Yo sí, me ocupé ayer de recopilarlas —replicó Pedro—. El 22 de febrero de 1813 las Cortes emitieron un decreto suprimiendo la Inquisición. Esta noticia se difundió por toda España y aquí en Canarias fue recibida con júbilo por un grupo de liberales próximos al poder local. La consecuencia del cierre del tribunal religioso fue un periodo de libertad de pensamiento y de prensa que se plasmó en numerosas publicaciones innovadoras. Sin embargo, en 1814 el nuevo rey Fernando, el séptimo, volvió a España de su confinamiento en Francia y

233

lo primero que hizo, el 30 de mayo de 1814, fue suspender las libertades de la Constitución y restaurar la Inquisición.

—Me imagino el desencanto de los liberales canarios, y su temor a las represalias —comentó Marta.

—Exacto. El bando absolutista retomó el poder y la venganza contra los autores de los actos contra el Santo Oficio no se hizo esperar. Este periodo de vuelta a la oscuridad duró seis años, y durante él se desarrollaron varios procesos contra quienes habían desafiado el poder inquisitorial.

—Y este es uno de ellos.

—Así es. Gracias a Dios, la Inquisición fue suprimida, y esta vez de modo definitivo, por las consecuencias de la sublevación de Riego en 1820. Fue lo que dio paso al llamado trienio liberal y que forzó al rey a dictar un decreto, el 9 de marzo de 1820, por el que la Inquisición pasó a mejor vida, de forma irrevocable esta vez. Pero hasta que llegó ese día se abrieron unas cuantas causas que acabaron en sentencias condenatorias firmes.

234

—Y una de ellas tiene algo que ver con la cámara que encontramos el otro día.

—Déjame contártelo, Marta —Pedro se agobiaba si lo interrumpían en sus disertaciones—. El original de este proceso se encuentra en el Archivo de El Museo Canario, en Las Palmas, donde se conserva la mayor parte de los documentos de la inquisición canaria. Buscando en los catálogos apareció el nombre de don José Manuel Rodríguez del Castillo.

—El propietario de la casa del escalofrío —acotó Marta.

—El mismo. Proceso por brujería y satanismo, ¿te suena? Fue iniciado en 1815 a raíz de la denuncia del párroco de la iglesia del Pilar, por la aparición de unos pasadizos en el subsuelo de la iglesia.

—¡Vaya! ¡No eran tan desconocidos entonces!

—Este proceso no hizo mucho ruido. Fue sustanciado en Las Palmas y luego archivado. Sus detalles no trascendieron por lo que se ve, ya que con posterioridad no he encontrado referencias a esos túneles en ningún lado.

—¿Qué ocurrió?

—Vamos por partes —Pedro pasó varias imágenes en la pantalla hasta que encontró la que buscaba—. La principal acusación se basaba en la aparición de una cámara subterránea con dibujos de carácter diabólico en el techo. La prueba era incontestable, más de diez eclesiásticos declararon haberla visto. La defensa de los encausados tuvo que basarse en la interpretación del significado de aquella cámara.

—¿Encausados? ¿Eran varios?

—Es verdad, no lo he dicho. Junto a don José Manuel, fue enjuiciada su esposa, Eloísa. Ella conocía la existencia del pasadizo que comunicaba su casa con el hueco del altar de la cámara.

—¿Y qué alegaron en su defensa?

—Pues que todo era una broma irreverente contra el clero, aprovechando que se encontraban debajo de la iglesia, pero inofensiva en el fondo. A modo de burla, don José Manuel había creado aquel escenario de mofa satírica, de chanza sarcástica, por puro entretenimiento. Por lo que relató, la Inquisición había castigado severamente a un abuelo suyo en Andalucía y sentía aversión por la institución.

—¿Y le creyeron?

—Ni una palabra. El Tribunal, que además tomó muy en cuenta que la pareja no aportara testigos en su favor, quiso aprovechar la ocasión y dictar una sentencia ejemplarizante. No se podía tolerar el satanismo, una forma abominable de brujería, a comienzos del siglo XIX. Sin embargo, aunque consta un borrador de la sentencia, esta no llegó a dictarse.

—¿Y por qué no? —Marta deseaba llegar al desenlace.

—Porque los encausados murieron durante el juicio, a comienzos de 1816. Hay una declaración de los alguaciles del Santo Oficio en que así se certifica.

—¿Y cómo murieron?

Pedro se echó atrás en su silla antes de responder.

—Ahí está el asunto. En el proceso no se dice nada al respecto.

Marta asimiló la información y miró al archivero.

—Pedro, ¿crees que los mataron? ¿Podrían ser los cadáveres que encontramos en los túneles?

235

—Mi conclusión es que todavía no hemos llegado al final de esta historia, Marta.

—Pues hay que seguir buscando, amigo mío.

Pedro suspiró, resignado.

—Seguiré buscando. Sabía que me lo pedirías. Pero antes, ¿quieres escuchar algo curioso?

—Dime.

—Los miembros del tribunal eran tres. Todos murieron de muerte repentina antes de que transcurriesen seis meses. ¿Te da algo en qué pensar?

—¿Una maldición? —preguntó Marta, en voz muy baja.

55

Santa Cruz de Tenerife, 13 de febrero

Galán estacionó su Mitsubishi Montero en el amplio aparcamiento interior de la comisaría de Tres de Mayo. Había sido convocado con urgencia por el comisario jefe, Blázquez, que había especificado con claridad que dejara todo lo que estuviera haciendo y acudiera a la sede policial.

Entró en la sala de reuniones principal y se encontró allí con sus colegas inspectores. De un solo vistazo juraría que estaban todos. O casi todos, un par de ellos llegaron después que él. Tras saludar a los compañeros, tomó asiento en una de las incómodas sillas metálicas con tablero abatible de escritura que poblaban la sala. Allí se hacían muchos cursos.

Blázquez entró acompañado de uno de los escoltas del rey que habían estado en la reunión de unos días antes y cerró la puerta tras él. Su semblante era de una absoluta seriedad que rayaba en la preocupación.

—Inspectores —dijo, logrando con ello que todos se callaran—. El coronel Valdivia tiene algo que contarles. Se trata de un asunto considerado de alto secreto, así que espero que estén a la altura de las circunstancias.

El jefe de los escoltas reales entregó un fajo de fotocopias al primero de los inspectores para que se las fueran pasando.

—Señores, nos encontramos ante una posible crisis de nivel cuatro, el más elevado.

Galán y los demás prestaron toda su atención. Algo tenía que ver con la visita de los reyes. Valdivia prosiguió.

—Los servicios de inteligencia de Estados Unidos han detectado la presencia en Tenerife de un peligroso asesino profesional colombiano.

La sala se mantuvo en silencio, las fotocopias iban repartiéndose de mano en mano y a Galán le llegó una. Echó una mirada y contempló una foto de pasaporte al lado de otra de una persona en la calle caminando, tomada sin duda con un teleobjetivo. Ambas se parecían mucho. Debajo de las imágenes aparecía el informe del historial delictivo del sujeto en cuestión.

—Se trata de Manuel Restrepo, asesino a sueldo que trabajaba en los últimos años para uno de los cárteles colombianos más peligrosos. Ya no son cárteles de la droga, ahora se dedican a multitud de ocupaciones, y no todas ellas delictivas. Pesan sobre él ocho órdenes de búsqueda y captura internacionales: cinco estadounidenses, dos colombianas y una de la Unión Europea. Tiene en su haber doscientas ocho muertes confirmadas, bien ejecutadas por él mismo o por el grupo que comanda. No hace falta decir que es peligroso en grado máximo.

Galán comparó con más detenimiento las dos fotografías. El del pasaporte no era la misma persona que la de la foto callejera. Pero era un parecido extraordinario. Ningún agente de policía habría notado la diferencia en un control rutinario.

El coronel se detuvo un segundo antes de continuar.

—Entró en España por Madrid Barajas procedente de Venecia hace seis días. Llegó a esta ciudad italiana desde Liubliana, en Eslovenia, integrado en un grupo de turistas estadounidenses. Porta pues un pasaporte de esa nacionalidad. De Madrid llegó a Tenerife por vía aérea hace cinco días.

Galán leyó en diagonal el informe de Restrepo y se detuvo en la última línea antes de que hiciera referencia a ella el escolta real.

—Hemos recibido estos datos en las últimas horas, y la única incidencia que hemos podido recabar en las últimas

238

horas fue la confusión de su equipaje con una viajera local. Restrepo, bajo la identidad de Frank Estévez, realizó el cambio de maleta sin nada reseñable.

Galán levantó la mano. Ese gesto interrumpió el discurso del coronel. Blázquez lo miró con reproche.

—¿Qué ocurre Galán? —preguntó el comisario—. ¿No puede esperar a que termine el coronel?

—Perdone —respondió Galán con naturalidad—, aquí en el informe se especifica que la viajera era una tal Sandra Clavijo. No sé cuántas habrá en la isla, pero una es conocida mía.

Blázquez iba a replicar pero Valdivia le contuvo, posando su mano en su antebrazo.

—Perfecto, inspector, es justo lo que iba a decir a continuación. No sabemos las intenciones de Restrepo en Tenerife, pero nos corresponde averiguarlo. No creemos que su estancia en la isla sea una coincidencia con la visita de los reyes. Nos tememos que esté aquí para atentar contra ellos. Por eso hay que localizarlo cueste lo que cueste. Habrá dejado sin duda algún rastro. Esta es una isla turística, habrá que comprobar todos los alojamientos uno por uno y hablar con todas las personas que hayan podido tener contacto con ese individuo. No dejemos ni una piedra por remover.

Se adelantó unos pasos y se dirigió a Galán en concreto.

—Conviene que hable con esa amiga suya lo antes posible y trate de sacar algún detalle que nos ayude en la búsqueda.

Se volvió a los demás.

—Se trata de una operación del más alto nivel. Prioridad absoluta. Tenemos que encontrar a ese tipo antes de pasado mañana. Dos días. En estos casos en que nos mueven conjeturas, la Casa Real no suspende ni modifica su agenda. Este rey no se esconde, con lo que el día 15 va a inaugurar ese museo como está previsto, además de celebrar todos los demás actos oficiales. Movilicen todos los recursos de que dispongan y tómenselo muy en serio.

Valdivia terminó y se echó a un lado. Blázquez tomó la palabra.

239

—Ya lo han oído —dijo en voz alta—. Muevan el culo de inmediato. Y perdone, coronel, pero voy a enmendarle. Esto no es una simple búsqueda. Ese colombiano es un animal, así que esto tiene que ser una cacería. ¿Me han entendido?

56

Santa Cruz de Tenerife, 13 de febrero

Olegario conducía el Mercedes negro de Ariosto por la calle Numancia abajo y se detuvo ante el semáforo en rojo. Acababa de dejar a Adela Cambreleng en su casa, en la esquina con 25 de julio, enfrente de la Alianza Francesa, y llevaba a Sandra a su domicilio. Había ejercido de chófer de las dos mujeres por deseo expreso de Ariosto, que había ofrecido coche y chófer para que ambas se dieran un paseo hasta el Centro comercial La Villa, en La Orotava, a unos cuarenta kilómetros de Santa Cruz, e hicieran allí sus compras por la tarde.

De esta manera, convenciendo a Sandra, Ariosto se había librado del compromiso de acompañar a Adela. A Olegario le daba igual llevar a unos que a otros, aunque reconocía que se divertía mucho con las ocurrencias de la señora.

Mientras las mujeres recorrían todas las tiendas del curioso centro comercial, cuyo diseño imitaba calles con arquitectura tradicional canaria, Olegario se había sentado en una zumería a tomar un batido de papaya y a leer la prensa.

Un par de horas después, tras quedar ambas mujeres satisfechas con el número de bolsas que cargaban, decidieron volver a Santa Cruz, haciendo un alto a tomar un café en las Terrazas del Sauzal, un agradable restaurante mirador con una vista de la costa norte de la isla realmente excepcional.

Una vez llegaron a Santa Cruz, Adela se bajó en la puerta de su casa y Sandra iba a hacer lo propio cerca de la suya, al comienzo de la calle Villalba Hervás, en pleno centro de la ciudad.

Esperaba Olegario el cambio de color en el semáforo cuando tres peatones cruzaron por delante de ellos.

—¡Qué casualidad! —dijo Sandra, que ocupaba el asiento trasero—. ¡Fíjese, Sebastián, ese hombre es el que me cambió la maleta el otro día en el aeropuerto!

Olegario estaba distraído y prestó atención en ese momento a los tres hombres.

—¡Vaya coincidencia! —respondió—. Ayer yo también vi a esos tres en La Laguna. ¿Recuperó bien el equipaje?

—Me lo devolvieron con una cerradura rota, pero me pagaron su valor y mucho más. Y en billetes de dólar, cosa curiosa.

Olegario enarcó una ceja.

—¿Ese colombiano llevaba dólares encima? No es lo usual en los que viven aquí. Lo digo porque conozco a una amiga de Emelina que es colombiana y asegura que todos los inmigrantes de ese país prefieren los euros para enviarlos a su casa. El cambio es mejor.

Sandra no entendió lo que Olegario le estaba contando.

—¿Qué colombianos? Ese hombre es estadounidense.

—Perdone, señorita Clavijo, pero es colombiano, y de Medellín, para más señas.

—Creo que está equivocado, Sebastián, me dijeron en la oficina de reclamación de equipajes perdidos del aeropuerto que la persona que tenía mi maleta poseía pasaporte de Estados Unidos. Estoy completamente segura.

El semáforo se puso en verde y Olegario metió la primera marcha y el Mercedes avanzó con suavidad.

—Tal vez sea las dos cosas —comentó Olegario—. Colombiano nacionalizado norteamericano. Peores cosas he visto.

Sandra hizo un gesto de incredulidad con la boca y se encogió de hombros. Una solución poco probable, pero no imposible.

El automóvil giró a su izquierda en la calle Méndez Núñez y se disponía a bajar por la de El Pilar, pero el semáforo del cruce se puso en rojo. La clásica falta de coordinación de los semáforos de la ciudad. En ese momento el teléfono de Sandra comenzó a sonar. La periodista miró la pantalla. Era Galán.

—¡Hola Antonio! —saludó—. ¿Algo nuevo?

—Hola Sandra —contestó el inspector—. Tenemos un aviso de seguridad importante y me gustaría hablar contigo.

—Tú dirás.

—¿Podrías reconocer a la persona que te cambió la maleta el otro día?

—Pues claro que sí. Acabo de verlo hace un minuto, mira qué casualidad.

Sandra giró la cabeza y miró por la ventana trasera.

—De hecho, lo estoy viendo ahora mismo —añadió—. Acaba de entrar en el parque García Sanabria.

—¿Qué dices? —La voz del policía sonó alarmada—. ¿Estás segura?

—Y tanto. Sebastián también lo ha visto, y hemos tenido una discusión sobre si era norteamericano o colombiano.

—¿Estás con Sebastián? —Galán intentaba procesar la información con velocidad—. ¿Me lo pones al teléfono?

Sandra pulsó el botón de altavoz de su móvil.

—Está conduciendo, pero ahora te oye —dijo la periodista en voz alta.

—¡Sebastián! ¿Sabe de quién estamos hablando?

El chófer echó atrás la cabeza para que su voz se oyera mejor.

—Sí, inspector —respondió—. Le hemos visto claramente.

—Escuche, Sebastián —Galán hablaba con cierta ansiedad—. Ese hombre es un asesino muy peligroso y está buscado en una decena de países. Conviene tenerlo localizado hasta que yo llegue con refuerzos a esa parte de la ciudad. ¿Puede usted seguirlo a distancia? Sin correr ningún riesgo, eso por descontado.

Sebastián miró a Sandra asombrado y esta le devolvió la mirada más asombrada aún.

—De momento los hemos perdido de vista —dijo el chófer—. Se han metido en el parque y ya sabe lo frondoso que es. Lo que puedo hacer es dar vueltas alrededor para ver si los vemos salir.

243

—Hágalo, por favor. Voy para allá con una patrulla. Avísenme si vuelven a verlo, por favor.

La comunicación se cortó.

—¿Qué la parece, señorita Clavijo? —preguntó Olegario—. Hay que ver por dónde nos salió el colombiano.

—¿Que qué me parece? —replicó Sandra, con un brillo en los ojos—. Pues súper excitante. A dar vueltas, Sebastián, y abramos bien los ojos.

57

Santa Cruz de Tenerife, 13 de febrero

—$\mathcal{N}$o me lo puedo creer —dijo Marta.

La arqueóloga se encontraba con Ariosto y Sofía en la puerta del templo masónico y acababa de escuchar de labios de la arquitecta su experiencia con los ruidos subterráneos y la sensación de una presencia cerca de ella por la noche días atrás.

—Dos fenómenos tan similares, el tuyo y el mío, no pueden ser fruto de la casualidad —añadió—. Ahí abajo hay algo, o alguien.

—Eso pienso yo —respondió Sofía—, aunque preferiría no haber llegado a esa conclusión.

—¿Por qué? —preguntó Marta.

—Pues porque puede conllevar complicaciones para la inauguración de pasado mañana —La arquitecta hablaba con algo de nerviosismo—. No quiero que surja ningún imprevisto que nos obligue a cancelarla.

—Si las dos hemos notado que alguien, pongamos que es una persona, se mueve con libertad por los pasadizos y por el templo, ¿no crees que existe un riesgo para la seguridad no solo de los reyes, sino de cualquiera que asista a la inauguración?

—Los policías han rastreado el edificio con sus perros y no han notado nada extraño —repuso Sofía.

—Pero tú lo has sentido.

—Sí, así es.

—¿Y entonces? —preguntó Ariosto—. ¿Hacemos algo al respecto?

—Vayamos a la Cámara de Reflexiones —invitó Marta.

La arqueóloga inició el trayecto, conocía el camino a la perfección, y Ariosto y Sofía la siguieron. Pasaron alrededor de los operarios que realizaban los últimos retoques del museo y se plantaron en el comienzo del túnel en dos minutos. Ariosto se entretuvo un segundo para recoger un martillo de una mesa de herramientas. Se acordaba de su última visita.

Marta tuvo un sentimiento interno de rechazo antes de introducirse en la cueva artificial, pero no dudó en continuar después de que Sofía encendiera las luces al pulsar un interruptor en la entrada.

La arqueóloga y sus acompañantes caminaron por el suelo de tierra apisonada con la cabeza agachada para evitar rascarse con los salientes de las piedras rectangulares que, en forma de arco, aguantaban el peso del techo. La bóveda de la Cámara de Reflexiones les esperaba al final del pasillo. Las paredes y el techo aparecían rematados con piedras pequeñas compactadas con algún aglomerante. Una estrecha losa elevada aparentaba ser una mesa o repisa, tal vez un añadido posterior.

Sofía entró en la cámara y señaló un punto en la pared.

—Aquí suena a hueco —indicó.

Marta se acercó y tanteó la superficie. No notó nada especial.

—Se escucha si se golpea con un martillo —indicó Ariosto, que exhibió el que tenía en la mano.

—Procede entonces —pidió la arqueóloga.

Ariosto sonrió y se dirigió a la pared. Comenzó dando unos golpes suaves a la pared.

—Luis, así ni se nota —advirtió la arquitecta—. Un poco más fuerte.

Ariosto golpeó con más fuerza la pared. Los martillazos eran ahora mucho más sonoros. Avanzó palmo a palmo de derecha a izquierda. En un momento dado, la sonoridad del golpeo cambió.

—¿Ves? —dijo—. Aquí suena distinto.

—En efecto —replicó Marta—. A hueco, sin duda.

—Podría haber algo tras este tramo de pared —intervino Sofía.

—Y un poco más a la izquierda suena con más eco —añadió Ariosto.

Golpeó un vez más con el martillo en el lugar indicado y se escuchó un crujido. A pesar de que retiró el martillo con velocidad, Ariosto advirtió que un pequeño trozo de pared de unos quince centímetros de diámetro había desaparecido. Su lugar lo ocupó un hueco oscuro.

—¡Luis! —exclamó Sofía—. ¡Has destrozado la pared!

Ariosto miró el martillo, asombrado.

—¡Si el golpe fue ligero! —replicó.

—¡Dios mío! —gimió la arquitecta—. ¡Este lugar está declarado Bien de Interés Cultural!

Marta se acercó al agujero negro y lo inspeccionó.

—El trozo de pared ha caído hacia adentro —señaló—. Ahora estamos seguros de que existe un hueco al otro lado. ¿Alguien tiene una linterna?

Sofía se volvió y buscó debajo de la losa.

—Hay una por aquí —dijo—. Por si se va la luz.

La arquitecta extrajo una linterna clásica de pilas de una cavidad bajo la piedra y se la entregó a Marta. La arqueóloga la encendió y acercó el haz de luz al agujero. Miró a través de él.

Ariosto, expectante, le dejó cinco segundos, ni uno más.

—¿Ves algo? —preguntó.

Marta no volvió la vista, concentrada en lo que veía.

—Otro túnel —informó—. De fábrica similar a los de la cámara subterránea.

—Otro misterio. ¡Maravilloso! —concluyó Ariosto—. ¿Qué hacemos? ¿Vamos a buscar picos y palas para entrar?

—¿Estás loco? —Sofía estaba al borde de un ataque de nervios—. ¿Sabes la cantidad de papeles que van a ser necesarios para abrir un hueco en esa pared?

Marta, ajena a la conversación de sus acompañantes, agarró un borde del agujero y lo zarandeó un instante, para comprobar su resistencia. Otro trozo de pared, esta vez mucho más grande, se derrumbó con estrépito hacia adentro, dejando un agujero de un metro de diámetro. Sofía y Ariosto enmudecieron, pasmados.

—Ya no va a hacer falta ningún papel —dijo Marta, con una sonrisa pícara—. ¿Entramos?

58

Santa Cruz de Tenerife, 13 de febrero

Olegario acababa de rodear con el Mercedes por terce-ra vez el parque García Sanabria manteniendo los ojos bien abiertos. A su lado, Sandra colaboraba con el mismo objetivo: localizar a los colombianos.

Sin embargo, desde que habían hablado con Galán no les habían vuelto a ver. O habían salido de la gran manzana verde de la ciudad por alguna esquina justo cuando ellos no pasaban o seguían dentro. No tenían manera de averiguarlo.

El coche subía por la calle doctor Naveiras y, a la altura del Hotel Taburiente, otro automóvil se dispuso a salir de su estacionamiento.

—Con lo difícil que es aparcar en Santa Cruz voy a aprove-char esta oportunidad —anunció el chófer.

—¿Y seguimos la búsqueda a pie? —preguntó Sandra.

Olegario esperó con paciencia a que el conductor del otro coche hiciera las oportunas maniobras.

—Yo seguiré a pie —respondió—. Usted se mantendrá en el coche y avisará al inspector si los ve. ¿Me hará caso?

Sandra pensó un segundo la respuesta. Tenía la experien-cia de que todas las personas a su alrededor deseaban siempre lo mejor para ella, pero eso nunca se correspondía con lo que tenía pensado hacer.

—Por supuesto, Sebastián. Estaré al loro.

El chófer la miró de soslayo y emitió un leve gruñido de incredulidad por su promesa y de fastidio por el lenguaje. Una vez libre el hueco junto a la acera, sobrepasó el espacio libre y maniobró marcha atrás la mole negra del Mercedes con pericia y logró aparcarlo a la primera, con gran satisfacción por su parte. En muy pocas ocasiones estacionaba el coche de Ariosto en la calle, pero aquella era una excepción necesaria. Paró el motor y dejó la llave de contacto puesta. Abrió la guantera a su derecha y rebuscó en el fondo hasta encontrar lo que estaba buscando. Lo sacó.

—¡Un revólver! —exclamó Sandra.

—No se lo diga a nadie —musitó Olegario, que guardó de inmediato el arma en la cintura de su pantalón—. En ocasiones como esta, en que tratamos con gente ruin, me gusta sentir el sobrepeso de mi amiguita.

—Tenga cuidado con eso —indicó—. Las carga el diablo.

—Lo tendré. Las llaves se quedan puestas, señorita —advirtió—. Usted se responsabiliza del coche. Espere a que yo vuelva o llegue la policía.

Sandra sonrió y le dedicó un asentimiento con la cabeza. Obedecería la indicación hasta que decidiera dejar de hacerlo.

Olegario sacó su corpachón del Mercedes y cerró la puerta. Echó un vistazo a su alrededor. La cola de vehículos que había formado con la espera para aparcar se estaba diluyendo. Miró dentro del parque. La frondosidad de la vegetación era tremenda, no se veía más allá de diez metros. Inaugurado en 1926, su denso arbolado sería digno de un jardín botánico dada la extensa presencia de especies tropicales. De planta rectangular, el parque estaba cruzado por cuatro paseos en forma de aspa con una fuente expresionista en el centro en la que destacaba una curiosa escultura femenina de amplias formas que, a falta de mejor explicación, representaba la fecundidad.

Decidió dirigirse a una de las esquinas del parque, la más próxima, en la confluencia con Las Ramblas. Desde allí se asomó al amplio paseo que atravesaba la mitad del recinto hasta desembocar en la plazoleta central, con la fuente en medio. No vio a los colombianos entre los paseantes que, ajenos a su preocupación, aprovechaban los últimos rayos de sol de la tarde. Existían unos caminos en espiral que rodeaban de modo concéntrico el perímetro ajardinado y Olegario decidió tomar por uno de ellos para atajar el recorrido hasta la siguiente avenida peatonal del parque. El sendero era estrecho y los helechos rozaban su chaqueta a medida que avanzaba. El canto de multitud de pájaros se imponía de modo sorprendente sobre el ruido del tráfico existente a menos de cien metros. Continuó hasta desembocar en el paseo abierto que provenía de la esquina del kiosco Numancia, un lugar clásico de la ciudad donde tomar un café. Tampoco divisó a sus objetivos desde allí.

Su teléfono móvil comenzó a sonar. Lo cogió y pulsó la tecla verde de recepción de llamada.

—¡Sebastián! —la voz de Sandra denotaba urgencia—. ¡Los colombianos! ¡Han salido del parque por abajo, por la esquina de Méndez Núñez!

Olegario se hizo un esquema de la situación. Habían abandonado el recinto a espaldas del Mercedes, justo en el lado contrario en diagonal de donde él se encontraba.

—¡Voy para allá! —dijo, y emprendió la carrera por el paseo abajo en la dirección indicada.

Sandra no esperó a la llegada de Olegario. Cogió las llaves del Mercedes de la cerradura de encendido y bajó del automóvil. Cerró la puerta, cruzó la calle y comenzó a bajar con rapidez por la acera hacia el lugar donde había visto salir a los americanos. Los había perdido de vista, pero podría localizarlos si se daba prisa.

La periodista llegó a la confluencia con la calle Méndez Núñez, la única vía de la ciudad en la que los semáforos funcionaban más o menos coordinados. Llegó a tiempo de ver, tras la gigantesca palmera de la glorieta, al trío introduciéndose por la calle San Vicente Ferrer. Una alarma surgió en la mente de Sandra. Si se perdían en las estrechas calles del barrio del Toscal no habría forma de dar con ellos.

Nerviosa, esperó impaciente a que el denso tráfico de la avenida amainara y la cruzó. Se detuvo al inicio de la siguiente calle. A unos cien metros veía las cabezas de los colombianos. Miró hacia atrás, al parque, y vio llegar a Olegario a su borde en pleno esprint. Cuando se detuvo en la acera, le hizo una seña que el chófer reconoció. La joven notó que el hombre le dirigía una mirada de reproche, no había hecho caso a su indicación de que se quedara en el coche. Sandra se encogió de hombros y sonrió.

Olegario miró a los coches que pasaban, calculó la distancia que los separaba y la velocidad a la que se desplazaban y saltó a la calzada sorteando uno, dos y tres automóviles con precisión y habilidad. Sandra se quedó pasmada.

—¿Cómo ha hecho eso? —preguntó en cuanto llegó a su lado—. ¡Se ha jugado la vida de modo temerario!

—No se le ocurra aprender de mí —contestó—. ¿Dónde están?

—Por esta calle hacia abajo —señaló.

Olegario se asomó a la esquina y aguzó la vista. Le pareció que los hombres acababan de cruzar la calle. Se volvió a Sandra.

—Manténgase detrás de mí unos cincuenta metros, haga el favor —le ordenó más que pidió—. Y avise al inspector.

—¡Han girado por el Pasaje Ojeda! —indicó Sandra, que continuaba mirando a lo largo de la calle.

—Haga lo que le he dicho —recalcó Olegario, y se encaminó tras las huellas de los colombianos, que se habían perdido de vista.

Aceleró el paso al máximo, rodeó los coches aparcados en la acera de la derecha y saltó al centro de la calle. No había automóviles circulando y así podía avanzar más rápido. En diez segundos llegó a la esquina de la estrecha vía por la que habían tomado sus perseguidos. No los vio. La calle desembocaba a unos treinta metros en otra vía perpendicular, la de San Francisco Javier.

Olegario masculló un juramento y cambió del paso ligero a la carrera. No podían escapárseles. En unos instantes llegó a la esquina. Miró arriba y después abajo. Nada. Habían desaparecido.

«¿Habrían entrado en alguna casa? ¿Les habría dado tiempo de introducirse en el dédalo de callejuelas que jalonaban el barrio?». Las intersecciones de las calles de San Miguel por arriba, y de San Nicolás, por abajo, estaban a tiro de piedra.

Optó por la de San Miguel, corrió hacia la esquina y llegó en veinte zancadas. Los colombianos no estaban.

Olegario se desesperó de impotencia. Volvió a jurar. Los había tenido tan cerca y se le habían escapado.

Sandra llegó en unos segundos a su altura. También había hecho varios tramos corriendo.

—¿Qué pasa? —preguntó con la voz entrecortada—. ¿Dónde están?

Olegario respondió sin mirarla.

—No lo sé. Maldita sea. No lo sé.

253

59

La Laguna, 13 de febrero

*P*edro Hernández estudiaba con afán varios legajos de protocolos de escrituras públicas de comienzos del siglo xix. Las puertas del Archivo Provincial se habían cerrado varias horas antes para los investigadores y el personal desapareció de inmediato. Solo quedaban en el enorme edificio de arquitectura vanguardista —mucho hormigón visto y amplias cristaleras— el vigilante de seguridad y él.

El archivero ojeaba índices de protocolos en busca de nombres o apellidos conocidos. Era una forma de rescatar la biografía de los antepasados, a través del registro que dejaron en los documentos, en este caso públicos. Ante sus ojos fueron pasando compraventas, hipotecas y otras cargas sobre inmuebles, poderes, testamentos y un sinfín de actos jurídicos documentados, elemento imprescindible en la vida de la mayoría de las personas, incluso, o sobre todo, hoy día.

El trabajo era arduo. En 1820 trabajaban en Tenerife dieciséis escribanos públicos, aunque solo se conservaban los protocolos de catorce. Hasta 1862 los escribanos no pasaron a denominarse notarios de manera oficial, con la Ley General del Notariado. En Santa Cruz ejercían tres: Manuel del Castillo, José Oliver Fernández y Enrique José Rodríguez, y cada uno de ellos dejaba varios tomos por año como recuerdo de su labor. La lista de nombres objetivo de la búsqueda se iba ampliando a medida que Pedro conocía a los familiares de don

José Manuel Rodríguez del Castillo y de su esposa doña Eloísa Febles Brito. Había revisado todos los legajos anteriores a la muerte de los cónyuges en 1816, y ahora le tocaba a los de los años posteriores.

Se había propuesto terminar en 1820, más que nada porque tenía que ponerse un límite, si no, corría el riesgo de volverse loco. Pero como le dio cargo de conciencia, decidió continuar hasta 1825. Por eso se encontraba trabajando tantas horas fuera del horario contratado.

Notaba que el cansancio se iba acumulando en su nuca y sentía los dedos resecos de tanto pasar papeles antiguos. Había estornudado varias veces debido al polvo que soltaban las páginas centenarias y las luces ya estaban encendidas cuando la tarde comenzaba a llegar a su fin.

Entonces encontró un nombre significativo en un registro. María Luisa Febles Brito. Debía de ser hermana de la esposa de don José Manuel. Miró la fecha: 16 de noviembre de 1824. La anotó en su bloc de notas y, dado que estaba acabando el año, continuó escrutando el índice hasta el 31 de diciembre. No encontró más referencias.

Buscó dentro del tomo la escritura de noviembre y la encontró en pocos segundos. Se trataba de dos negocios jurídicos en un solo acto: el primero de ellos consistía en la adjudicación de la herencia de doña Eloísa, fallecida ocho años antes, a favor de su hermana, María Luisa, de los bienes que poseía la difunta. Doña María Luisa figuraba como única heredera.

Pedro pasó las páginas introductorias y encontró lo que buscaba: la relación de bienes poseídos por la difunta. Sólo había uno: una casa de dos plantas en la calle San Roque, con salida trasera por la calle San Lucas.

Pedro reconoció el inmueble de inmediato. Pocos lo sabían, pero él recordaba que la calle San Roque cambió su nombre en el siglo xx por el de Suárez Guerra, que es el que se mantenía en la actualidad. Se trataba de la casa de la calle San Lucas por la que había salido Marta del subterráneo. La casa del escalofrío.

El segundo acto jurídico contenido en la escritura era una compraventa. Doña María Luisa, una vez dueña de hecho y de Derecho de la casa, la vendía por ciento ochenta mil reales a un caballero llamado Miguel de Arancibia, natural de Gran Canaria, abogado, y con residencia muy reciente en Santa Cruz de Tenerife.

Pedro conectó también el apellido Arancibia con el de Arencibia, este último corrupción del primero, originario de Vascongadas, del que derivó el segundo en Canarias.

«Así pues, los Arencibia pasaron a ser los propietarios de la casa del escalofrío», se dijo. «¿Conocería el comprador el ominoso secreto que se ocultaba en el subsuelo de su casa? ¿Lo sabría alguno de sus descendientes?».

Una sospecha se abrió en la mente de Pedro Hernández. Convenía asegurarse de que no fuera cierta. Se levantó de su asiento y se dirigió al pasillo central del Archivo, donde cientos de volúmenes de libros modernos se encontraban en exposición. Iba a tiro fijo. En la sexta librería de la derecha encontró lo que buscaba. *Las sociedades secretas en Canarias*, rezaba el título, obra de 1932 de José Antonio Cebrián, un oscuro investigador que merecía más reconocimiento. Le interesaba el índice onomástico del libro, la relación de personas que aparecían en él.

No tuvo que buscar mucho, el índice comenzaba por la letra «A». Allí estaba, o mejor dicho, estaban. Miguel de Arencibia, su hijo Juan Manuel, su nieto Arturo y su bisnieto Víctor. Pedro buscó el capítulo donde aparecían los Arencibia. Al parecer, todos ellos integraban una supuesta sociedad ocultista de la que las autoridades sospechaban que se reunía en secreto, aunque nunca pudieron probar su existencia. El autor del estudio tampoco llegaba a ninguna conclusión demostrable, tal era el hermetismo de los asociados. Las referencias de las noticias de que disponía eran de terceros y de oídas. Nada se sabía de sus actividades ni de sus objetivos. Sólo constaba que en una ocasión alguien oyó decir a alguien que de esa sociedad nunca se salía. Y que más valía no entrar en ella.

Esas enigmáticas palabras inquietaron a Pedro. Tal vez el comprador Arencibia sabía a la perfección qué estaba adquiriendo en 1824, y lo que había debajo de la casa. Hasta hubiera apostado por ello. La inquietud le sobrevino cuando recordó la misteriosa muerte en pocos meses de todos los miembros del tribunal que enjuició al matrimonio propietario de la casa.

¿Habría algo oscuro y blasfemo en todo aquel asunto? ¿Algo en lo que convenía no hurgar demasiado?

Un pequeño escalofrío recorrió sus brazos. Se dio cuenta de lo solo que se encontraba en aquel edificio enorme y silencioso y decidió que ya había trabajado demasiado. Seguiría al día siguiente, si le volvían a entrar las ganas que habían desaparecido de golpe.

Dejó el libro en la estantería, volvió a su despacho, tomó los legajos y se dispuso a dejarlos en su lugar correspondiente, pero antes se acordó de Marta y le redactó un whatsapp.

—¿Te suena de algo el apellido Arencibia? —escribió.

60

Santa Cruz de Tenerife, 13 de febrero

Wu Lung había completado con éxito el último detalle para que sus drones estuvieran operativos. La carga del explosivo ya estaba adosada a la carcasa de los aparatos.

La mezcla de óxido de hierro y aluminio en polvo había quedado bien homogénea, al cincuenta por ciento del peso de cada elemento. Luego añadió una pequeña cantidad de cloro de potasio y adjuntó a la mezcla una ampolla de cristal fino que contenía ácido sulfúrico. Ya tenía fabricada una bomba de termita, un combustible oxidante que creaba una reacción exotérmica capaz de obtener un calor de más de dos mil doscientos grados, justo la mitad de lo que producía una bomba atómica.

El plan era simple. Los drones recibirían la orden de situarse a gran altura en la vertical del objetivo, en este caso sobre las cabezas de las esfinges de la entrada del templo masónico. La altura debía ser la suficiente para que los aparatos inhibidores de frecuencia de la policía no les interfirieran y por debajo de los trescientos metros en que el previsible helicóptero de la policía se desplegaría. Cuando se emitiera la orden, el GPS integrado en la placa base de los drones indicaría el lugar donde debían dirigirse a toda velocidad los artefactos. Unas coordenadas inexactas introducidas a propósito en la base de datos del ordenador interno provocarían que los aparatos no detectaran la distancia real al suelo y se estrellasen contra las esfinges. El impacto destrozaría el cristal de la ampolla del ácido sulfúrico, lo que actuaría como fulminante, y las dos bombas de termita estallarían creando sendos hongos de fuego que volatilizaría todo lo que se encontrara a su alrededor en un radio de cincuenta metros a la redonda.

El último paso de su preparación consistía en colocar los drones en lugar seguro a la espera de hacerlos funcionar. Necesitaba para ello una localización cercana al templo. Un lugar elevado desde donde pudiera enviar la señal al ordenador interno de los aparatos.

No había tenido que buscar demasiado. Existía un lugar ideal.

En la calle San Clemente se levantaba un edificio sin terminar que alcanzaba las siete plantas. El inmueble era enorme, de unos veinticinco metros de frente, y su construcción se había detenido en la fase de enfoscado de las paredes. Y llevaba mucho tiempo así, cerrado, casi abandonado. Una simple puerta de hierro con una cerradura normal impedía el acceso a su interior.

Y ese obstáculo no supuso ningún problema.

En los momentos previos a la caída de la tarde, cuando el tráfico era todavía denso, Wu Lung aparcó la furgoneta encima de la acera. Ataviado con un mono azul de trabajador y una gorra negra de béisbol bien calada, bajó del automóvil y descargó las dos cajas grandes de cartón duro donde portaba los drones. Abrió la puerta en menos de cinco segundos e introdujo las cajas en el interior. Cerró la puerta y volvió a la furgoneta, que estacionó unos cien metros más allá, en el parking del centro comercial Parque Bulevar.

Volvió al edificio a pie y, tras abrir de nuevo la cerradura, entró en él. Estuvo a la vista de todos y, tal vez por ello, nadie se fijó en él. Cada media hora pasaba una pareja de policías nacionales comprobando la manzana. El edificio en obras estaba casi enfrente de la parte trasera del templo masónico, pero la atención de los agentes se centraba en la acera del templo, no en la opuesta.

Lung había esperado apenas un minuto desde que los policías hicieron su ronda para mover la furgoneta, descargar las cajas y desaparecer. Había logrado pasar desapercibido una vez más.

Lung realizó dos viajes cargando cada caja hasta la sexta planta del edificio ascendiendo por una polvorienta escalera de hormigón que dejaba a sus lados los huecos abiertos de acceso a las viviendas inacabadas.

Dejó las cajas dentro de una de las viviendas del último piso, en una de las habitaciones del fondo, donde no se vieran desde la calle o desde otro edificio cercano.

Se asomó al hueco de la ventana y contempló una panorámica espléndida que dominaba el tejado a dos aguas y la pared trasera del templo masónico. A menos de cincuenta metros.

Solo existía un pequeño problema. Desde allí no podía ver la entrada del museo. Le sería imposible ver el momento en que los reyes salieran del templo, una vez inaugurado. Pero ese detalle tampoco planteaba mayor dificultad. El acontecimiento iba a ser retransmitido en directo por la televisión canaria. Lo podría ver desde su móvil.

260

Wu Lung se sintió satisfecho y sonrió. Le encantaba trabajar en Occidente. Todo era previsible y, en este caso concreto de Tenerife, nunca se lo habían puesto tan fácil.

61

Santa Cruz de Tenerife, 13 de febrero

$\mathcal{M}$arta se introdujo en el hueco de la pared sin esperar la respuesta de Ariosto y de Sofía. Sus amigos se miraron, Ariosto se encogió de hombros y siguió a la arqueóloga. La arquitecta, tras un momento de duda, les acompañó.

Solo tenían la linterna que portaba Marta, por lo que Sofía posó su mano en el hombro de Ariosto para sentirse segura. La oscuridad era total a apenas un par de metros del agujero. Olía a tierra húmeda.

—¿Hacia dónde vamos? —preguntó Marta—. ¿A la derecha o a la izquierda?

El túnel, de unos dos metros de diámetro, estaba excavado en la roca, de modo similar a los de la cámara subterránea. El pasillo se perdía en la oscuridad en ambas direcciones y, de acuerdo con la orientación de la Cámara de Reflexiones, se desarrollaba en paralelo con la calle San Lucas.

—Si vamos a la izquierda, nos acercaremos a la iglesia de El Pilar —dijo Ariosto.

—A la izquierda pues —contestó Marta.

Sofía no dijo palabra alguna, ya se estaba arrepintiendo de su arrebato de valentía.

Marta comprobó que no había obstáculos en el suelo de tierra apisonada.

—Hay huellas de calzado, con toda probabilidad masculino —indicó, señalando el piso con el haz de luz.

—¿Crees que son antiguas? —inquirió Ariosto.

—La impronta está muy clara. Yo diría que son recientes.

—¿Cuánto de reciente? —preguntó a su vez Sofía, nerviosa—. No me gustaría encontrarme a nadie aquí abajo.

—Son de hace un año —mintió Marta. Notó que Ariosto aguantaba la risa.

La arqueóloga caminó durante un minuto. Era difícil calcular la distancia en el subterráneo.

—¡Una escalera! —advirtió.

El foco de la linterna descubrió el inicio de unos escalones descendentes. Marta comprobó que la escalera se mantenía firme al pisar con cautela. Una vez hubo comprobado que era practicable, comenzó la bajada.

—¡Jesús! —dijo Sofía—. Esto de bajar a las profundidades no es lo mío.

—¿Quieres volver? —preguntó Ariosto.

—¿Sin la linterna? —inquirió la arquitecta, alarmada—. ¡No estoy tan loca!

Ariosto sonrió por el «tan». Algo de chiflada siempre había tenido su amiga.

Marta contó los escalones. Fueron veinte, que debían de equivaler a un descenso de unos cuatro metros.

—Creo que estamos al mismo nivel que la cámara subterránea, o tal vez algo más abajo —opinó.

—Y vamos en esa dirección —añadió Ariosto—. Este túnel explicaría lo que le sucedió a usted, Marta. Alguien ha podido desplazarse por aquí desde el templo masónico hasta la cámara.

—Si es que llega a la cámara —objetó Marta—. Cuando la revisamos, no encontramos más aberturas que la de la puerta del pasillo que se dirigía al tubo volcánico, tapiada por partida doble, y la del hueco del altar.

—Era una teoría —aclaró Ariosto, desarmado por la explicación de la arqueóloga.

—Como esto no lleve a ninguna parte me voy a reír de lo lindo —dijo Sofía, que había perdido un poco el miedo.

—Tiene que haber alguna conexión —insistió Ariosto—. Usted tocó algo en la oscuridad, ¿no es cierto, Marta?

—Eso me pareció —respondió la arqueóloga. Mantener la conversación conseguía que los tres se sintieran algo más tranquilos. O algo menos nerviosos.

Tras el final de la escalera, el túnel giraba a su izquierda en un ángulo de noventa grados. Tras extenderse una decena de metros, el pasillo se estrechaba y terminaba en una losa vertical.

—Fin de trayecto —anunció Sofía—. Toca dar media vuelta.

—No puede ser —dijo Marta, más para sí que para sus amigos—. No tiene sentido.

—Quien construyó estos túneles debía de tener algo en mente —reconoció Ariosto—. ¿Es eso lo que piensa, Marta?

—Exacto —respondió—. Esto tiene que tener truco. Exigía mucho esfuerzo construir esta galería para que terminara aquí, sin más.

Ariosto se acercó a Marta. Sofía no lo soltó del hombro y se aproximó también. Deslizó su mano por el borde de la losa, que ocupaba todo el frente y taponaba el hueco del pasillo. Ariosto tanteó con el brazo empujando la losa en su centro. No se movió. Probó en el lado derecho, en su extremo. La piedra se movió hacia dentro unos milímetros.

—¡Se ha movido! —exclamó Sofía.

Ariosto empujó con más fuerza en el mismo lugar y la piedra se abrió un poco más.

—La losa gira sobre un eje central —comunicó, con una gran sonrisa que pasó inadvertida por la falta de luz.

—¡Qué simple! —comentó Marta—. Menos mal que eres un tipo práctico, Luis.

—Lo tomaré como un cumplido —respondió Ariosto, con elegancia.

—Veamos qué hay al otro lado.

Marta enfocó el haz de la linterna y descubrió una plataforma y otra escalera descendente. Marta sintió que había estado allí antes.

263

—Esto me suena —dijo, y dirigió la luz hacia el techo. Descubrió una oquedad.

—¡Es el hueco del altar! —profirió Ariosto—. Este túnel termina en una de las paredes que estaban debajo del ara de sacrificio.

—El espacio es tan pequeño que no nos dimos cuenta de que no era una pared, sino una losa vertical —convino Marta—. Tu teoría era correcta, Luis.

—Por aquí pasó quien la tocó el otro día, Marta —concluyó Ariosto—. Misterio resuelto, al menos a medias. Ahora debemos averiguar quién es el que se pasea por estos pasadizos.

—Volvamos al templo —invitó la arqueóloga—. Quiero saber a dónde conduce el otro extremo del túnel.

—Eso, volvamos —dijo Sofía.

Los tres comenzaron a desandar el camino recorrido, ahora en dirección contraria. Les pareció mucho más corto. Llegaron a la escalera y la ascendieron. Recorrieron después el pasillo hasta que apareció al fondo la luz eléctrica de las bombillas, que se colaba por el derrumbe de la pared de la Cámara de Reflexiones.

—Bienvenidos a la civilización —resopló Sofía—. Amigos, si no les importa, yo me bajo en esta parada.

—¿Puedes avisar a mis ayudantes? —pidió Marta—. Que vengan con todo su equipo.

—Con mucho gusto —respondió la arquitecta, que pasó por el hueco al interior de la cámara—. ¿Vienes, Luis?

Ariosto se mantuvo en la galería.

—Voy a acompañar a Marta, Sofía —respondió—. A veces se mete en problemas cuando va sola, sobre todo en sitios cerrados y sin luz.

La arqueóloga miró a su amigo y sonrió. Sabía que hablaba en broma, aunque había mucho de verdad en sus palabras.

Marta inició la marcha hacia la parte del túnel que no habían recorrido. Ariosto la siguió de cerca para compartir la luz de la linterna. Avanzaron durante varios minutos. El pasadizo, que se estrechaba poco a poco, continuaba en línea recta, apenas con una ligera desviación hacia la izquierda. El túnel terminó en una puerta metálica.

—Bueno, esto se acaba aquí —observó Ariosto—. Un final lógico.

—Espero que esta puerta sea más fácil de abrir que la del otro túnel —comentó la arqueóloga.

Una cerradura resistente se empeñó en contradecir a Marta. Estaba cerrada con doble vuelta y soportó las manipulaciones de ambos.

—Necesitaremos herramientas —concluyó Ariosto, que se acordó de los estuches de ganzúas que Olegario portaba siempre consigo.

Marta ya consideraba la pérdida de tiempo que podía significar el contratiempo de la cerradura cuando se escuchó la voz de Sofía a sus espaldas.

—¿Luis? —La arquitecta hablaba desde el hueco en la pared de la Cámara de Reflexiones, pero se le oía bien—. ¿Necesitas ayuda? Tengo otra linterna.

Marta iluminó el camino y ambos retrocedieron en dirección a Sofía. Llegaron en pocos minutos.

—Nos vendría bien un juego de herramientas —dijo Ariosto en cuanto se puso a su altura—. Para abrir una puerta.

Sofía pensó un segundo.

—Creo que el jefe de los carpinteros tuvo un turbio pasado —dijo—. Se comenta que estuvo una temporada en la cárcel por tener demasiada facilidad en abrir puertas. Iré a preguntarle con discreción.

Marta y Ariosto esperaron un par de minutos, los justos para ver volver a Sofía acompañada por un operario que cargaba una pesada caja.

—Eulogio les ayudará —anunció. El hombre esbozó un saludo con la cabeza.

Al llegar, el carpintero pasó por el hueco y entró en la galería. Marta y Ariosto, ya cada uno con su correspondiente linterna, reemprendieron el camino hasta el final del túnel.

El carpintero examinó la cerradura en cuanto llegaron ante ella.

265

—¿Cómo lo ve? —preguntó Ariosto—. ¿Difícil?

—Es una cerradura muy antigua —respondió el operario—. Un sistema clásico, el tipo Chubb. Muy segura en su época.

Ariosto lo miró, impaciente.

—¿Y? ¿Puede abrirla?

—Con las herramientas que tengo aquí, no.

Una expresión de decepción asomó en los rostros de Marta y Ariosto.

—Pero puedo forzar el cierre —añadió el carpintero.

Ambos exhalaron de alivio.

—¿Quieren que lo haga? La cerradura o el contramarco quedarán inservibles.

Ariosto miró a Marta, temió que tal vez se tratara de una pieza de importancia trascendente para la arqueología.

—Hágalo —dijo Marta—. No sabe cuántas de esas hay en los museos.

El carpintero extrajo un cincel de cuarenta centímetros y un martillo de cabeza ancha. Lo aplicó con cuidado al contramarco, donde se insertaba la doble vuelta del pestillo y golpeó con fuerza y técnica, algo que solo saben hacer los profesionales experimentados.

El contramarco quedó destrozado y el pestillo, libre, se separó de él.

—¡Qué fácil! —exclamó Ariosto.

—Hay que saber hacerlo —dijo el carpintero—. No tiene más ciencia.

«Como todo», pensó Ariosto, «pero había que adquirir esa ciencia».

Marta empujó hacia dentro la puerta y esta se abrió. Enfocó la linterna al otro lado.

—Un sótano —reveló—. De una casa moderna.

Más que un sótano era un pequeño distribuidor de dos metros de ancho por tres de largo, donde se encontraban un par de contadores de luz y de agua. Al fondo, una estrecha escalera ascendía al piso superior.

Marta subió los escalones, que terminaban en otra puerta, esta vez de madera. La abrió y se encontró con el pasillo comunitario de un edificio. Reconoció el estilo años treinta o cuarenta, sencillo y funcional. Una escalera con pasamanos llevaba a la vivienda del piso superior y una sola puerta en la planta donde se encontraba le confirmó que solo había dos vecinos en el inmueble. Giró la cabeza a la izquierda y divisó una puerta grande, con toda seguridad la que daba acceso a la calle. La abrió desde dentro y la luz de la tarde atacó sus ojos. Ariosto se le sumó de inmediato.

—La calle San Lucas —dijo, asomándose—. Justo en la casa contigua al templo.

Marta salió a la calle y observó el inmueble. Una casa de dos plantas pintada de amarillo, con cuatro vanos en ambos pisos, de estilo racionalista, simple, pero elegante. Había pasado mil veces delante de ella y apenas le había prestado atención.

—Hablaré con Galán para tender una trampa al usuario de los túneles —comentó Marta a Ariosto—. Un buen sensor de movimiento y caeremos sobre él.

—Buena idea —aprobó Ariosto—. Pero seguimos con un misterio sin resolver.

Marta lo miró con expresión de fastidio.

—¿Cuál?

—Esto no explica cómo nuestro fantasma se coló dentro del templo masónico. Cómo asustó a Sofía.

Marta asintió. Ariosto tenía razón. Hasta que no se cayó parte del muro de la Cámara de Reflexiones no existía comunicación entre el túnel y el templo. Caviló unos segundos y se le ocurrió una idea.

—¿Quién puede tener la llave del templo?

—Buena pregunta —respondió Ariosto—. Averigüémoslo.

62

Santa Cruz de Tenerife, 13 de febrero

—*E*ntonces, ¿los colombianos desaparecieron como por arte de magia?

Marta se encontraba cocinando ternera con champiñones en la Thermomix. Esa noche habían cambiado los papeles, ya que la arqueóloga había llegado antes a casa, y ella siempre echaba mano del aparato multiusos. El aroma que despedía aquel cacharro era lo mejor, abría el apetito a cualquiera.

Marta se afanaba en la cocina porque era parte del acuerdo de convivencia con su pareja: quien apareciera primero, hacía la cena. Galán se presentó en el apartamento de Marta, donde convivían más de un año atrás, sobre las nueve y media, con aspecto cansado, y Marta hacía tiempo que estaba duchada y en ropa de andar por casa.

—No dimos con ellos —respondió el policía—. Y eso que estuvimos buscando por todo el vecindario. Incluso tocamos en las puertas de las viviendas que nos parecieron sospechosas. Pero no podíamos registrar un barrio entero.

—Y menos en esa zona de la ciudad, donde hay tantas calles estrechas.

Galán asintió. Se había pasado dos horas dando vueltas por el barrio del Toscal, molestando a infinidad de vecinos. Seguro que al día siguiente le llegaría alguna queja de la alcaldía. Y es que los habitantes de ese barrio eran bastante belicosos en cuanto a la defensa de sus derechos se refería.

—Al menos tenemos la descripción de Sandra y de Sebastián. Se fueron a comisaría a trabajar en los retratos robot. Mañana los divulgaremos por toda la isla.

Marta miró el visor digital de la máquina. Quedaban seis minutos y cuarenta segundos para que la cocción terminara. Podía relajarse un poco.

—¿Crees que sería conveniente que se suspendiera la inauguración del museo? —preguntó.

—Sinceramente, yo diría que sí —Galán aceptó una copa de la botella de vino que Marta acababa de abrir. Un Rioja, Azpilicueta por más señas, uno de los preferidos de la mujer—. Siempre se puede suspender un acto por cualquier razón. Uno de los monarcas puede sentirse indispuesto, o los dos, si me apuras. Y el motivo es que ese colombiano, Restrepo, lleva sobre sus espaldas decenas de asesinatos, y no es casualidad que se encuentre en Tenerife. De cualquier manera, la Casa Real no quiere saber nada del asunto si no hay pruebas concretas.

—Seguro que mañana serán localizados. Santa Cruz no es tan grande.

—Eso espero. El comisario Blázquez ha avisado que mañana todos los efectivos del cuerpo, reforzados por la Policía Local, se dedicarán a la caza y captura de los colombianos. Alguien los habrá visto, estoy seguro.

Marta colocó en la mesa un plato pequeño con queso curado de Fuerteventura cortado en láminas y se sentó a su lado.

—No tienes buena cara —observó Galán—. ¿Te encuentras bien?

—Me duele algo la garganta. Debo de haber cogido frío en algún sitio. No es nada.

Marta sirvió las copas con el vino.

—¿Te acordarás de mi petición de colocar sensores de movimiento en el sótano de la casa anexa al templo masónico? —le preguntó.

Galán recordó que ya había expedido la orden.

—No hay problema. Mañana por la mañana estarán instalados. Por allí se van a mover los compañeros de la unidad de subsuelo. Si los necesitas, podrás llamarlos.

269

Marta echó una ojeada al cronómetro del robot culinario. Faltaban dos minutos y quince segundos.

—Me encantaría atrapar al tipo que nos asustó en los pasadizos subterráneos.

—¿Y qué hay de la búsqueda de la llave del templo? —preguntó Galán, más animado.

—No me hables. Ese juego de llaves estaba en la alcaldía en un armarito sin cerradura al que ha podido tener acceso medio ayuntamiento. Y no solo eso. Se han hecho copias de llaves porque otras se han perdido. ¡Y a nadie se le ha ocurrido cambiar la cerradura!

Galán sonrió ante la indignación de Marta. Para él, si no había nada de valor dentro del templo, tampoco estaba justificado el gasto de una nueva cerradura.

—O sea que por ahí poco vas a conseguir —dedujo.

—Exacto. Y por eso es importante el tema de los sensores de movimiento.

—De acuerdo. Ya te he dicho que los tendrás. Ahora me preocupa más la cuestión de la familia Arencibia.

—Es todo un saco de sorpresas —Marta bebió un sorbo del vino—. Desde el abuelo hasta el bisnieto eran miembros de una secta. Curioso, cuando menos.

—Estoy deseando comentarlo con Sandra y Ariosto. Todo eso ha de tener un significado.

—Se me ocurre que el propietario original, el tal José Manuel Rodríguez del Castillo, era uno de los cabecillas de la sociedad secreta de la que también formaron parte los Arencibia.

—Esa es la parte fácil de la investigación —repuso el policía—. Pero sé que se me escapa algo. A esa historia le falta una pata. Y no sé cuál es. ¿Qué tiene que ver todo eso con la trama de espionaje del Arencibia de 1950?

Una musiquilla estridente surgió de la Thermomix. El tiempo preestablecido había llegado a su fin y la ternera con champiñones estaba hecha. Marta se levantó, giró a la izquierda el selector de programas y se hizo el silencio.

—Podríamos pensar en ello, Antonio, pero antes...

Galán levantó la vista ante la frase de Marta, curioso. La había dejado sin terminar a propósito.

—Pero antes, ¿qué?

—Hay que probar la ternera, por supuesto.

63

Los Cristianos, Tenerife, 14 de febrero, al dia siguiente

Galán miró su reloj: las ocho de la mañana. Llevaba dos horas trabajando, desde que una llamada de Blázquez, el comisario jefe, le había levantado de la cama. La Brigada de Información había localizado el apartamento donde se hospedaba el tal Restrepo, alias Estévez. Las fichas policiales que los establecimientos hoteleros estaban obligados a cumplimentar habían funcionado una vez más: Apartamentos Bahía del Sol, en Los Cristianos, en su zona antigua.

Se trataba de un edificio de los años ochenta venido a menos, al que le faltaba, entre otras cosas, una mano de pintura. Este era el lugar elegido por el asesino para pasar unas vacaciones de invierno en Canarias, y era evidente que el lugar había sido elegido a propósito para no llamar la atención. Nada que ver con los fabulosos hoteles de cinco estrellas que proliferaban en el sur de la isla, a tan solo unos kilómetros de allí.

Los apartamentos llevaban bajo vigilancia desde las cinco de la mañana, cuando los investigadores dieron la voz de alarma. Un par de patrullas se apostaron en las inmediaciones, sin dejarse ver, comprobando quién entraba y salía de la edificación. Registraron una salida, el guardián de noche, y cinco entradas, todas ellas del personal del establecimiento hotelero. Ninguno de los clientes había salido a la calle. Normal, se suponía que estaban de vacaciones, aunque siempre había algún chalado que se levantaba al alba para empezar el día corriendo.

Galán había salido de casa de Marta como una exhalación. Se había vestido a toda prisa en el vestíbulo y, una vez en el coche, se había dado cuenta de que había olvidado entregarle el regalo de San Valentín a Marta: un anillo de oro con brillantes minúsculos en su corona superior que había comprado la tarde anterior. Las prisas se la habían vuelto a jugar y se le iba a esfumar el factor sorpresa matutino. Esperaba volver pronto para dárselo en la cena, al menos. No todos los días eran 14 de febrero.

El trayecto de Santa Cruz a Los Cristianos le llevó unos treinta y cinco minutos. Rozó durante todo el camino el límite máximo de velocidad. A pesar de haberlo deseado, no habría podido ir más rápido, los carriles de la autovía iban al máximo de capacidad con los miles de vehículos que se desplazaban todas las mañanas del norte al sur de la isla para que sus ocupantes trabajaran en los cientos de empresas dedicadas al turismo.

273

Y es que la industria turística de la isla era impresionante. Solo Tenerife recibía al año más de cinco millones de turistas. Y eso provocaba que una gran cantidad de habitantes viviera de ello, por fortuna. Era normal que se notara en el tráfico.

Galán llegó a los apartamentos y el dispositivo ya estaba montado por los compañeros de la comisaría del sur y un grupo de la Unidad de Intervención Policial, la UIP, estaba preparado y dispuesto a su orden para entrar. Galán apreció el trabajo de sus colegas y buscó al mando principal.

—Veo que todo está listo. ¿Sabemos con seguridad cuál es el apartamento del objetivo? —le preguntó.

El capitán de la UIP, un tipo fibroso llamado Sánchez, asintió, como si la pregunta estuviera de más.

—Afirmativo. No se ha detectado movimiento alguno dentro. Debe de estar durmiendo.

—¿Tenemos la orden judicial? —Galán sabía que debía tener todas las de la ley consigo.

—La tenemos —contestó Sánchez—. Y el secretario del juzgado espera fuera a que termine la intervención. El comisario jefe nos ordenó que aguardásemos su orden para entrar. Y aquí estamos, esperando.

Galán sintió el peso de la responsabilidad. Blázquez lo había delegado todo en sus hombros. Por el talante irritado del capitán sabía que, si hubiera sido por él, ya habrían entrado.

—Entremos —dijo—. Precaución extrema. Ya conoce los antecedentes del sujeto.

Sánchez habló a través del micro que llevaba adosado a su casco y puso en alerta a todo su equipo.

—Indicativos dependientes de Dragón 40, aquí Dragón 40. A mi señal entramos —anunció.

Aunque el protocolo de actuación indicaba que Galán, como jefe del operativo, debía quedarse en la calle a esperar el resultado del asalto, el inspector se pegó a la espalda del capitán.

274

Comprobó que tres agentes se acercaban por la calle a uno de los balcones del primer piso y con escaleras de mano subían hasta su nivel. Su deducción de que Restrepo se alojaba en esa planta fue acertada. El capitán Sánchez pasó por la recepción —los empleados estaban detrás del mostrador, pasmados— y subió las escaleras interiores hasta el primer pasillo. Allí ya esperaba media docena de efectivos armados hasta los dientes. El jefe de los UIP hizo una seña y dos de ellos, el binomio de apertura, se acercaron con el ariete.

Galán sabía que en condiciones normales se tocaría a la puerta pero, dada la peligrosidad del sospechoso, más valía que fuera de ese modo.

Sánchez cruzó la mirada con sus hombres y levantó su pulgar. Los agentes tomaron impulso y embistieron contra la puerta, que cedió de modo inmediato al golpe.

Otros dos agentes, el binomio de registro, el primero de ellos con un escudo balístico y el segundo con un fusil G36C, entraron en el apartamento al grito de: ¡Policía! Sánchez entró tras ellos y Galán, con su automática desenfundada, también.

El habitáculo se componía de un baño, un saloncito con cocina incorporada y un dormitorio con dos camas, todo rústico y espartano. Los policías se movieron con agilidad en las habitaciones y se asomaron al balcón.

El apartamento estaba vacío.

No había rastro de pertenencia personal alguna, ni ropa en los armarios. Solo encontraron una cosa: encima de una de las camas reposaba un pasaporte.

Galán lo cogió y lo abrió por la primera página. Era el de Mark Estévez, estadounidense.

El pájaro había volado. Y había cambiado de nombre, no quedaba la menor duda.

64

Santa Cruz de Tenerife, 14 de febrero

—Señorita Clavijo, ¿me está diciendo que el señor Jacinto denunció a la señora Sara por espionaje?

Olegario había aparcado el Mercedes en la misma calle en que vivía Jacinto y se encaminaba con Sandra a la vivienda del ex militar. Ariosto no había podido acompañarlos, tenía una reunión en el Ayuntamiento.

—Así es —respondió la periodista—. Galán lo comprobó en el archivo de la Policía. Y Sara fue enjuiciada y condenada a veinte años de cárcel.

Olegario silbó.

—¿Y la señora Sara dice que no conoce al señor Jacinto?

—Aciertas de nuevo, Sebastián.

—No me lo creo.

—Yo tampoco. Por eso estamos aquí.

Sandra pulsó el timbre de la puerta exterior. Recordó a Ariosto y dio un paso atrás. No hubo ningún movimiento en la casa. La periodista pulsó de nuevo.

—Parece que no hay nadie en casa —dijo Olegario—. ¿No le dirá nada a nadie si entramos a echar un vistazo, ya que estamos aquí?

Sandra se llevó la mano a la boca. No se le había pasado por la cabeza la opción que el chófer le planteaba.

—Pero, Sebastián. Eso es ilegal.

—Por eso hay que ser discretos —repuso—. Nadie se enterará.

Sandra se hizo a un lado y Olegario sacó del bolsillo de su chaqueta un par de instrumentos metálicos que recordaban a los que se exhiben en la bandeja auxiliar de un sillón de dentista. No le preguntó para qué servían. Era evidente.

Olegario trasteó en la cerradura unos segundos y la puerta se abrió con un leve clic. El chófer la abrió y ambos entraron con rapidez. La calle continuó solitaria, su presencia había pasado inadvertida.

Cruzaron el jardín en dos segundos. Sandra se dio cuenta de que caminaba de puntillas y se rio de sí misma. Olegario se enfrentó a la cerradura de la puerta principal.

—Es una cerradura de seguridad, una FAC 702, con cuatro bulones de acero de catorce milímetros con cilindro europerfil con leva de quince milímetros.

Sandra abrió la boca de nuevo de la sorpresa.

—¿Y eso qué significa? —preguntó.

—Que nos llevaría mucho tiempo —respondió Olegario—. Intentémoslo con una ventana.

«Claro, por supuesto», se dijo Sandra. «Tratándose de una FAC 702, la pregunta era innecesaria», ironizó consigo misma.

Olegario se desplazó a la derecha de la fachada y dobló la esquina de la casa. Comprobó con desazón que todas las ventanas de la planta baja tenían reja. Desvió su mirada al piso superior.

—Tal vez podría escalar la pared y llegar a ese balcón del primer piso —comentó a Sandra, aunque esta tuvo la impresión de que se lo decía a sí mismo.

—Pues yo veo una pared lisa —objetó.

—No es tan lisa —replicó el chófer.

Olegario se echó atrás un metro y examinó el perfil de la casa. No se lo pensó más y colocó la punta del pie izquierdo en el anclaje de una de las rejas a la pared. Se agarró a la parte superior de la reja con una mano y se dio impulso. Con un gesto veloz aferró con el otro brazo un saliente decorativo del forjado de la entreplanta, apoyó el pie derecho en otro saliente y llegó a los barrotes del balcón, donde se agarró con las dos manos. A fuerza de brazos se izó y pudo encaramarse en el borde. Lo sobrepasó con una pierna y a continuación con la otra y se puso de pie, enfrentándose a la ventana alta cerrada.

Sandra ahogó un grito al ser testigo de la escalada. Aquel hombre no paraba de sorprenderla.

Olegario inspeccionó los cierres de la ventana. Se agachó, sacó los mismos utensilios que había utilizado en la cerradura de la calle y comenzó a usarlos en la unión de las dos puertas de cristal. Al cabo de unos segundos, una de ella se abrió hacia adentro. No sonó ninguna alarma. El chófer se volvió hacia Sandra.

—Espere un momento —le dijo—. Trataré de abrir una de las puertas de abajo.

Olegario entró en la habitación. Se encontró con un dormitorio amplio con baño adosado. Debía de ser el principal de la casa. La cama estaba deshecha y varios montones de ropa se distribuían a los pies del lecho y detrás de la puerta. Se asomó a un pasillo, miró a ambos lados —no vio a nadie— y escuchó.

Un repiqueteo continuo proveniente del piso de abajo captó su atención. Alguien golpeaba un objeto metálico con cadencia continua, aunque irregular. El pasillo dejaba a ambos lados dos habitaciones más y un baño. Una escalera abierta descendía pegada a la pared hasta el salón. En medio, la maqueta a una escala enorme de un barco del siglo XVIII ocupaba casi todo el espacio. Olegario vio a un hombre trabajando en una mesa estrecha de carpintería con un tornillo de apriete. Estaba enfrascado en juntar un par de piezas metálicas. Reconoció a Jacinto, a pesar de que se encontraba de espaldas a él.

El chófer bajó despacio la escalera. El dueño de la casa no se percató de su presencia. Al llegar abajo, observó las herramientas que estaban a mano de Jacinto. Un par de destornilladores grandes y una sierra podrían ser armas blancas temibles. Optó por no acercarse demasiado. Prefirió la guerra psicológica.

—Don Jacinto —dijo con voz profunda.

El hombre se sobresaltó y se giró.

—¿Quién es usted? ¿Cómo ha entrado?

Olegario levantó la mano derecha con la palma hacia Jacinto, un ademán tranquilizador.

—Soy Sebastián, el chófer de Luis Ariosto.

Una expresión de desconcierto se apoderó del rostro del hombre mayor.

—¿Luis Ariosto? —preguntó, perplejo—. Maldito Luis Ariosto. Por su culpa llevo tres días sin dormir. ¿Qué hace usted aquí?

Olegario comprobó, aliviado, que Jacinto no iba a comportarse de modo violento.

—Hemos venido a que nos cuente la verdad.

Jacinto cambió la perplejidad por el asombro.

—¿La verdad? —La pregunta de Jacinto iba lanzada al aire, no a Olegario—. ¿Qué verdad? ¿La mía? ¿La real? ¿O la inventada?

Jacinto se echó atrás en la silla y miró al suelo. Parecía que se debatía en su fuero interno contra una fuerza muy poderosa.

—Creo que es el momento de que salga a la luz —añadió, abatido—. Pregunte lo que desee. Le contaré lo que quiera saber.

Olegario aprovechó el instante de introspección del ex militar para dirigirse a la puerta principal, descorrer el cerrojo y abrirla. Sandra se encontraba en el jardín delantero, a unos dos metros.

—Está en casa —le anunció Olegario—. Creo que se encuentra en un estado receptivo. Aprovechémoslo.

Sandra asimiló la noticia, entró en la casa y se dirigió al salón. Conocía el camino. Jacinto la vio entrar y volvió a mirar al suelo. La periodista se acercó y se sentó en uno de los sillones naranja años setenta, a dos metros de distancia, sin agobiarle. Olegario se colocó detrás de ella, de pie.

—Don Jacinto —El tono de Sandra se escuchó muy suave—. Creemos que el otro día no fue sincero con nosotros.

El hombre levantó la mirada hacia Sandra. Su semblante era de tristeza.

279

—Todo lo que les conté es cierto. No hay ningún engaño.

Sandra había previsto esa afirmación.

—Pero no nos lo contó todo, ¿verdad?

Jacinto parecía que iba a desplomarse de un momento a otro. Sandra insistió.

—Jacinto, usted tuvo que ver algo con la muerte de Arencibia, ¿me equivoco?

El hombre levantó la vista hacia Sandra. Su expresión era de asombro.

—¿Qué puede saber usted? No tiene ni idea.

Sandra no se apocó. Sentía que se aproximaba a lo que aquel hombre ocultaba.

—Usted estuvo cerca —replicó—. Estoy segura.

Olegario se movió. Salió de detrás del sofá y se acercó a Jacinto. Se detuvo a medio metro y se acuclilló. Su cabeza quedó a la misma altura que la del ex militar.

—Fue por Sarita, ¿no es cierto? —le preguntó.

Jacinto miró a Olegario. Este le sostuvo la mirada con semblante serio.

—No podía soportar la idea de que se viera con otros hombres —continuó el chófer—. La quería demasiado. ¿No fue así?

Jacinto se cubrió el rostro con las manos. Aquellos recuerdos le estaban angustiando, era evidente.

—No fue solo por eso —respondió, al fin, con voz trémula—. También estaba el niño.

Sandra casi se levanta de la sorpresa.

—¿El niño? —inquirió la periodista.

—Sí, Sarita se quedó embarazada a comienzos de 1955 —respondió Jacinto—. Yo pensaba que el niño era mío, pero ella me dijo que no, que era de Arencibia. Me volví loco de celos. Conocía algo de sus actividades y planeé vengarme, por eso la denuncié.

—¿Y por eso mató usted también a Arencibia? —inquirió Olegario.

Jacinto se quitó las manos de la cara, aunque siguió mirando el suelo.

—Si hubiera podido, lo habría hecho. Pero otro se me adelantó.

Sandra y Olegario se miraron.

—¿Quién? —preguntó la joven.

—No lo sé con seguridad —contestó Jacinto—. Solo una persona lo sabe.

—Me imagino de quién se trata —comentó Olegario.

—Sara. Ella lo sabe todo.

65

Santa Cruz de Tenerife, 14 de febrero

Marta suspiró de alivio cuando el último periodista salió a la calle desde el tubo volcánico por la escalera extensible. Los representantes de los medios de difusión habían visitado extasiados la cámara y los principales pasadizos. Toda una novedad en la ciudad. Marta había evitado entrar en las galerías que llevaban a la casa del escalofrío y a la colindante con el templo masónico. No eran imprescindibles para que los periodistas cubrieran la noticia y, de cualquier manera, con la cámara satánica, como se la había bautizado, tenían de sobra.

A pesar de que no se encontraba nada bien —se le había agudizado el dolor de garganta y se había levantado con algo de jaqueca—, tuvo la prestancia y voz suficiente para responder a todas las preguntas de los periodistas con claridad, escabulléndose como pudo de las cuestiones poco profesionales para una arqueóloga, sobre todo las relativas a las connotaciones religiosas, las de confabulaciones de sociedades secretas y las de sacrificios humanos.

Dado que los cadáveres habían sido retirados, no insistieron en ver el lugar donde habían aparecido, con lo que la visita fue más breve de lo que Marta había esperado. Mejor así, se dijo, se sentía inquieta por la posibilidad de que en algún momento comenzaran de nuevo los ruidos extraños en los túneles, con toda aquella gente allí.

Cumplimentado el compromiso a satisfacción de los políticos del Ayuntamiento, Marta se quedó en el tubo volcánico en compañía de sus ayudantes David y Jonay. No pensaba volver a las galerías que rodeaban la cámara sola nunca más. No había necesidad de ello, se había convencido.

Entraba dentro de lo posible que aquellos pasadizos hubieran sido construidos por la secta a la que pertenecía don José Manuel Rodríguez del Castillo y la familia Arencibia. Tuvo que ser a finales del siglo XVIII o a comienzos del XIX. No había quedado rastro alguno de esa obra en la documentación de los archivos, por lo que tuvo que hacerse en secreto. Por entonces el templo masónico no estaba construido, pero sí la iglesia del Pilar. La situación de la cámara, justo varios metros debajo del altar principal de la iglesia, corroboraba la hipótesis de que se trataba de una construcción realizada con intención profana e irreverente.

Y tal vez la elección de aquella calle para construir el templo masónico en ella años más tarde tuviera algo que ver con los rituales de la sociedad secreta en la cámara.

¿Rituales satánicos? No había ninguna prueba de esa posibilidad emanada de las mentes calenturientas de los periodistas.

¿O sí?

Se acordó de que los colegas del laboratorio quedaron en enviarle los resultados de la sangre del altar por correo electrónico para el día anterior. Y también recordó que no había revisado la bandeja de entrada en las últimas veinticuatro horas.

Debajo del hueco de la calle tenía cobertura. Podía tratar de abrir sus mensajes desde allí. Lo intentó, manipulando las teclas necesarias en su móvil, y tuvo éxito.

Allí estaba el mensaje del laboratorio. Lo abrió y lo leyó. Era bastante lacónico. La sangre analizada sí era de origen humano, tipo cero negativo. Y de una antigüedad de muchos años, sin que se pudiera precisar más.

Marta comenzó a creer que la sociedad secreta que utilizaba la cámara tenía fines y medios inconfesables.

A una indicación de Marta, los tres arqueólogos caminaron por el tubo volcánico y se introdujeron en el pasadizo. Quería echar un último vistazo antes de acabar la jornada. Marta tuvo la vista fija en todas las rendijas de los túneles, buscando algo nuevo. No obstante, llegaron a la cámara sin que nada les llamara la atención. La arqueóloga miró el altar con otros ojos, y prefirió no pensar en lo que se pudo hacer sobre aquella losa.

Revisó los dibujos del techo sin observar nada nuevo. Los trazos aparecían definidos, realizados con suma corrección. Su significado ya estaba estudiado y para ella no arrojaba nada más allá que un conocimiento detallado de los símbolos de los demonios de la antigüedad.

Decidió explorar de nuevo el túnel que llevaba a la casa del escalofrío. Se introdujo en el hueco del altar, más ensanchado que la última vez, de modo de los dos ayudantes pudieron seguirla.

284

Dejó atrás la falsa pared que se dirigía al templo masónico y recorrió, en el sentido contrario, las escaleras de bajada, túnel y escalera de subida que llegaban al sótano de la casa. Aquella zona no estaba iluminada de modo artificial, con lo que necesitaron sus potentes linternas. Desde el sótano subió a la vivienda, donde volvió a contemplar los muebles polvorientos y las ajadas cortinas, petrificadas en un olvidado pasado.

Días atrás había revisado todo el mobiliario en busca de algún documento, un papel que hablara de las personas que habitaron la casa, pero no encontró ninguno. Ni una simple factura de la luz. Los moradores se habían esfumado sin dejar recuerdo alguno.

Según el Registro de la Propiedad, la casa pertenecía a un consorcio empresarial desaparecido hacía mucho tiempo, unos treinta años atrás, y no había cambiado de propietario desde hacía más de cincuenta años. Había preguntado en el Ayuntamiento: los contadores de luz y agua estaban dados de baja desde esa última fecha, aunque una mano desconocida había pagado religiosamente el Impuesto de Bienes Inmuebles y la tasa de basura año tras año, con dinero en efectivo en la caja de cobros de impuestos del Consistorio.

En el Ayuntamiento nadie sabía quién era el titular real del inmueble, a pesar de haberlo intentado identificar en varias ocasiones, sobre todo con motivo de la caída de parte del revoco de la fachada de Suárez Guerra a la calle, con el consiguiente riesgo para los viandantes. La gerencia municipal de urbanismo tuvo que hacerse cargo de una reparación puntual para evitar el peligro.

La casa llevaba deshabitada decenas de años, eso estaba claro. Sin embargo, no estaba abandonada. Alguien se ocupaba de evitar que se arruinara por completo, de impedir que entraran ocupantes no deseados, y de ocultar quién era el propietario real del edificio.

Una persona vigilaba la casa y lo que ocurría a su alrededor. Y en ese mismo momento, aun sabiendo que estaba sola con sus ayudantes, se sentía observada.

Marta sospechaba que ese alguien era quien se deslizaba por los pasadizos subterráneos, que conocía a la perfección. La entrada de los arqueólogos en los últimos días debía de haberle puesto nervioso. Dedujo que seguiría así y, tarde o temprano, cometería un error. Solo tenía que esperar a que lo hiciera. Galán le había prometido que esa tarde colocarían el sensor de movimiento en la entrada del túnel, en la casa anexa al templo. Le acoplaría una cámara para sorprender al intruso *in fraganti*.

Lo cogerían. Estaba segura.

Solo esperaba que no ocurriera en un momento muy concreto. Al día siguiente a la una, justo cuando los reyes estuvieran inaugurando el nuevo museo.

285

66

Santa Cruz de Tenerife, 14 de febrero

$\mathcal{M}$anuel Restrepo acariciaba la cabeza de uno de sus halcones y miraba distraído el perfil de azoteas y tejados de la ciudad. Era mediodía, y tocaba sacarlos a volar, justo a la misma hora en que deberían cumplir su misión al día siguiente.

La otra aguililla se encontraba volando por encima de sus cabezas, familiarizándose con los edificios circundantes. El colombiano se encontraba en la azotea de un edificio de oficinas que tenía su entrada en la callejuela peatonal conocida como callejón del Combate. Se llamaba así porque existía un bar con ese nombre al comienzo de la vía. Era una calle bien conocida en la ciudad porque, a pesar de su estrechez, estaba plagada de terrazas de restaurantes que le daban un ambiente propio, de sereno y sosegado deleite, muy del gusto de clientes cuarentones y otros menos jóvenes.

Samuel había elegido bien. En aquel edificio de cuatro plantas se alquilaba el ático, un apartamento que constaba de salón —cocina, baño y un dormitorio, algo pequeño para instalarse los tres colombianos, pero perfecto en todo lo demás. Se trataba de un inmueble en el que los dos pisos intermedios estaban ocupados por oficinas cuyos ocupantes se marchaban antes de las ocho de la tarde y a los que nunca, pero nunca, se les ocurría subir a la azotea.

Por eso Restrepo y sus hombres habían instalado la base de operaciones en la terraza superior de la edificación. No soportaba la idea de mantener en las jaulas a los pájaros durante varios días, por lo que las había instalado en un cuarto trastero amplio que existía en la azotea. No era lo ideal, pero al menos no se sentirían tan oprimidas. No había que olvidar que eran aves de presa, y por ello acostumbradas a la libertad. Era importante no estresarlas.

Samuel había alquilado el apartamento haciendo uso de su segunda personalidad, con un pasaporte venezolano, una nacionalidad a la que los canarios estaban acostumbrados. Había pagado dos meses de fianza y otros dos meses por adelantado, en efectivo, y había acordado con el propietario que no se declararía el contrato a la hacienda pública, algo muy común en España, por lo visto.

Cada uno de ellos portaba tres pasaportes distintos. Dados sus caracteres raciales, dos de ellos eran de países sudamericanos, Venezuela y Argentina. El primero tenía unos lazos de emigración muy cercanos a Canarias, y el segundo contaba con una colonia bastante numerosa en las islas. No llamaban la atención, que era de lo que se trataba. La tercera nacionalidad era la estrella, la estadounidense, que abría todas las puertas. Pero una vez que ya estaban dentro, Restrepo había decidido deshacerse de ella.

El primer problema había surgido con el extravío del equipaje. El colombiano se había debatido si acudir o no a intercambiar la maleta equivocada. En el contenido de la misma no había nada comprometedor, salvo sus guantes de cetrería, que tampoco eran algo tan sospechoso. Pero sí lo hubiera sido no comparecer en el aeropuerto. La policía habría sido informada y se habrían preguntado por qué un ciudadano estadounidense renunciaba a recoger su equipaje en un viaje de turismo. Por eso tuvo que intercambiar la maleta con aquella chica.

Desde ese momento decidió que los tres cambiaran de identidad. Los pasaportes norteamericanos serían desechados y adoptarían los venezolanos. Los argentinos los guardaban por si se ponían feas las cosas.

El día anterior, Restrepo sintió que los seguían cuando entraron en el parque. Lo llamativo era que no se trataba de

287

agentes de la autoridad. Un coche antiguo, un Mercedes, se dedicó a hacerles un seguimiento. Para unos ojos entrenados fue fácil darse cuenta. Por eso decidió que los tres se dirigieran en una dirección distinta al lugar donde tenía alquilado el apartamento. Sabía que el barrio de El Toscal, que comenzaba al lado del parque, era el más apropiado para perderse en su laberinto de calles estrechas, y por eso se encaminaron a él. Le extrañó y le alarmó el hecho de que quien les siguiera a continuación a pie fuera la misma muchacha que extravió su maleta.

Aquello olía mal.

Dos y dos son cuatro y nadie les habría seguido si la policía no estuviera detrás de ellos. El mensaje que sin querer les había enviado la chica había sido recogido por Restrepo.

Los buscaban.

Fuera cual fuera la razón, y no podía descartar que alguien les hubiera delatado en Colombia o en México, convenía ser precavidos.

Por eso no habían vuelto a salir a la calle juntos y cambiaron su aspecto físico de modo similar a cómo aparecían en los pasaportes venezolanos. Samuel se había rapado al cero, y había desaparecido el bigote de Jonatán. Restrepo, por su parte, se había cortado el pelo de manera distinta, muy corto, y se había agenciado unas gafas de sol y una gorra de béisbol con las que salía a la calle. Con esas precauciones, las fotografías de los pasaportes estadounidenses, en caso de que llegaran a manos de la policía, no servirían de nada.

Vistos los antecedentes, la vía de escape tenía que ser otra distinta. En vez de huir el mismo día de la operación, o como mucho al día siguiente, se quedarían en la isla con toda tranquilidad —Jonatán había alquilado una casa rural por Internet en Vilaflor, una localidad recóndita de la isla— durante una semana. Luego decidirían cómo volver a casa. Saldrían desde otra isla, Gran Canaria, Lanzarote o Fuerteventura, que poseían enlaces aéreos internacionales con casi todos los países de Europa. El transporte marítimo era muy fácil y no había controles en los embarques para desplazarse de una isla a otra.

Una vez en el continente, adquirirían pasajes en vuelos hacia cualquier país de Sudamérica. Y el resto era pan comido.

Restrepo volvió a la aguililla que sobrevolaba el barrio. A apenas dos manzanas en línea recta se encontraba el templo masónico y el ave rapaz se encontraba sobre su vertical. Restrepo sabía que, de un modo instintivo, los pájaros conocían su misión, y por eso no se alejaban de las esfinges que protegían la puerta de aquel edificio tan singular. El colombiano sentía que los halcones eran partícipes de un alto designio, que su vida tenía un sentido.

Era una lástima sacrificarlos.

Tendría que entrenar a nuevas crías, y eso llevaba su tiempo. Aunque, pensándolo bien, tendría tiempo para ello. Todo el tiempo del mundo.

Restrepo tocó en su flautín la señal de volver con su amo.

Y el halcón obedeció.

67

Santa Cruz de Tenerife, 14 de febrero

El inspector Galán, a pesar de no sentirse muy animado tras el fiasco del apartamento del colombiano, se dirigía a las inmediaciones del templo masónico para asistir a una última reunión sobre coordinación de seguridad para el evento del día siguiente por expreso requerimiento del comisario jefe. La noticia del avistamiento del tal Restrepo en Santa Cruz no había sentado nada bien ni a Blázquez ni a los escoltas de los monarcas. Y si a eso se le añadía el hecho de que el colombiano había cambiado de identidad y seguía libre en la isla, menos todavía.

Blázquez le comentó a Galán que se había intentado una última gestión con la Casa Real para que suspendieran la inauguración del museo, pero la respuesta fue negativa de nuevo. Los Reyes no se arredraban por una simple sospecha. El trabajo de la policía era velar por su seguridad, no impedir que realizaran sus actos programados.

Galán estacionó en doble fila en la calle del Pilar, enfrente de la iglesia. Los policías municipales permitían el aparcamiento temporal para los coches de los cuerpos de seguridad y de las otras entidades involucradas en la organización de la inauguración. Caminó por la calle San Lucas y comprobó que ya estaban instalados los cordones de seguridad en torno al nuevo museo y que parejas de policías patrullaban en toda la manzana. Divisó en la puerta del templo a Blázquez, el comisario jefe, y a los jefes del cuerpo de escolta real. A su lado se encontraban los mandos de diversas unidades. Reconoció al de los de la UIP, la Unidad de Intervención Policial, los encargados de colaborar en la protección de los reyes. A su lado estaban el jefe de los Tedax, la unidad de desactivación de artefactos explosivos; el de la unidad de guías caninos, los que trabajaban con perros adiestrados en buscar todo tipo de cosas; el de la brigada de información, discretos y de paisano, como siempre; y el de los de subsuelo, que se habían personado de inmediato cuando apareció el pasadizo de la Cámara de Reflexiones. Más allá del grupo policial se hallaban representantes de otros colectivos, como la Cruz Roja y Protección Civil, esperando instrucciones. Galán llegó hasta ellos en cuestión de segundos.

—¡Ah! ¡Galán! —exclamó el comisario jefe—, ya está aquí. Podemos empezar entonces.

Blázquez no hizo comentario alguno sobre Restrepo y Galán tampoco. Los dos sabían que tenían a todos los hombres de las principales comisarías que no estaban destacados en la calle trabajando en la búsqueda de los colombianos.

291

—Bien, vamos a coordinar el despliegue —anunció el coronel Valdivia, el jefe de los escoltas de los monarcas—. Los reyes entrarán en la ciudad por la avenida La Salle y la calle Méndez Núñez antes de girar por la calle del Pilar. Todo el trayecto urbano estará custodiado por miembros de la Unidad de Prevención y Reacción de la Policía Nacional cada cincuenta metros. Una vez que los coches de la comitiva giren y entren en la calle San Lucas son nuestros.

Valdivia se aseguró de que le estaban escuchando al escrutar todos y cada uno de los rostros de los policías.

—Los escoltas que no vayamos en los coches nos ocuparemos de la entrada y salida al edificio y el seguimiento de los monarcas en su interior —prosiguió. A una señal suya, el jefe de los UIP intervino.

—Hemos acordado colocar dos grupos completos de cincuenta hombres en los alrededores del museo. Uno en torno a la manzana del templo, y otro en las calles adyacentes.

Colocaremos una furgoneta en la esquina de San Lucas con El Pilar y otra en la confluencia con Viera y Clavijo. El resto de los efectivos cubrirá las esquinas de todas las calles en un kilómetro a la redonda. El público podrá ocupar los lados de la calle San Lucas, detrás de los cordones de seguridad, hasta el punto de control situado en el quiebro que hace la vía, a unos cincuenta metros del lugar del evento. Habrá un equipo de seis hombres en los dos puntos de control, donde no accederá el público, uno el ya citado de la mitad de la calle y el otro en la esquina siguiente. El resto de la unidad acordonará la manzana completa. Tendremos un subgrupo de doce hombres en las azoteas cercanas con visión amplia de la calle San Lucas y de las anexas. Todos los invitados deberán estar dentro del museo cuando lleguen los reyes y no se permitirá entrar a nadie una vez haya comenzado el acto.

Una vez terminó el mando de la UIP, le tocó al de los Tedax.

—Hablo por mi equipo y el de la unidad de guías caninos. Hemos hecho una revisión completa del edificio del museo y de los más próximos, así como de las calles del barrio. No hay constancia de explosivos. Mañana volveremos a realizar dos revisiones más: una, a primera hora de la mañana, y otra, minutos antes de la llegada de los reyes. Tendremos el camión con todo nuestro material en la calle trasera del centro comercial Bulevar, a dos pasos, por si acaso.

El jefe de los de subsuelo se adelantó unos centímetros antes de hablar.

—Hemos registrado el alcantarillado al completo. Es de escaso diámetro, con lo que nadie se puede colar por ahí. Otra cosa son los túneles, pero los pasillos que han salido al descubierto en los últimos días no son tan largos como para ser preocupantes. Dispondremos efectivos en todas las entradas y salidas. A petición del inspector Galán, estaremos muy pendientes de la entrada del sótano de la casa inmediata al museo, por si a alguien se le ocurre aparecer por allí.

—Los de la brigada de información no tenemos nada que añadir —dijo su representante—, salvo que seguimos buscando a los colombianos. Con un poco de suerte, daremos con ellos antes de la inauguración del museo.

—Bien, señores —continuó Blázquez—, un último detalle: el parte meteorológico anuncia lluvia para mañana al mediodía, tengan eso presente. De resto, ya saben que nos mantenemos en situación de alto riesgo. No se relajen en absoluto y esperemos que todo vaya como tiene que ir. Ante cualquier anomalía, no duden en llamar la atención sobre ella. Pueden retirarse.

Los policías se dispersaron. Galán se acercó al comisario jefe.

—Comisario —le dijo—, no me han asignado ninguna función específica en este dispositivo. ¿Para qué me ha llamado?

Blázquez se volvió hacia Galán.

—Galán, nunca me ha gustado que los escoltas de la Casa Real vengan aquí a darnos lecciones, por muy especialistas que sean. Le voy a encomendar una misión muy concreta. Quiero un hombre de confianza aquí, en la puerta, y dentro del museo mientras se celebra la inauguración. Lo quiero con los ojos abiertos. Y quiero que sea usted. Solo eso, que esté aquí, controlando lo que pasa.

—Cerca, pero sin interferir, ¿no es eso?

—Exacto, inspector. Salvo que tenga que hacerlo y, en ese caso, sea lo más expeditivo posible, haga el favor.

Galán asintió. Agradecía la confianza de su jefe, y al mismo tiempo sintió algo de aprensión: no quería imaginarse una situación en la que tuviera que ser tan expeditivo.

68

Santa Cruz de Tenerife, 14 de febrero

Ariosto bajó del Mercedes y dejó en él a Sandra y a Olegario, que habían acordado esperar en una cafetería cercana. Después de poner a Ariosto al tanto de todo lo acontecido, decidieron por mayoría que sería mejor que él acudiera solo al domicilio de Sara Yannakis. Así, la mujer, que parecía congeniar con él, tal vez fuera más locuaz y menos reservada.

Ariosto llevaba consigo una botella de vino blanco afrutado bien frío, un Viña Frontera, de El Hierro, entre cuyas virtudes se contaba la de ser capaz, a la segunda copa, de hacer hablar a la más discreta de las mujeres. Junto a la botella, envuelta en el mismo papel granate, destacaban tres rosas azules, del mismo color que el cristal del vino.

Tocó el timbre del portero eléctrico. Había solicitado la cita por teléfono una hora antes, que fue aceptada sin problemas, con lo que la puerta de la calle se abrió en cuanto se identificó. El ascensor le llevó al tercer piso y al salir comprobó que Sara Yannakis le esperaba en la puerta de su vivienda.

—Buenas tardes, Sara —saludó con su mejor sonrisa—. Mil gracias por recibirme con tan poca antelación.

La mujer se dejó besar en la mejilla e indicó con un ademán que entrara en la casa.

—No hay de qué, Luis. De modo casual, tenía la tarde libre.

Ariosto se preguntó si la agenda de citas de la señora estaría saturada o todo lo contrario. Prefirió dejar de hacerse preguntas.

—Me he permitido la libertad de traerle unos pequeños detalles —le ofreció la botella y las rosas—. Espero que los acepte.

Sara miró la etiqueta del vino y se llevó la rosa a la nariz.

—Me encantan ambos. ¡Rosas azules! ¡Tiene usted estilo, Luis! Y el vino es perfecto para un aperitivo. ¿Le parece si lo abrimos?

—Celebro que le gusten —respondió Ariosto—. Si quiere degustar el vino, por mí encantado.

—Tome asiento, haga el favor, que voy a buscar un par de copas.

Ariosto entró en el salón donde Sara les recibió la vez anterior. No había ningún cambio en el mobiliario. Solo percibió que había una revista nueva sobre la mesa de centro, un ejemplar de Vanity Fair.

Se sentó en un extremo del tresillo, al lado de la butaca principal, a modo de invitación a la anfitriona para que la ocupase. Sara apareció antes de que transcurriera un minuto. Portaba una bandeja plateada con la botella, dos copas, y un cuenco lleno de trozos pequeños de frutas liofilizadas.

—Tengo entendido que el color de las rosas tiene su significado —dijo, y depositó la bandeja en la mesa.

—Eso dicen —respondió Ariosto, complacido.

—El azul es el color del cielo, por lo que transmite sentimientos de libertad y franqueza. Significa confianza, reserva, armonía y afecto.

—Exacto. Veo que es usted una experta.

Sara se sentó en la butaca y escanció tres dedos de vino en cada copa.

—Me encantan esos detalles —dijo, y levantó su copa—. Brindo por los mensajes ocultos.

—Más que ocultos, por aquellos que solo saben leer los iniciados —respondió Ariosto antes de levantar la copa y beber un sorbo.

295

—Buenísimo —saboreó Sara—. La verdad es que pocos vinos blancos superan a los canarios. Una excelente decisión, Luis.

—Muchas gracias. Es uno de mis preferidos.

Sara sonrió. Aquel hombre le agradaba, con esa educación refinada, tan fuera de moda. En el fondo era el tipo de hombre que gustaba a muchas mujeres, aunque algunas no lo reconocieran en público.

—Estimado Luis, unas rosas azules que quieren transmitir confianza y franqueza y un vino afrutado, casi dulce, que se bebe como agua, no puede significar otra cosa que querer preguntarme algo. ¿Qué es?

—¿Serviría de algo si protestara contra esa afirmación?

—Ya sabe que no. Con las mujeres es inútil.

Ariosto apuró su copa y notó que la de Sara estaba casi vacía. Sirvió ambas al mismo nivel en que estaban con anterioridad. Con la segunda copa ya podía entrar en materia.

—Como ya sabe, mis amigos y yo mismo estamos enfrascados en conocer pormenores de los años cincuenta.

Sara asintió. Hasta ahí habían llegado en la visita anterior.

—Lo que no sabe es que el asunto que nos ocupa es una investigación policial. Tratamos de desentrañar un crimen ocurrido hace muchos años.

La anfitriona levantó una ceja, pero se recompuso de inmediato. El efecto de las palabras de Ariosto había sido tan leve que este dudó de que en realidad le hubiera perturbado lo más mínimo.

—¡Qué interesante! —dijo, con pose intrigada—. ¿Hace cuántos años?

—Casi sesenta —contestó Ariosto—. Toda una vida.

—Cuénteme algo de ese crimen —pidió Sara.

Ariosto se recompuso en el asiento. Aquella mujer había logrado que las tornas se cambiaran y fuera ella la que preguntara. Tenía que volver a llevar la iniciativa.

—Se trata de aquel periodista del que hablamos, Arencibia. ¿Sabe usted que murió asesinado?

Sara miró con fijeza a Ariosto. Los ojos le brillaban y no era seguro que fuera por el vino.

—Luis, ha venido ofreciendo franqueza, y no le voy a decepcionar. Podríamos estar toda la noche jugando al gato y al ratón, pero hoy no me apetece —Sara hizo una pausa que aprovechó para tomar un sorbo de vino—. Claro que conocía a Arencibia. Fui su amante durante una temporada.

Ariosto recibió con entusiasmo el cambio de actitud de la señora, aunque evitó que se transluciera en su semblante.

—Usted lo conoció bien, entonces. ¿Sabe que su asesinato nunca se aclaró?

Sara dejó la copa en la mesa y se echó atrás en la butaca.

—¿Qué interés tiene en escarbar en este asunto después de tanto tiempo? —preguntó—. Ya todo el mundo lo ha olvidado.

—Es un ruego, casi una exigencia, del pasado, por así decirlo. Sabemos que no puede tener trascendencia en la vida actual. Hace mucho tiempo que ese asesinato prescribió como delito. Es tan solo la búsqueda de la verdad.

—A veces la verdad es incómoda, hace daño. Y llega a doler tanto que no vale la pena encontrarla.

Ariosto sintió que Sara comenzaba a replegarse sobre sí misma, como había ocurrido en la anterior reunión.

—Querida, usted sabe mucho sobre ese asesinato. Lo vivió muy de cerca. ¿Qué más da arrojar algo de luz sobre él? Ya nadie puede resultar perjudicado. Y le prometo que seré reservado.

Sara sonrió ante los intentos de aquel hombre de sonsacarle información. Hacía tanto tiempo de aquello. Y le había costado tan caro.

—Si quiere saber quién mató a Arencibia, se lo puedo decir. Y también por qué. Yo no fui, eso por delante.

Ariosto se repuso de la sorpresa.

—Nunca se me había pasado por la cabeza.

—Es usted un mentiroso adorable, Luis. Si está aquí debe de saber mucho más de lo que aparenta, pero le falta algo, los detalles. ¿Me equivoco? ¿Conoce el dato de que me quedé embarazada a comienzos de 1955?

297

—Sí, desde esta mañana —respondió Ariosto.

—Me imagino quién le ha dado esa información —repuso—. Aunque en el fondo me da igual. En aquel tiempo yo era una jovencita algo idealista, un poco alocada. Arencibia era un hombre maduro, muy atractivo. Ya sabrá que él había estado muchos años en Rusia, cautivo. Allí le adoctrinaron de un modo especial.

—Era un espía ruso, creo.

—Sí, con la convicción de un converso. Creía en el soviet como modelo perfecto de convivencia. Algo le habían inculcado en el cerebro que provocó que solo tuviera en el pensamiento proteger los intereses de la Unión Soviética. Espiando, claro.

—Y trató de captarla como agente, supongo —aventuró Ariosto.

—Sí, le fue fácil apelando a mi ascendencia rusa. Pero no solo quiso captarme como agente. También lo hizo como amante. Él para mí era irresistible. Lo más extraordinario fue que al final quiso que fuera su sacerdotisa.

Ariosto dio un respingo en el sillón.

298

—¿Sacerdotisa?

—Sí. ¿No conoce esa parte? —Sara sonrió con los ojos, no con la expresión—. Era muy aficionado a temas ocultistas. Hablaba mucho de cuestiones oscuras, perversas.

—¿Cómo de oscuras?

—Relataba historias de demonios. Y con una familiaridad que ponía los pelos de punta. Los llamaba por su nombre, como si los conociera a todos.

—¿Y cómo afectó eso en su relación con él?

—No mucho, la verdad. Comenzó a contarme esas historias al final de nuestra amistad. Poco antes de que lo mataran.

Ariosto volvió a sentarse cómodo en el sillón. Ya había digerido la sorpresa.

—Me ha prometido un quién y un por qué —dijo.

—En aquellos meses tuve relaciones con varios hombres. Arencibia me lo pidió. Era una concesión a la causa. Cuando me quedé encinta, todos ellos se inquietaron. Cada cual pensaba que era el padre. Y ahí cometí un error. Les dije a los otros que el padre era Arencibia. Y yo, ingenua de mí, creí que eso les aliviaría en su conciencia. Pero en un caso no fue así. Avivé un rescoldo de odio y de celos que provocó que lo mataran.

—¿Fue Jacinto Moragas el asesino? —preguntó Ariosto.

Sara se desconcertó con la pregunta.

—¿Jacinto? ¡Para nada! ¿Qué pinta él en esta historia?

Ariosto comprendió, y al mismo tiempo sintió lástima por el amante ignorado. Sara ni siquiera se acordaba de él como protagonista de aquella historia.

—Con Jacinto apenas fue una aventura de una noche. No hubo nada más. Arencibia lo descartó por su desconocimiento de los temas que a él le interesaban. No, fue alguien más importante.

—Uno de los generales, entonces —concluyó Ariosto.

—Sí. El general Gómez Riaño. Se volvió loco cuando se lo dije. Al principio no me di cuenta, pero en los días siguientes rumió su rencor hasta límites insospechados. Esperó a que Arencibia estuviera en su casa una noche en que el resto de la familia había salido, entró en la casa, discutieron, sacó una pistola de su chaqueta y le disparó en la cabeza. Era buen tirador, el muy canalla.

—¿Cómo sabe usted esos detalles?

—Yo estaba allí. Fue como si me hubiera disparado a mí también. Acto seguido me aferró y me obligó a salir con él de la casa, a toda prisa. Ni siquiera pude comprobar si Arencibia seguía con vida.

—¿Y los vecinos no se alarmaron?

—La pistola tenía un silenciador. Un modelo que se había traído de América, según me dijo.

—¿Y qué ocurrió después?

—Riaño me dejó en mi casa. Por fortuna no la tomó conmigo. Amenazó con matarme si se me ocurría decir algo. Yo estaba aterrada y guardé el secreto. La policía vino a verme los días siguientes, pero mi madre aseguró que aquella noche había estado en casa sin salir. Eso bastó como coartada. En los siguientes meses Riaño dejó de verme, aunque estaba segura de que me vigilaba.

—¿Y el embarazo? —Ariosto aprovechó que Sara ya no tenía cortapisa en hablar de cualquier tema.

—Al cabo de unos meses nació el niño. Y acto seguido llegó la denuncia y la detención. Y luego el proceso por espionaje. Y la condena. Diecisiete años en una cárcel militar de alta seguridad.

—¿Y no estuvo tentada de contar lo que había pasado?

—No me creerían. Era una historia que en aquellos años sonaba ridícula. ¿Acusar a un general? Era perder el tiempo. Además, si lo hacía, me quitaría a la criatura. Y era lo único que me importaba.

—¿Tuvo al niño consigo en la cárcel? —Ariosto no salía de su asombro.

—Solo hasta que cumplió los diez años. Luego estuvo con mi madre hasta que me dejaron salir, siete años después.

Ariosto sintió congoja por el giro inesperado de aquella historia. Sara había sufrido mucho, tal vez demasiado.

—Pero eso no es lo peor, Luis.

—¿Qué puede empeorarlo? —preguntó Ariosto, desasosegado.

—Que creo el verdadero padre del niño fue Riaño, no Arencibia.

Ariosto intentó encajar aquel descubrimiento y discernir su influencia sobre todos los datos nuevos que había recibido.

—Si las fechas no son erróneas, Sara, ¿no fue a su salida de la cárcel, en 1972, cuando asesinaron a su vez a Riaño? Lo que llamaron el crimen de Vistabella.

Sara abrió los ojos, sorprendida de que Ariosto intentara atar esos cabos.

—En efecto —respondió—. Fue ese año. Yo salí de la cárcel y volví a Tenerife para ver a mi madre y a mi hijo. Pero me quedé apenas unas semanas. Todo el entorno en la isla seguía siendo demasiado doloroso para mí. Cuando ocurrió ese crimen yo llevaba tres meses en América.

—Entonces, ¿quién asesinó a Riaño?

69

Santa Cruz de Tenerife, 14 de febrero

Olegario se despertó de madrugada cuando alargó el brazo y no notó el cuerpo de Emelina en la cama, a su lado. Un sexto sentido le alertaba de situaciones fuera de la común y, con lo dormilona que era su novia, aquella era una de ellas.

Se irguió en la cama apoyándose en el brazo cuyo hombro había recibido la herida meses antes y la punzada de dolor le recordó que se encontraba en la fase final de la convalecencia, pero que todavía no había terminado. Tras sobreponerse al incómodo recordatorio, Olegario encendió la luz de la mesita de noche y comprobó que Emelina no se encontraba en el dormitorio.

Se levantó, se calzó las zapatillas y se colocó su batín sobre el pijama. En febrero hacía fresco por las noches en la vivienda que ambos compartían en una casa de dos plantas que habían alquilado en el barrio de la Cruz del Señor.

Se asomó al pasillo y descubrió un leve resplandor en el piso de abajo, donde se encontraban el salón, la cocina y un pequeño despacho donde Emelina recibía a sus amistades y a clientes que buscaban en ella consuelo o consejos de fundamento esotérico, al que era tan aficionada. La mujer debía de encontrarse allí.

Bajó la escalera y comprobó que así era. Se acercó a la puerta del despacho y la sorprendió sentada, muy concentrada en lo que se desplegaba sobre la mesa redonda que ocupaba la parte central de la habitación. Había colocado el tapete rojo sobre su superficie y estaba echando las cartas del Tarot. Su rostro aparecía serio y preocupado.

—¿Qué haces a estas horas? —preguntó el chófer—. ¿No podías dormir?

Emelina lo miró de soslayo, pendiente de las cartas.

—He tenido un mal sueño —respondió.

Olegario comprendió lo que esa frase significaba. Para Emelina los malos sueños tenían correspondencia en la vida real, una certeza con categoría de dogma de fe. No descansaría hasta averiguar el sentido de su visión y la persona a la que afectaba.

—¿Me lo cuentas? —preguntó Olegario. Notaba que la mujer se relajaba un poco cuando compartía su inquietud.

—¿Te acuerdas que ayer vimos a la profesora Marta y te dije que no me gustaba el aspecto de su cara?

—Me acuerdo —confirmó el chófer—. Estaba ojerosa.

—Pues he tenido un sueño inquietante. Marta se encontraba en un lugar oscuro.

302

—Eso suele ocurrirle con cierta asiduidad últimamente —comentó Olegario con humor.

Emelina ignoró la broma.

—Ella no es consciente de que tiene a su alrededor una presencia maligna.

Olegario dio un respingo. Aquello era nuevo.

—¿Puedes explicarme eso?

Emelina recogió las cartas. Su consulta había terminado. Se volvió hacia Olegario.

—Marta no está enferma. Está siendo víctima de un sortilegio, y muy poderoso.

—¿Mal de ojo? —Olegario había aprendido a no tomarse a la ligera los dictámenes de Emelina. Aunque fuera bastante escéptico, sabía que en muchas ocasiones tenía razón.

—Algo peor que eso. Creo que es nigromancia.

Olegario no supo el significado exacto del término, pero le sonó muy mal.

—Es magia negra —aclaró Emelina—. Muy peligrosa.

Olegario comenzó a inquietarse, apreciaba a la arqueóloga.

—¿Me estás diciendo que alguien, aquí, en Santa Cruz de Tenerife, está haciendo magia negra contra Marta?

Emelina se levantó de la silla y se acercó a Olegario. Este la recibió en sus brazos. Notó que estaba temblando.

—Ese alguien está utilizando un poder que no sé si sabe controlar —dijo la mujer—. Marta está en peligro.

—¿Y qué podemos hacer?

—Hay que contrarrestar el influjo maligno. Y debe hacerse por la persona, en el lugar y en el momento adecuados.

—Tú dirás —invitó Olegario. Si aquella situación tenía solución, Emelina sabría cuál era.

—La persona debe ser un iniciado. Uno veterano. Conozco a uno, costará convencerle, pero lo hará, estoy segura.

—¿El lugar?

—El mismo sitio donde comenzó todo. En mi sueño era una sala rectangular, oscura y silenciosa, sin ventanas. Parecía estar en lo más profundo de la tierra.

Olegario se acordó de lo que había leído en la prensa hacía un par de días. No le había prestado demasiada atención, pero ahora, la denominada cámara satánica que había descubierto Marta estaba adquiriendo otro cariz.

—¿Y el momento?

—El sortilegio está muy avanzado. Cuanto antes mejor. Si aprecias a tu amiga, tiene que ser mañana.

Olegario sintió un escalofrío. Emelina no sabía lo que estaba pidiendo. ¿Cómo iba a convencer a Marta para que se sometiera a las prescripciones de su novia?

El escalofrío desapareció, pero fue sustituido por una creciente angustia.

70

México, Distrito Federal, 14 de febrero

*R*ubiales, el secretario del multimillonario Cova, trataba infructuosamente de entretener la espera leyendo noticieros en el móvil. En los últimos días había estado pendiente de los periódicos españoles como nunca en su vida. Pero, por suerte, ninguna noticia informaba de la detención de asesinos a sueldo en las Islas Canarias.

304

Se encontraba sentado en el amplio pasillo inmediato al salón de la mansión reconvertido en unidad de cuidados intensivos, donde agonizaba su jefe. Luis Cova, uno de los hombres más ricos del mundo, ya no podía comprar su destino.

Cimentó su fortuna comenzando por los transportes, pasando después a la construcción, los seguros y luego su primer banco local. Descubrió que las finanzas eran lo suyo y multiplicó por mil el establecimiento fundacional. Ya millonario, se hizo con varios medios de comunicación al comprobar que generar estados de opinión era beneficioso para sus actividades. Había levantado un imperio para su hijo y este, de repente, ya no estaba.

Se había relacionado en los últimos años con magnates y testas coronadas de toda Europa. Cova creía que podía hablar incluso de amistad con el mismísimo rey de España, al que tantos favores había hecho. Había sacado de más de un problema a un familiar de la Casa Real. Y es que el juego y las drogas eran la perdición de muchos hombres. Se había colocado en situación de riesgo para eliminar todas las pruebas que podían incriminarlo. Lo había logrado y el sujeto en cuestión permanecía limpio. Y Cova sentía que se le debía una.

Pero cuando intentó ponerse en contacto con él en las primeras horas del secuestro de su hijo, no consiguió localizarlo. El dueño de los mejores medios de comunicación de México no pudo contactar con el rey para pedir su intercesión. El secuestrador, un pobre diablo armado con una pistola, pedía solo hablar con el monarca para plantearle sus quejas. Un caso tan simple como una hipoteca reclamada de modo agresivo por el banco, algo nimio. Pero no, el rey no habló con Cova ni con el desequilibrado que tenía retenido a su hijo.

Y luego, la impaciencia de la policía española. Todo un hatajo de inútiles. Todo lo que podía salir mal había salido mal, y alguien iba a pagar por ello.

A su estilo. Al estilo mejicano, como le había dicho a Rubiales.

Cova había perdido el conocimiento seis horas antes y los médicos aseguraban que ya no lo volvería a recuperar. Era inútil estar al pie de la cama. No obstante, y siendo consciente de lo cercano del final, Rubiales se había mantenido cerca de su patrón, como le llamaba de broma, aunque lo hiciera fuera de la sala para no escuchar los desagradables ruidos de los aparatos hospitalarios.

Pensó en la gravedad de la última voluntad del millonario. Contratar a dos asesinos profesionales por separado y enviarlos a Canarias. Un crimen de esa envergadura sería investigado con minuciosidad. Y los policías españoles no eran tontos. Tal vez lo fueran sus políticos, pero no los agentes.

No se engañaba, a pesar de la profesionalidad del colombiano y del chino, era posible que algo saliera mal y que alguna pista condujera hasta Cova y, por ende, hasta él mismo, como su secretario. Sería difícil convencer a unos buenos interrogadores de que no sabía nada del asunto. Rubiales era consciente de que no soportaba el dolor y de que cantaría a la primera ocasión que se le presentara.

305

Pero es que siempre había tenido las manos atadas. Con anterioridad, por el férreo control que sobre su trabajo había ejercido Cova a todas horas. Las improvisaciones sobre la marcha no existían en su quehacer diario. Todo estaba previsto al milímetro. Así había sido el excéntrico magnate hasta el final.

Y ahora ese control continuaba más allá de su muerte con la presión del jefe de seguridad, Cabrera, y su amenaza latente. No tenía posibilidad de elección.

No podía negar que se le había pasado por la cabeza anular la operación y ordenar al colombiano y al chino que volvieran a sus casas. Era lo más sensato. Sin embargo, ya no podía hacerlo. Y no solo eso, lo peor es que su propia vida dependía del éxito de los asesinos.

Si le hubieran preguntado, tampoco negaría que se sentía desasosegado. Muy desasosegado.

La puerta del salón se abrió y salió el médico jefe, con expresión circunspecta.

—Don Luis Cova acaba de fallecer —anunció—. No podemos hacer nada más.

Rubiales se levantó y asintió.

—Gracias por su trabajo —le dijo.

El secretario se giró y comenzó a caminar por el pasillo, camino de su despacho, dispuesto a anunciar al mundo la desaparición del gigante de las finanzas mejicano. A unos cinco metros se encontró a dos hombres fornidos vestidos de negro, esperando junto a la siguiente puerta.

—Díganme —indicó Rubiales, en tono ejecutivo.

—Nos envía Cabrera, señor —dijo uno de ellos, el más alto—. Nos ha ordenado que le acompañemos en el sentimiento.

—Hasta mañana a medianoche —continuó el otro—. Y tenga por seguro que lo haremos.

71

Santa Cruz de Tenerife, 15 de febrero, al día siguiente

El Airbus A310 de la fuerza aérea española despegó del aeropuerto de Madrid Barajas a las siete horas y quince minutos de la mañana. Llevaba a bordo a los reyes y a la ministra de Educación, Cultura y Deporte, todos con sus correspondientes séquitos de secretarios y escoltas.

El vuelo discurrió tranquilo y apacible en su mayor parte y el tiempo se presentó bueno hasta llegar a las inmediaciones del Archipiélago Canario. El avión se adentró a la altura de la isla de Lanzarote en un frente de nubes que provocó algunas turbulencias en la maniobra de aproximación a Tenerife, que aumentaron, como siempre, en el tramo final antes de tomar tierra en el aeropuerto Tenerife Norte Los Rodeos a las nueve horas y cuarenta y cinco minutos, ocho horas y cuarenta y cinco minutos hora oficial canaria.

El avión fue desviado a un extremo del aeropuerto, donde varios vehículos oficiales y de seguridad se aproximaron a la escalerilla del aparato. El cielo aparecía encapotado y una fina llovizna caía sin intensidad.

Comenzaba la visita oficial de los monarcas a Tenerife.

***

Ariosto se había levantado temprano. Estaba despierto antes del amanecer y sus intentos de volver a conciliar el sueño fueron en vano. Se sentía un poco nervioso, aunque nunca lo admitiría en público. Para mitigar esa sensación, se levantó, se afeitó y se duchó antes de bajar a desayunar.

Su asistente, Fidela, también se levantó desde que escuchó ruidos en la habitación de su jefe, con lo que el desayuno estaba listo cuando este apareció en la cocina.

En los últimos meses había cambiado el café con leche por una infusión de hierbas Lipton Morocco Mint, que asemejaba el té moruno, pero sin azúcar. La manzana Golden y el queso fresco de Fuerteventura se mantenían, y había añadido a la dieta una rebanada de pan integral con semillas cubierto por una fina loncha de jamón de pavo sin sal.

—Buenos días, Fidela. ¿Ha pasado buena noche?

La asistenta ya se había tomado el primero de sus cuatro cafés matinales y comenzaba a sentirse bien.

—Muy bien, don Luis —respondió—. Mire a ver si el té está demasiado caliente.

Ariosto había desistido de enmendar a la señora sobre el hecho de que no era té. Pero como tenía apariencia de ello, té se quedó. Se sentó a la mesa y comprobó que la temperatura del líquido era la adecuada.

—Mientras estaba en la ducha llamó la señorita Clavijo —añadió Fidela—. Pidió que la llamara cuando pudiera.

—¡Ah! Gracias —Ariosto comprobó la hora. Nueve menos cuarto de la mañana. Sandra se había levantado temprano aquel día. Normal, era una jornada especial para todos. Ella tendría por fin su entrevista personal con la Reina—. Ahora la llamo, en cuanto termine.

Y se dispuso a dar cuenta de su desayuno.

***

Galán ya llevaba una hora en la comisaría, y en ese instante estaba recordando con una sonrisa la cara de sorpresa de Marta en el momento en que abrió el estuche del anillo, cuando recibió una llamada telefónica de Blázquez, el comisario jefe.

—¡Galán! —Le espetó apenas descolgó—. ¡Tenemos una novedad en el caso de los colombianos!

El inspector se envaró en la silla. La búsqueda de aquellos hombres traía de cabeza a todo el cuerpo de policía.

—Dígame —respondió.

—¿Se acuerda de la declaración del tal Olegario, el chófer de Luis Ariosto? ¿Recuerda lo que tenía de especial?

—Claro que sí. Además de colaborar en el retrato robot de los tres tipos, hizo referencia a que uno de ellos había dicho ser hijo de un conserje en un museo, en Medellín, si no me equivoco.

—¡Exacto! —exclamó el comisario—. Esta madrugada ha llegado, por fin, el informe de la Policía Nacional de Colombia. Han identificado al sujeto como Samuel Holguín, lo que no nos dice mucho, porque apuesto mi sueldo a que no utiliza ese nombre aquí, en España. Pero han añadido cinco fotografías recientes del sujeto en cuestión. Y otras tantas de Restrepo.

309

Galán asimiló la noticia con rapidez.

—Podríamos hacer una nueva batida por el centro de Santa Cruz mostrando las fotografías a los vecinos. Tal vez alguno los haya visto.

—Me lo ha quitado de la boca, Galán —replicó Blázquez—. Deje lo que esté haciendo y venga con los hombres que tenga disponibles a Santa Cruz. Aquí se coordinará con los inspectores que estén libres para iniciar el rastreo por la zona.

Blázquez colgó. Galán miró su reloj. Las nueve en punto. Quedaban cuatro horas para el comienzo de la inauguración del museo. Tal vez pudieran tener suerte. Marcó dos números en el teclado de su teléfono y esperó a que contestara uno de los subinspectores que tenía bajo su mando.

—¿Ramos?, llama a Morales y dispón que los hombres que no estén ocupados se preparen para bajar a Santa Cruz. Tenemos trabajo por delante.

***

Wu Lung se despertó con las primeras luces. Por cautela, había dormido en un saco de campaña en el mismo edificio inacabado donde había depositado los drones el día anterior. Tomó la precaución de hacerlo en un piso distinto de forma que, si algún policía lo registrara, lo tomaran por un vagabundo. Fue innecesario. No hubo tal registro.

Lung se asomó con cuidado a una de las ventanas. El cielo amanecía bastante nublado, pero no parecía que fuera a llover con fuerza. Registró con su mirada las azoteas cercanas. Los policías todavía no habían tomado posiciones en ellas. Mejor así, se dijo, podría moverse con mayor libertad en sus preparativos.

Lung subió tres pisos y se dirigió hacia la vivienda donde había colocado las cajas. Una vez llegó donde se encontraban, comprobó que estaban intactas, las abrió y comenzó a montar los aparatos voladores.

***

Restrepo estaba deseando que todo acabara. Llevaba con sus hombres más de veinticuatro horas sin salir del apartamento y, a pesar de toda su profesionalidad, no podía evitar sentir que era un fastidio convivir con ellos en un espacio tan pequeño. Solo se había permitido dos subidas a la azotea, una al mediodía y otra al anochecer, para comprobar el estado de los halcones. Los notó algo inquietos, ese día no habían volado y el trastero se les quedaba pequeño. Pero no podía arriesgarse a sacarlos al exterior. La policía habría hecho una primera inspección de las azoteas del barrio desde los puntos más altos disponibles y no era conveniente que nadie reparase en la presencia de personas en ellas. Y menos con halcones.

Por eso la espera se hacía insufrible.

Revisó una vez más los paquetes de explosivos que iba a adosar a los vientres de las aguilillas. Apenas doscientos gramos de un compuesto explosivo. En la base, una lámina aislada de fulminato de mercurio, una sustancia muy inestable capaz de explotar con un simple golpe, que se basaba en la reacción de pequeñas cantidades de mercurio con ácido nítrico y etanol, unos cristalitos de color azul de lo más peligroso. Esta lámina actuaría como fulminante del otro explosivo, que ocupaba el resto del paquete, formado por una mezcla clorato potásico y trisulfuro de antimonio, un polvo granulado de color blanco muy parecido a la pólvora. La conjunción de estos tres elementos, de fácil adquisición en las droguerías, era un compuesto explosivo ideado por los japoneses, al que dieron el nombre de Bakufun. Todo un descubrimiento. Un golpe mínimo sobre el paquete y todo saltaría por los aires.

Miró su reloj. Solo faltaban cuatro horas. Debía ser paciente un poco más. En el momento prefijado, saldrían a la calle y Restrepo se colocaría en el punto que había elegido con anterioridad. Un lugar donde podría ver la salida de los reyes del museo y dar la orden a sus pájaros para que bajasen hasta las esfinges. Luego, tras la explosión, desaparecería.

***

Ariosto había relatado por vía telefónica a Sandra la conversación que había mantenido con Sara Yannakis la tarde anterior.

—Entonces Sara no estaba en la isla cuando asesinaron a Riaño —dijo la periodista—. ¿Y no sabe nada del asunto?

—Por lo que me dijo, no tiene ni idea. Me imagino que podemos comprobar su coartada.

—Desde luego, tenemos que hacerlo, Luis. Estoy segura de que existe alguna conexión entre ambos asesinatos. Y no olvidemos que en el crimen de Vistabella murió también la esposa de Jacinto Moragas, que es lo que menos me cuadra en todo este asunto.

—Si se acuerda, nuestro extraviado amigo Jacinto nos contó que Sara había vivido en Cuba, lo que podría ser congruente con su pasado de espía soviético. ¿Por qué fue a Cuba? ¿Una recompensa?

—Una mujer que llevaba tantos años fuera de la circulación podría sentirse muy sola. Y aquellos eran años fuertes de emigración a América aquí, en Tenerife.

—Sí, aunque el destino principal era Venezuela, no Cuba —replicó Ariosto.

—En cualquier caso, podríamos investigar un poco más el asunto. Tiremos de ese hilo.

—Ese hilo tiene que ser capaz de explicarnos otro detalle que no debe pasársenos por alto.

—¿Cuál? —preguntó Sandra.

—El origen del alto nivel de vida de Sara. ¿Cómo llegó a adquirir fortuna? ¿Sabe lo que puede costar hoy día un cuadro de Néstor?

72

Santa Cruz de Tenerife, 15 de febrero

A las diez y media de la mañana el subinspector Morales salía de la oficina del Catastro con una lista de cinco nombres y una misión muy concreta.

Todos los policías de Santa Cruz y de La Laguna que no estaban implicados directamente en las labores de seguridad de los eventos de los monarcas se hallaban realizando la última criba de los inmuebles del centro de la ciudad. Y no solo de estos. En la reunión que habían mantenido con los mandos de la isla en la comisaría de Tres de Mayo, se había acordado no solo volver a revisar uno por uno todos los edificios del centro de la capital, sino también tratar de averiguar quiénes eran sus propietarios, si vivían en ellos o fuera, y en este segundo caso, si las viviendas de su propiedad estaban alquiladas.

La búsqueda realizada los días anteriores había implicado un esfuerzo considerable por parte de muchos efectivos. Como fruto de ese trabajo se logró elaborar una lista de viviendas en las que se había podido contactar con sus moradores y aquellas otras en las que no se había logrado.

La labor asignada a los policías era doble. Por un lado, volver a tocar en la puerta de todas las viviendas del centro de la ciudad mostrando las nuevas fotografías enviadas por la policía colombiana de los sujetos buscados, por si alguien pudiera reconocerlos. Y por otro, buscar a los propietarios de las viviendas cerradas en las que no habían podido entrar para averiguar si tenían ocupantes. En este segundo caso, la lista se elevaba a casi cien domicilios.

Esta segunda línea de investigación tropezaba con el problema de cómo saber el nombre de esos propietarios. Morales aventuró que se podía rastrear la información a través del Catastro. La idea gustó y Morales fue encargado de conseguir esa información. Tras la oportuna llamada del comisario jefe Blázquez al juez de guardia, este se avino a firmar una orden judicial para acceder a los datos protegidos del Catastro.

Morales se presentó con otros veinte policías más en la sede de la Agencia Tributaria de Santa Cruz, donde se encontraba el Catastro. Le exhibieron la orden judicial al Delegado de Hacienda en la provincia, que dio vía libre a los agentes para que accedieran a los datos. Del centenar de viviendas objeto de investigación, fueron asignadas cinco a cada subinspector, que tendría el auxilio de dos policías en la tarea de contactar con los distintos propietarios.

Y por ello Morales salió del edificio de Hacienda, en busca de esas cinco personas, comprobando que quedaban dos horas y media para el comienzo de la inauguración del museo.

314

***

Hacía más de una hora que los miembros de la Unidad de Intervención Policial se habían desplegado en torno al templo masónico, de acuerdo con el plan de seguridad coordinado el día anterior. Cien hombres se hallaban colocados en los lugares más estratégicos alrededor del museo que se iba a inaugurar al mediodía. No todos se hallaban en los lugares prefijados. Dado que la jornada de trabajo era larga, se habían dispuesto grupos de relevo para dar descanso a los policías cada dos horas. Convenía que siempre estuvieran bien atentos.

Catorce furgonetas Mercedes Sprinter de la Policía Nacional se encontraban colocadas en las intersecciones de las vías circundantes a la calle San Lucas, controlando el tráfico de personas y vehículos, tanto de entrada como de salida.

Los cordones de seguridad para el público ya estaban levantados, aunque todavía no había ciudadanos esperando para ver a los Reyes.

Las unidades de subsuelo, de guías caninos y los Tedax ya habían realizado una batida de reconocimiento. Y volverían a hacer otra, treinta minutos antes de la llegada de los monarcas a la ciudad.

También estaban en sus puestos diez tiradores selectos con arma larga, diseminados en distintas azoteas en torno al templo masónico. Al contrario que sus compañeros de la calle, que portaban los fusiles de asalto H&K G36 en su versión más corta, la CV, equipados con un sistema dual de puntería que comprende un visor electrónico de punto rojo sin aumentos y una óptica de 3 aumentos, los tiradores de las azoteas manejaban dos armas especiales. Para el tiro de largo alcance contaban con rifles Mauser SP66 de calibre .308W, algo anticuados por los muchos años de servicio, pero letales todavía, y para el resto de intervenciones, las escopetas Franchi SPS 350 del calibre 12/70, empleada tanto para lanzar pelotas de caucho, como para disparar cartuchos de postas e incluso, si era necesario, balas de fuego real.

Todos estaban dispuestos y vigilantes. Los mandos policiales locales y los escoltas reales dieron su visto bueno.

Solo quedaba esperar a que comenzara el evento.

***

Marta se encontraba peor. Había pasado la noche fatal, apenas pudo dormir y tuvo dos episodios de náuseas a las dos y a las cinco de la madrugada que la obligaron a visitar el baño a toda velocidad.

—Marta, creo que hoy no deberías ir a la inauguración del museo, sino al médico —le dijo Galán a la vuelta del segundo de los desplazamientos.

315

—No creo que sea nada importante —respondió mientras se acostaba—. Debe de ser un virus de esos que atacan al estómago. No obstante, pediré hora para por la tarde.

Galán se mostró conforme y trató de volver a dormir. Ninguno de los dos lo consiguió.

Marta se levantó quince minutos después de que el comisario jefe despertara a Galán vía telefónica y que este se marchara con prisas. Se lo había pensado dos veces antes de desayunar, pero al final había optado por hacerlo, con la precaución de tomar antes un comprimido de Cleboril.

Cuando se enfrentó a su rostro en el espejo del baño comprendió la preocupación de Antonio. Unas marcadas ojeras destacaban debajo de sus ojos. No podía seguir ocultándoselo a sí misma, no solo no se sentía nada bien, sino que además, lo aparentaba.

Luego se tumbó un rato en el sillón de la sala de estar. Al cabo de hora y media de somnolencia, sonó el teléfono. Lo descolgó. Era Olegario, que insistía en verla en persona al mediodía para un asunto muy importante, y con preferencia cerca de la iglesia del Pilar. La solicitud picó su curiosidad. El dolor de la garganta se había agudizado y las complicaciones gástricas estaban aconsejando de modo insistente que se quedara en casa esa mañana. Era lo lógico, lo sensato, lo fácil. Por eso mismo, Marta no lo iba a hacer, así que respondió a Olegario que se verían a las doce y media enfrente de la iglesia.

Se vistió y maquilló a conciencia para ocultar su mala cara, aunque dudó de haberlo conseguido con éxito. Dejó todo recogido y salió de su vivienda, un piso de reciente construcción situado en el barrio lagunero de San Benito. En el zaguán se encontró con María, la empleada de la empresa de limpieza que se ocupaba del aseo del edificio. Era una mujer de unos cuarenta años, vestida de blanco impecable, que se afanaba en dejar brillante el suelo de aquel tramo de escalera. Era conocida en todo el barrio por su afición a la religiosidad santera. Varias cuentas, crucifijos y otros abalorios colgaban de su cuello como prueba de ello.

—Buenos días, María —dijo Marta.

La mujer levantó la vista de su fregona y observó a la arqueóloga.

—Buenos días, profesora —sabía que era profesora porque la había visto en el periódico, aunque no sabía muy bien qué enseñaba—. Aunque para algunos no son tan buenos.

Marta se extrañó de la frase de la mujer.

—¿Y eso por qué? —preguntó.

María dejó aparcada la fregona y se volvió hacia Marta.

—¿No se ha mirado al espejo esta mañana? ¿Se encuentra bien?

—No es mi mejor día, desde luego, pero puedo afrontarlo.

—Yo de usted me quedaría en...

María se detuvo en mitad de la frase. Acto seguido se santiguó.

—¿Qué pasa? —inquirió Marta, inquieta.

—Yo de usted iría a ver a un profesional urgentemente.

Marta sonrió, aquella mujer era bastante aficionada a las frases melodramáticas.

—Pediré hora al médico para que me vea esta tarde.

María, muy seria, negó con la cabeza.

—Profesora, no le pida hora a un médico —le dijo, con voz trémula—. Mejor hágalo a un sacerdote.

***

Sandra tenía tiempo libre hasta las cuatro de la tarde, la hora en que estaba citada en el Hotel Mencey con la Reina, lugar y hora en que le concedería la entrevista que fue cancelada días atrás. Dado que tenía el cuestionario preparado desde la primera ocasión, pudo concentrarse en cómo aprovechar la mañana investigando a Sara Yannakis.

Subió al archivo del periódico y don Claudio le localizó en un minuto el microfilm de los ejemplares de 1972 que recogían las crónicas relativas al crimen de Vistabella. Estudió con detalle todas las noticias, pero no sacó nada nuevo. El 13 de marzo, el general Gómez Riaño y su hija María Dolores habían

317

sido encontrados asesinados por la empleada de hogar en su domicilio de Vistabella. Ambos habían recibido un solo golpe mortal de arma blanca. Los dos en el corazón. No había huellas de lucha o de resistencia, como si hubiera sido un asesinato consentido por las víctimas. Algo de lo más desconcertante. Y quien podía ser el principal sospechoso, Jacinto Moragas, marido y yerno de las víctimas, se encontraba fuera de la isla de maniobras con su regimiento. La coartada perfecta.

La policía no consiguió pistas fiables y, con el paso del tiempo, el asunto se enfrió y terminó olvidándose. Solo de vez en cuando aparecía el recordatorio cuando se relacionaban en la prensa los casos de crímenes escabrosos sin resolver.

—Hay algo que se sabe respecto a ese crimen y que no salió en la prensa —dijo don Claudio cuando Sandra acabó con el último microfilm.

—¿De qué se trata?

—En su día fue la comidilla de la redacción. La empleada de hogar fue quien se fue de la lengua, a pesar de que la policía le instó a que guardara silencio, sobre todo para evitar alarmismos en la población.

Sandra se sintió intrigada, don Claudio se estaba haciendo de rogar.

—¿Y qué desveló la empleada de hogar?

—Pues que en las paredes y en el techo de la sala donde aparecieron muertos el padre y la hija, el asesino dejó como recuerdo una serie de dibujos hechos con pintura roja. No hizo falta ser un experto para saber de qué se trataba. Eran símbolos diabólicos. Nadie tuvo la menor duda.

318

73

Santa Cruz de Tenerife, 15 de febrero

Alas doce y media del mediodía Ariosto llegó al domicilio de su tía Adela, a unos doscientos metros de su casa. Se habían llamado para ir caminando juntos a la inauguración. El templo masónico estaba muy cerca, y además era cuesta abajo, un paseo de lo más cómodo.

Adela había terminado de maquillarse —llevaba años siendo toda una experta—, pero todavía no estaba vestida, por lo que Ariosto esperó en el salón, revisando una vez más, como hacía cuando era niño, los títulos de las estanterías de la biblioteca. Le encantaba que todos los volúmenes fueran de encuadernación clásica, muchos de ellos con el corte superior dorado y la mayoría con cintas de registro de distintos colores. No había ni un solo libro en rústica, y menos de bolsillo. Ello equivalía a deducir que la biblioteca tenía sus años. Ya no se hacían libros así.

Encontró un ejemplar de grosor considerable de *Orlando furioso*, una obra de un autor italiano del siglo xv, Ludovico Ariosto. Con toda probabilidad, un ascendiente lejano de su familia paterna. Su padre le había puesto el nombre de Luis por ese literato, como le había repetido en varias ocasiones. Se trataba de un poema épico de larguísima extensión y había intentado en tres ocasiones leerlo, pero nunca pudo acabarlo. Era demasiado árido, incluso para él. Sacó el libro de su estante y comenzó a hojearlo. Descubrió en la guarda del final un papel doblado. Lo sacó y lo desdobló. Era una invitación a un baile en el Casino, cuando todavía no era Real Casino. En concreto para el 26 de junio de 1954, un sábado por la tarde. Fue el año en que se puso de moda el cha-cha-chá, un ritmo cubano que hizo furor y que compitió en toda regla con los boleros y pasodobles que formaban parte importante del repertorio de la orquesta. Era otra música, y quienes la bailaban no eran menos felices que los jóvenes de la actualidad, más bien todo lo contrario.

Adela, ataviada con un traje oscuro de escote cruzado con perlas minúsculas en los bordes, hizo su entrada en el salón. Ariosto se volvió hacia ella.

—Estás imponente, Adela.

—Eres un adulador, Luis, pero hoy te creo —respondió, sonriendo.

Adela se percató del papel que Ariosto estaba examinando.

—¿De cuándo es la invitación? —preguntó, y se acercó a su sobrino adoptivo—. ¡Ah, del cincuenta y cuatro! Yo era un guayabito por entonces.

Ariosto se rio.

—Hacía mucho tiempo que no escuchaba esa palabra. Debías de serlo, sin duda.

Adela inspeccionó la invitación con más detalle.

—Fíjate Luis, si no me equivoco, este día, el 26 de junio, se hizo famosa esa chica por la que me preguntaste el otro día, Sarita.

El comentario llamó la atención de Ariosto.

—¿Sarita la griega?

—Sí. Alguien le trajo un disco de América, lo puso en un picú y revolucionó el baile.

—¿El picú? Otra palabreja preciosa en desuso. ¿Y que colocó en el tocadiscos?

—Una música que a muchos les pareció escandalosa, desconocida hasta entonces, el Rock and Roll. Me acuerdo que se trataba del *Rock around the clock*, que hizo famoso Bill Haley. Sarita, ni corta ni perezosa, se descalzó, se subió a una mesa, y se puso a bailar al son de aquel frenético ritmo. Y no veas cómo se meneaba, con aquella falda multicolor de vuelo amplio, tan original, que le había hecho su madre.

—Seguro que a muchas señoras mayores no les pareció bien.

—Eso mismo te iba a decir. Pero a los señores mayores les encantó. A partir de ese día comenzó a alternar con lo más distinguido de la sociedad masculina de la ciudad.

Ariosto caviló sobre la frase anterior de Adela.

—¿Dijiste que la madre de Sarita le había hecho la falda?

—Claro, ¿no lo sabías? Era modista, y bastante reputada, por cierto. En ocasiones, llegué a ver cola en la puerta de su casa, en la calle San Lucas.

Ariosto se sobresaltó.

—¿Sara vivía en la calle San Lucas?

—Sí, a unos metros del templo masónico. La casa, centenaria, todavía se conserva, aunque en un estado lamentable.

Ariosto archivó el dato en su mente, aunque en aquel momento no supo si era importante o no.

—¿Nos vamos? —preguntó, y le ofreció su brazo.

321

***

Don Leandro Marichal y Togores, un señor septuagenario, abrió la puerta en persona cuando Morales tocó el timbre de su domicilio. Encaró al policía con rostro sereno y le franqueó el paso.

—Buenos días, subinspector —le dijo.

—Gracias por recibirme —El policía entró en la vivienda y siguió al propietario de la misma que, tras cerrar la puerta, le invitó a que le acompañara por un pasillo que terminó en un salón amplio. Don Leandro vivía bien, comprobó el subinspector. La decoración clásica de muebles de calidad indicaba que se encontraba en el hogar de una persona de alto nivel adquisitivo.

A un gesto del dueño, ambos se sentaron en dos butacas enfrentadas.

—Me dijo usted por teléfono que quería hablarme de una de mis propiedades —dijo.

—Así es —confirmó Morales—. En mis registros figura que es usted propietario de un ático en el callejón del Combate.

El hombre se acarició la barbilla.

—En efecto. Lo tengo alquilado de unos días a esta parte.

Morales se animó y le exhibió las fotografías de los colombianos.

—¿Ha visto usted a estos hombres? —preguntó.

Don Leandro miró con detenimiento las imágenes y pasó de una a otra. Al final, volvió a una de ellas.

—Este hombre es quien me alquiló el ático —señaló.

Morales comprobó que se trataba de una fotografía de Samuel Holguín, el sicario de Restrepo. El corazón comenzó a palpitarle con velocidad.

—¿Está seguro?

—Por completo —replicó don Leandro.

Morales se levantó, recogió las fotografías y estrechó con fruición la mano del hombre mayor.

—Muchas gracias. No sabe lo importante que es lo que me ha dicho. No tiene ni idea.

Y salió corriendo de la vivienda.

***

Marta no salía de su asombro ante la propuesta de Olegario.

—Eso es imposible —dijo, desconcertada—. Y menos hoy.

Se encontraban en la calle del Pilar, en la barra de la cafetería Zig Zag, justo enfrente de la iglesia. Marta apenas había dado un sorbo de su cortado leche y leche —leche natural y condensada— cuando Olegario le relató la inquietud de Emelina y el remedio que proponía. Casi se atragantó.

—En primer lugar —prosiguió—, amigo mío, y no te molestes por ello, no creo en nada de lo que me estás contando. Ni en hechizos, encantamientos ni otras brujerías similares. Tengo una gripe fuerte, no hay que darle más vueltas.

Olegario no la interrumpió. Pero su rostro expresaba preocupación. Marta dejó la taza en el platillo y continuó.

—En segundo lugar, con toda la policía que hay en torno al templo, sería imposible bajar a la cámara. No nos dejarían pasar.

—¿Me deja presentarle a una persona? —Olegario cambió de tema tan de improviso que pilló a Marta con la guardia baja.

—¿Una persona? ¿Ahora?

—Espere un minuto, haga el favor.

El chófer salió de la cafetería y desapareció calle abajo. Marta se quedó perpleja. Tras unos instantes de duda, resolvió mirar los mensajes del móvil. Olegario apareció cuando iba por el segundo. Le acompañaba un hombre pequeño y delgado, rasgos que se acentuaban al caminar a su lado.

—Le presento a un buen amigo, Domingo. Emelina tiene mucha confianza en él.

Marta miró de arriba abajo al hombre. Vestía una chaqueta beige clara sobre guayabera y pantalón blancos, con los zapatos del mismo color. Pelo cano y algo largo, a la altura del cuello. Una cadena con crucifijo dorado sobresalía de la pechera. Sonreía mansamente. A Marta le sonó a gurú esotérico pero, por respeto a Olegario, se guardó de expresar su pensamiento.

—¿Confianza en qué? —acertó a decir la arqueóloga tras unos segundos de indecisión.

—Puedo ayudarle —dijo el tal Domingo, con voz grave. «Hubiera sido un buen barítono de ópera», pensó Marta.

—¿Ayudarme en qué? —preguntó, incrédula ante la situación.

—En primer lugar, debe liberar su mente de prejuicios —indicó Domingo.

—¡Yo no tengo prejuicios! —saltó Marta—. Simplemente no creo en cuentos chinos.

—¿Lo ve? Tiene prejuicios.

Marta alzó una ceja. «¿Había sido tan evidente?». Se volvió hacia el chófer.

—Olegario, ¿cree usted que tengo prejuicios?

El chófer la miró a los ojos.

323

—Los tiene —afirmó.

—En segundo lugar —intervino de nuevo Domingo—, debe dejar a un lado su ira.

—¿Ira? ¡Yo no estoy enfadada! —exclamó Marta, con algo de indignación.

—¿Lo ve?

Marta miró a ambos hombres, que le sonrieron. «¿Se estaban volviendo todos locos?».

—Está usted bajo la influencia de un poder que escapa a su comprensión —añadió el hombre vestido de blanco—. Podemos hacer que se libere. Le aseguro que lo que tiene no es una gripe.

Marta comenzó a dudar. Si no fuera por Olegario, y también por Emelina, habría mandado a paseo a aquel tipo y a su ayuda. Olegario la sacó de sus pensamientos.

—¿Qué más le da, Marta? —le preguntó—. Es una ceremonia rápida y no va a perder nada, salvo unos minutos. Nadie se enterará.

324

Marta estaba a un paso de perder el control. Le sabía mal por el chófer, pero iba a salir de aquella cafetería en aquel mismo momento, por mucho que le molestara.

—Se le quitará el malestar y el dolor en muy poco tiempo —añadió Domingo—. Se lo garantizo.

—Hágale caso, profesora —reforzó Olegario—. Será solo un momento.

Marta, vista la insistencia, decidió contraatacar por otro lado.

—¿Y cómo piensan atravesar las barreras de policía? Les aseguro que no nos van a dejar pasar para celebrar un ritual anti sortilegio.

Domingo miró hacia la calle.

—La cámara está bajo la iglesia —dijo—, ¿no es así?

Marta volvió a sorprenderse con la pregunta.

—En efecto —respondió—. Justo debajo del altar.

—Podemos practicar la ceremonia en su vertical. También funciona así.

Marta no daba crédito a sus oídos.

—¿Hacer una ceremonia en la misma iglesia?

Domingo se volvió con toda naturalidad.

—¿Y por qué no? No hay policías dentro.

La arqueóloga miró a Olegario, tal vez pidiendo de modo inconsciente algo de cordura en todo aquel disparate. El hombre le devolvió la mirada, intensa, segura, confiada.

—Es cierto, ¿por qué no? —le preguntó el chófer.

74

Santa Cruz de Tenerife, 15 de febrero

$\mathcal{A}$ las once y media de la mañana Sandra estaba agotada de pasar con velocidad tantas páginas de periódico en el
lector de microfilmes. Había avanzado hasta 1990, y ya iba a
dejarlo cuando una noticia de cultura le llamó la atención.

Estaba fechada en noviembre de ese año, en Madrid. En
la sala Durán se había subastado un cuadro del pintor Néstor
Martín Fernández de la Torre. La noticia estribaba en que se
había alcanzado un precio notable en la subasta, más de diez
millones de pesetas, adquirido por un particular de las Islas
Canarias. Sandra siguió leyendo. Se trataba de una obra de
juventud, un estudio marino, muy influenciado por el maestro
del pintor, Meifrend.

El director de la sala se felicitaba por la alta cotización a
la que había llegado el cuadro, fruto, sin duda del historial de
calidad de Néstor, un pintor que falleció joven y cuya figura va
camino de convertirse en leyenda.

El artículo finalizaba con una frase textual del director:
«Me alegro de que el cuadro vuelva a Canarias. El comprador, don Iván Yanes, me ha participado que así será. Los canarios podrán disfrutar de nuevo de una obra de su pintor más
emblemático».

Sandra leyó dos veces la última línea. Una foto en blanco y
negro de poca calidad debajo del texto alentó la sospecha que
había nacido en su cerebro. Era el cuadro de la casa de Sarita.

Sin duda.

«¿Qué diablos hacía el concejal Yanes comprando un cuadro de Néstor? Y además por diez millones de pesetas, unos sesenta mil euros, pero de aquella época. Era más o menos el valor de una vivienda, una suma nada despreciable».

—Don Claudio —Sandra se volvió hacia su compañero de periódico, que se encontraba en el otro extremo del archivo—. ¿Sabría decirme cuándo empezó la carrera política de Iván Yanes, el concejal?

El archivero levantó los ojos de una revista atrasada que estaba releyendo.

—¿Yanes? No me suena antes del 2000. Llevará unos quince años.

—¿Y sabe a qué se dedicaba antes de esa fecha? ¿Era rico?

—¿Rico? De eso nada. Creo que estudió Empresariales fuera del país. En Cuba, si no me equivoco. Tuvo problemas con la convalidación de los estudios, según se supo más tarde. Un trapo sucio que se le sacó en 2005 por la oposición política. Yanes siempre se presentó ante la opinión pública como alguien «del pueblo». Si era rico, lo disimulaba muy bien.

Sandra revisó mentalmente la información suministrada por don Claudio. Cuba. «¿No vivió Sara en Cuba algunos años?». Eso dijo en su casa. «¿Qué relación existía entre Sara y Yanes?».

Sandra le dio unas cuantas vueltas al asunto y terminaba siempre en un callejón sin salida.

Sentía que se le escapaba algo que era evidente. Lo tenía delante de sus ojos, pero no lo veía.

Escribió los nombres de ambos en un papel y los miró: Sara Yannakis Ivanova por un lado. E Iván Yanes por otro.

—Don Claudio, ¿sabe usted cuál es el segundo apellido de Yanes?

El archivero hizo memoria durante unos segundos.

—Pues no lo sé. Nunca sale en los periódicos —contestó—. Déjame mirar en las listas de candidatos al ayuntamiento.

El archivero se sentó delante del ordenador y tecleó el nombre del político. La respuesta llegó en unos instantes.

327

—¡Vaya! ¿Te lo puedes creer, Sandra? El segundo apellido es Arencibia.

La joven se quedó alelada.

—¿Arencibia? El apellido de la madre de Sara era Ivanova, y el nombre del político, Iván. El apellido de Sara era Yannakis y el del concejal, Yanes. Y ahora esto de Arencibia. ¿No le parece mucha casualidad?

—Ahora que lo dices, sí.

—En España está permitido españolizar los apellidos extranjeros, si se quiere, claro. Sobre todo cuando ese apellido está unido a problemas con la justicia. —Sandra caviló sobre lo dicho—. Don Claudio, se me ocurre una cuestión. ¿Puede averiguar el año de nacimiento de Yanes?

El archivero buscó otra vez en el ordenador.

—¡Ya lo tengo! —anunció.

—Espero que no sea 1955 o 1956.

Don Claudio la miró con sorpresa.

—Pues sí, es 1956, ¿cómo lo has adivinado?

***

Ariosto realizó el paseo hasta la iglesia del Pilar caminando del brazo de Adela, a la antigua usanza. Ambos muy elegantes, coincidieron en la calle San Lucas con otros invitados conocidos. Los saludos se sucedieron uno tras otro. Ya se había congregado bastante gente en torno al itinerario previsto, al borde de la acera a lo largo de la calle del Pilar y en el giro con San Lucas. Las distintas policías mantenían a los espectadores en los lugares designados al efecto.

Adela y Ariosto exhibieron sus invitaciones en el primer control de seguridad, a cargo de la UIP, situado a la mitad de la calle. Hasta allí se permitía llegar al público. Junto a los policías se encontraban cuatro azafatas del ayuntamiento, elegidas para la ocasión para dirigir a los asistentes a la inauguración, que comprobaron que sus nombres se encontraban en la lista de invitados y les indicaron en un plano la localización de sus asientos.

—Es como en una boda —comentó Adela—. Siempre existe la curiosidad de saber quién te va a tocar al lado.

—A mí me toca el rey —bromeó Ariosto.

—No sé qué resortes habrás movido para que te coloquen ahí, Luisito —respondió la mujer—. Tienes una cara que te la pisas.

Ariosto rio la frase de Adela.

—Si tú supieras...

Otro control policial menos exigente se encontraba al pie de la escalinata de acceso al templo. Solo con exhibir la invitación pasaron adentro.

—¡Qué bien ha quedado todo! —exclamó Adela en cuanto vio el estado de la restauración del edificio—. ¡Parece nuevo!

Ariosto comprobó que los últimos remates se habían realizado a tiempo con pulcritud y detalle. Todo estaba impecable.

—Es mérito de Sofía —apuntó—. Se ha pasado más tiempo aquí en las últimas semanas que en su casa.

329

Los invitados iban entrando en la sala de Tenidas, el amplio espacio interior del templo que, para la ocasión, estaba acondicionado con sillas negras a ambos lados, dejando un pasillo en el centro. En el fondo, sobre un nivel elevado, se encontraban los sillones de las autoridades. Ariosto calculó que cabrían un centenar de personas, tal vez un poco más.

Otras azafatas se preocupaban de que los invitados se sentaran lo antes posible y dejaran libre el acceso. Adela se despidió de Ariosto y ocupó su asiento, en una segunda fila de las cuatro que se habían organizado en cada lado. Ariosto caminó hasta el fondo y le indicaron que le correspondía una butaca con brazos en el extremo izquierdo, junto a un atril de lectura.

Al pie de la escalera de acceso al estrado, Sofía, que también tenía que intervenir, saludaba a las autoridades que, por cuestiones de protocolo, no debían esperar a los reyes en la puerta del edificio. Se palpaba la tensión previa de las grandes citas y un murmullo constante se enseñoreaba del espacio.

—Veo que te dio tiempo de acabarlo todo, Sofía —le dijo Ariosto a la arquitecta.

—No creas que no ha costado —respondió —. Hasta anoche estuvimos con los remates. Estoy agotada.

Ariosto pensó que el maquillaje era espléndido, pues parecía fresca como una rosa.

—Todo va a salir bien —le comentó. Sofía le devolvió una sonrisa, le estrechó un brazo y se dispuso a dar la bienvenida al presidente del Cabildo, que acababa de llegar.

Ariosto ocupó su lugar, se sacó las gafas de vista y comenzó a repasar el texto que debía leer. Antes miró su reloj. La una y cinco. Los reyes estaban al caer.

***

Galán había tomado posesión de un hueco en la parte alta de la escalinata de acceso al templo-museo, justo al lado de la segunda esfinge a la derecha. Era un buen lugar para controlar quién entraba y quién salía del edificio. Por insistencia de Blázquez llevaba puesto un pinganillo en la oreja que estaba conectado a un receptor adosado a su espalda, a la altura del cinturón, por el que escuchaba la frecuencia interna de la policía destinada al evento.

Las últimas horas habían resultado muy tensas. No se tenía noticia de que los compañeros hubieran conseguido algún avance en la búsqueda de los colombianos, con lo que los mandos se encontraban de mal humor. El comisario jefe era un manojo de nervios, aunque intentara aparentar lo contrario.

Y el propio Galán se había contagiado de esa ansiedad. Tal como estaba planteado el dispositivo de seguridad, era muy difícil para cualquier asesino atentar contra la seguridad de los monarcas, pero nunca se tenía la completa certeza de que no hubiera alguna fisura en los detalles.

Respiró hondo para relajarse y comprobó que todos los invitados habían entrado ya. La advertencia de que si llegaban tarde se quedarían fuera había funcionado. En el zaguán de entrada esperaban el alcalde y sus subalternos más próximos.

Galán escuchó a su izquierda, en la calle, las sirenas de las motos de la Guardia Civil. La comitiva real ya llegaba.

***

La agenda de los monarcas aquella mañana en Tenerife contenía la apertura de un tramo importante de la autovía de circunvalación de la isla, a la altura de Icod de los Vinos; la inauguración de un polideportivo en La Orotava; la entrega de un premio a la excelencia empresarial a unos emprendedores en el Puerto de la Cruz; y al final la cita en el Museo de las Asociaciones Humanas en Santa Cruz. Una hora de media por evento, más otra media de traslado a la capital.

A pesar del estado de máxima alarma en los escoltas reales, la Guardia Civil, la UIP destacada en cada localización y las policías locales, nada distrajo a los reyes de su programa. Todo fue bien y en hora.

La caravana de automóviles Audi y BMW, escoltadas por motocicletas de la Guardia Civil, entró en Santa Cruz por la calle Álvaro Rodríguez López y giró a continuación por La Salle. El tráfico había sido detenido o desviado a otras vías y el convoy se dirigió al centro de la ciudad. El público se congregaba a partir del puente Galcerán y aplaudió el paso de los coches. La comitiva dejó atrás la plaza Weyler y encaró por Méndez Núñez, disminuyendo la velocidad a medida que llegaban al parque García Sanabria. Los coches giraron por El Pilar y en veinte segundos llegaron al comienzo de la calle San Lucas, donde se detuvieron. El helicóptero de la policía se hizo sentir en las alturas.

Los monarcas y el presidente del gobierno de Canarias se apearon de los automóviles, saludaron al público congregado, que aplaudió a rabiar, y se dirigieron a pie hacia el templo-museo.

El dispositivo de alerta se amplió al máximo en ese momento. Todos los policías se desplegaron conforme al plan establecido. La vigilancia se extendió del público a las fachadas y a las azoteas de los edificios cercanos. Sabían que los momentos críticos se centraban en la entrada y en la salida del evento.

Los monarcas y sus acompañantes no se dieron demasiada prisa en llegar a su destino, para desesperación de Blázquez y de los demás mandos. Estrecharon multitud de manos en el tramo abierto al público y recibieron las muestras de cariño y simpatía del pueblo santacrucero. Por fin pasaron la línea de control policial y caminaron hacia la entrada del templo. Allí les saludó el alcalde Melián y su corte municipal. Tras los saludos correspondientes, todos entraron en el templo.

La mayor parte de los policías suspiraron. La entrada había tenido efecto sin novedad.

***

—Es el momento —anunció Domingo—. Ya entraron los reyes. Ahora podemos pasar a la iglesia.

Marta no se creía que Olegario y aquel extraño hombre la hubieran convencido de realizar lo que ellos llamaban «la ceremonia» en el interior de la iglesia de El Pilar. Y es que la seriedad con que actuaban la había desarmado. Podía haberlos mandado a paseo y a otra cosa. Pero no lo hizo.

No sabía muy bien por qué. Tal vez fuera porque habían sembrado la duda en su interior. Y total, como decían, no perdía nada.

Y es que no se sentía nada bien. Los dos comprimidos de Ibuprofeno no habían dado resultado, y ese malestar también había bajado sus defensas y las ganas de discutir.

Los tres cruzaron la calle del Pilar entre el gentío y llegaron a la puerta de la iglesia. Había policías en cada esquina, e incluso una pareja cerca de la puerta, pero nadie les obstaculizó la entrada en el recinto religioso. La iglesia estaba abierta, y pasaron de la claridad del mediodía a la penumbra de su interior.

El edificio se mantenía en silencio. Solo había dos personas en la iglesia, orando en los primeros bancos ante el altar. Marta se alarmó. No sabía qué idea tenía el tal Domingo, pero se negaba a hacer cualquier ritual en público.

—Hay gente —dijo, en voz baja—. No creo que sea buena idea hacer nada en el altar. Llamaremos la atención.

Domingo se volvió hacia ella.

—El altar no se toca —respondió—. Hay que tener un respeto. Vayamos detrás, a la sacristía.

Marta rogó por que la puerta de la sacristía estuviera cerrada mientras caminaban por el pasillo central. La iglesia constaba de una sola nave original con capillas más modernas a los lados. Al fondo destacaba la imagen de la Virgen del Pilar, traída desde Zaragoza por la devoción de los vecinos.

La puerta de acceso a la sacristía se encontraba abierta. Olegario se asomó al interior. No había nadie. Una mesa central y varios armarios eran los únicos muebles de la estancia, sobria y austera. El cura debía de estar fuera, con los demás curiosos. Entraron y cerraron la puerta tras ellos.

333

—No perdamos tiempo —dijo Domingo.

Olegario empujó la mesa a un lado para dejar espacio en el centro. Domingo extrajo de su chaqueta un espray y comenzó a dibujar un círculo en el suelo. Marta se sobresaltó.

—Va a dejar perdido el piso —advirtió.

—La pintura se borra en quince minutos, no se preocupe —respondió Domingo. Dentro del primer círculo trazó otro menor, y un tercero. Luego unió en determinados lugares los círculos con líneas que los atravesaban. Marta estaba boquiabierta de la precisión y seguridad con que aquel hombre delineaba los dibujos. Terminó en medio minuto.

—Podemos empezar. El ritual contempla que la persona afectada esté desnuda. Y el oficiante también.

Marta dio un brinco.

—¡Ni de coña! —exclamó—. O lo hacemos vestida o me voy. Y usted tampoco se va a quitar nada. Ni la chaqueta.

Olegario miró a Domingo con preocupación. La situación se estaba volviendo incómoda.

—De acuerdo —concedió el segundo—. Lo haremos así. Póngase en el centro del círculo, por favor.

Marta dudó. No tenía ninguna fe en aquella historia.

—¿Puede repetirme eso? —preguntó antes de moverse—. ¿El ritual para contrarrestar la supuesta maldición exigía que la víctima y el celebrante estuvieran desnudos?

—Eso es lo que me han enseñado —contestó Domingo.

Marta pensó en los cadáveres de los túneles que existían varios metros debajo del lugar donde se encontraban. Ambos aparecieron desnudos. «¿Sería a causa de que estaban realizando un ritual similar al que le proponían Domingo y Olegario? ¿Habrían sido interrumpidos por sus asesinos? ¿Quiénes podrían ser? ¿El resto de la sociedad secreta? ¿Los Arancibia?».

—En el centro, por favor —insistió Domingo.

Y Marta entró en el círculo.

***

334

Wu Lung contempló extasiado el canal de la Televisión Canaria en su pequeña *tablet*. La retransmisión en directo era óptima. Se había iniciado segundos antes con la cámara dispuesta enfrente de la entrada del templo, que recogió la llegada de los monarcas y el saludo protocolario. En unos instantes comenzaría el acto de inauguración del museo. El realizador pasaba la imagen en aquel momento a otra cámara colocada en el interior del edificio.

Le encantaba la técnica.

Y aquel día más que nunca.

75

Santa Cruz de Tenerife, 15 de febrero

A la una y quince minutos Galán se encontraba en una esquina del salón principal del museo, la sala de Tenidas. Trataba de pasar desapercibido cuando recibió un mensaje a través de su móvil. Era Morales, que necesitaba verlo de inmediato. Se encontraba fuera del templo. Era un asunto de la máxima urgencia. Galán buscó con la mirada a Blázquez, lo encontró y trató de hacerle una seña explicativa de que debía irse. El comisario jefe, desde el otro lado de la sala, le devolvió una mirada de incomprensión.

Galán le hizo un gesto con los dedos índice y pulgar, como que iba a estar muy poco tiempo fuera y, ante el asombro de su jefe, se marchó al exterior.

En la calle le esperaba Morales y dos inspectores, todos muy alterados. En pocos segundos le comunicaron los nuevos datos. Galán no se lo pensó dos veces.

—¡Al callejón del combate! ¡De inmediato! ¡Y pidan refuerzos!

***

A la una y quince minutos, Restrepo y Samuel subieron a la azotea del edificio donde tenían el ático alquilado. Llevaban en cestas llenas de algodón los diferentes paquetes de tela que contenían los componentes explosivos, hasta el último momento no los unirían en uno solo. Con sumo cuidado las dejaron en el solado de la terraza. A continuación, entraron en el trastero y sacaron los halcones para que se acostumbrasen a la luz. Samuel los sostuvo en sus brazos mientras Restrepo preparaba los paquetes explosivos. Después de unos minutos que a Samuel se le hicieron eternos, las bolsitas estaban preparadas. El jefe de los colombianos las sujetó a un arnés diseñado de manera especial para el cuerpo de las aves y comenzó a trabar el primer juego de bolsas en uno de los halcones. Restrepo acarició con suavidad la cabeza del aguililla y a continuación cerró el broche que mantenía adosado al cuerpo del ave las bolsas de explosivo. Cualquier golpe fortuito provocaría que estallara antes de tiempo, con lo que actuó de modo lento y preciso, muy concentrado.

Una vez el arnés estuvo adosado al halcón, Restrepo colocó el ave con extrema delicadeza sobre su guante, sacó el flautín y silbó una de las variantes de sonido. El pájaro obedeció la orden de ascender a las alturas, sus garras se separaron del guante y comenzó a aletear para compensar el peso extra que llevaba. Restrepo lo observó durante su vuelo. No parecía costarle demasiado. Cuando llegó a unos doscientos metros de altura, comenzó a planear contra el viento y se mantuvo así, sin consumir energía, dando círculos amplios sobre sus cabezas.

Restrepo se acercó al segundo halcón y realizó los mismos preparativos. En unos minutos alzó el vuelo y se unió a su compañero en las alturas.

El colombiano se sintió satisfecho, en poco más de media hora, daría la orden de descenso, y después, desaparecería.

***

Galán se agregó al grupo de dos inspectores, seis subinspectores y veinte efectivos de la Policía Nacional que, bien armado, se había congregado en la puerta de una edificación de cuatro plantas en el estrecho Callejón del Combate. La mirada asombrada de los usuarios de las mesas exteriores de las cafeterías de la calle peatonal no distrajo a los agentes del orden, que actuaron como si no tuvieran público.

—Entramos en treinta segundos —anunció el capitán de la UIP, forrado de material antibala de la cabeza a los pies—. El objetivo se encuentra en el tercer piso. Máxima alerta.

Galán estuvo a punto de preguntar si existía alguna salida trasera del edificio, pero imaginó que, si existían, estarían controladas. Le supo mal llegar el último y preguntar cosas que debían darse por supuestas.

El inspector esperó que no fuera necesario usar explosivos para abrir el portal y su expectación se vio correspondida. Un policía se acercó con un juego de ganzúas y la puerta se abrió en segundos.

Un grupo de quince policías entró en el inmueble. Los demás se quedaron controlando la calle.

Las botas de goma de los miembros de la UIP no hicieron apenas ruido al pisar en los escalones, al contrario que los zapatos de los inspectores y subinspectores, todos vestidos de civil, que competían en chirridos a medida que ascendían de piso.

Los policías llegaron en un minuto al tercer piso. Un par de ellos subieron hasta el descansillo previo a la azotea y controlaron desde allí ese tramo de la escalera. Dos agentes portaban un ariete de acero diseñado para lo que se conocía como entradas dinámicas. Se repartieron el peso del cilindro metálico entre dos hombres. Esperaron la señal del capitán y, cuando esta se produjo, tomaron impulso y empujaron con fuerza el armatoste contra la puerta, que se abrió al primer embate.

Los portadores del ariete se echaron a un lado y sus compañeros armados se introdujeron en el apartamento.

—¡Policía! —gritaron los primeros que entraron—. ¡Quietos todos!

Galán entró el cuarto, el primero sin la protección de kevlar, y más que actuar, fue testigo. En la cocina fue sorprendido un hombre joven, de rasgos de indígena americano, que se mostró muy sorprendido y no presentó resistencia. Alzó los brazos y se mantuvo quieto hasta que los agentes los esposaron contra la pared. El registro de la vivienda fue muy rápido. En apenas cinco segundos los policías comprobaron que no había más ocupantes. Galán observó que en el dormitorio se apilaban tres maletas.

—¿Dónde están los otros? —preguntó al colombiano. Este no se inmutó.

Se volvió a sus compañeros. Por la calle no habían salido, de eso estaba seguro.

—¡Arriba, rápido!

***

En la azotea, a Restrepo le pareció escuchar algo en el piso inferior. Unos gritos, amortiguados por el rumor de la ciudad, le indicaron que algo anormal ocurría. Se asomó al borde de la azotea que daba al callejón del Combate y detectó a cuatro policías de uniforme en la puerta de entrada al edificio.

—¡Deja todo y vámonos! —ordenó a Samuel—. ¡Saltemos a la azotea del edificio de al lado!

Samuel obedeció sin rechistar. Dejó caer el guante de cetrería y ayudó a Restrepo a salvar el muro de metro sesenta que separaba el inmueble de su vecino.

—¡Rápido! ¡Pasemos otro más! —indicó el jefe.

La siguiente azotea conexa planteaba alguna dificultad: existía un desnivel de un par de metros. No se lo pensaron mucho. Samuel saltó el primero y Restrepo se apoyó en él para descender. Se acercaron a la puerta de acceso al interior del edificio. Estaba abierta.

—¡Abajo! ¡Deprisa!

***

Galán llegó a la azotea el tercero, detrás de dos agentes de la UIP. No había nadie en ella. De inmediato vio las cestas, un par de juegos de guantes y una bolsa en el suelo. Cogió uno de los guantes y metió los dedos en él. El cuero se mantenía caliente.

—Tienen que estar cerca —advirtió—. Busquemos en las azoteas vecinas.

Los policías se dividieron y comenzó la búsqueda en las terrazas colindantes.

***

Restrepo y Samuel bajaron los escalones del edificio de tres en tres. No se tropezaron con nadie. Cuando llegaron a la planta baja se detuvieron. El cabecilla respiró hondo, tratando de acompasar la respiración, y se dirigió a la puerta de salida. La abrió y asomó la cabeza unos centímetros. Los policías se mantenían frente a la puerta de otro edificio, unos veinticinco metros más allá.

—Están de espaldas —avisó—. ¡Vamos!

Los colombianos salieron con rapidez del portal, doblaron a su derecha y caminaron a paso firme hasta la siguiente esquina. Restrepo temía encontrarse con una patrulla en los alrededores. Llegaron al final del callejón y entraron en la calle Pérez Galdós, mucho más ancha. Se desviaron de nuevo a su derecha y unos metros más allá a su izquierda, por la calle Juan Padrón. Restrepo miró hacia atrás antes de perderse de vista en la bocacalle. Nadie les seguía.

Pero les había ido por un pelo.

339

***

Al llegar al final de la última azotea de la manzana, los policías comprobaron que no había rastro de los colombianos. Galán se exasperó al comprobar que la puerta de la escalera de una de las azoteas no estaba cerrada con llave. La abrió y bajó a toda velocidad. Llegó al bajo en menos de un minuto. Salió del portal y les gritó a los compañeros que montaban guardia en la calle.

—¿Ha salido alguien por aquí?

Los compañeros de Galán se volvieron y se encogieron de hombros. Estaban pendientes de la puerta del edificio por donde habían entrado las fuerzas de asalto.

Galán se volvió y corrió hasta llegar a la confluencia con la siguiente calle. Mucha gente deambulaba por allí, camino del lugar donde se encontraban los reyes, pero no reconoció a los colombianos.

El inspector se tragó un juramento.

Se le habían vuelto a escapar.

76

Santa Cruz de Tenerife, 15 de febrero

$\mathcal{A}$riosto terminó la presentación inicial del acto en medio de un silencio solemne. Sus palabras, más recitadas que leídas, daban la bienvenida a los reyes y llamaban la atención sobre cómo el pueblo de Santa Cruz —a través de sus representantes políticos, por supuesto— había recuperado para la ciudad un espacio singular que llevaba decenios en el olvido.

Añadió el detalle de la vocación universalista del museo y recordó que la masonería fue la primera asociación de hombres libre pensantes que existió en el mundo, a pesar de la mala prensa de que fue objeto a lo largo de dos siglos.

El público y los monarcas aplaudieron la intervención de Ariosto que, satisfecho y aliviado, se sentó en su butaca después de dar la palabra al alcalde Melián.

Melián comenzó su discurso destacando la importancia de los reyes en la democracia española, en un tono que sonó adulador en exceso. A continuación pasó a relatar la historia del edificio, cómo un grupo de ciudadanos se unieron en la iniciativa de levantar una construcción de tamaño considerable y diseño inequívoco que, por suerte, había llegado hasta nuestros días.

Ariosto escuchaba al alcalde al tiempo que contemplaba a los congregados en la sala. El público asistente permanecía concentrado en las palabras de Melián, al igual que las autoridades y miembros del cuerpo consular.

Todos menos uno.

Ariosto se percató de que el concejal Yanes, el de Patrimonio, se encontraba incómodo. Se introducía el dedo índice en el cuello de la camisa, como si estuviera sofocado. Su rostro había enrojecido y desviaba la vista de un lado a otro. No lo hacía de modo exagerado, pero Ariosto se dio cuenta. A aquel hombre le pasaba algo.

De la incomodidad pasó en medio minuto a la irritación, y poco después a la exasperación. El concejal se levantó y pidió paso a su compañero de fila de asientos. Trastabilló un poco al pasar por delante y logró llegar al pasillo. Tratando de ser lo más discreto posible, salió con rapidez de la sala.

Ariosto estaba desconcertado. ¿Qué le ocurría al concejal Yanes?

***

342

Marta había pasado del asombro al interés antropológico. Domingo se había enfrascado en los prolegómenos del ritual. Había traído consigo una bolsa grande de una sola asa de la que extrajo una serie de productos, cada cual más intrigante. Comenzó por un hornillo con carbón en su interior, que depositó en el suelo. A continuación sacó un iniciador de carbón eléctrico a pilas, un aparato pequeño parecido a un secador, con un extremo cilíndrico agujereado del que salió una vaharada de calor extremo que prendió el carbón en veinte segundos.

«¡Vaya con los adelantos técnicos aplicados a los saberes arcanos!», pensó Marta.

Una vez encendido el hornillo, extrajo de la bolsa una vela negra, de las anchas y bajas; tres botellines, uno con aceite, otro con agua, y el último con incienso. Después apareció un cirio blanco, que a Marta le recordó el que llevaba su sobrina el día de su primera comunión. Y por último, un vaso, un cordón ancho y una figura de papel, que asemejaba un cuerpo humano, de tosca elaboración.

Domingo, una vez tuvo colocados en el suelo los objetos que había sacado de la bolsa, mezcló en el vaso la sal y el agua y se levantó. Prendió el incienso en el hornillo y lo agitó con el brazo en alto.

—Con el humo y el aire yo limpio este espacio de toda carga negativa —dijo, con solemnidad.

Marta se sentía como si aquello no fuera con ella. Como una espectadora privilegiada de un documental de televisión. No sabía si encontrar aquello divertido o trascendente.

Domingo cogió el vaso de agua salada y comenzó a dar vueltas alrededor de la arqueóloga, salpicándola, al tiempo que recitaba.

—Con la sal y con el agua yo limpio este lugar de todo lo malo —El amigo de Olegario continuó con su salmodia—. Espíritus que me protegen, acudan a mí, ayúdenme a sanar del mal que me han enviado.

Y lo repitió tres veces.

Marta no escuchó ninguna respuesta. Olegario se mantenía a cierta distancia, observando y callando.

Domingo tomó la vela negra y marcó en el suelo el símbolo de Saturno. Luego la encendió con un mechero.

—El color negro va a absorber toda la negatividad que hay en nuestra contra —anunció.

Después cogió la vela blanca y dibujó el símbolo del sol. La encendió y concentró su mirada en la llama.

—La luz que irradia el color blanco es el camino libre de toda negatividad —sentenció.

Tomó la figura humana de cartón y papel y comenzó a enrollar el cordón de algodón alrededor de ella hasta que la cubrió como una momia. Al terminar, volvió a salmodiar:

—No podrás proferir más daño, no podrás hacer más daño, no podrás causar más daño a nadie. Por este hechizo estás atado. Por nuestra voluntad tú estás atado y no podrás causar más daño a nadie. En este capullo tú morarás, hasta que te transformes y aprendas por ti mismo a no dañar.

Y en ese momento, se abrió la puerta de la sacristía.

343

***

Sandra cambió de estrategia en su búsqueda. Ahora tenía un nuevo objetivo, el concejal Iván Yanes. La teoría de que Sarita pudiera ser la madre del político no le parecía tan descabellada. Recopilando sus datos, Sara volvió a Tenerife a ver a su hijo y a su madre tras cumplir su condena en 1972 y se marchó a Cuba meses antes del acontecimiento destacado de aquel año: el crimen de Vistabella.

Una sospecha surgió en su mente. «¿Qué edad tenía el hijo en 1972? Si nació en 1956, sería un muchacho de dieciséis años. ¿Y si Sarita le había contado lo ocurrido? ¿Cómo habría reaccionado?».

Dejó aparcada la teoría en sitio bien visible y continuó la búsqueda en los microfilmes de la hemeroteca de ese año. Don Claudio le ayudó haciendo una averiguación paralela.

No tardó mucho en encontrar algo. En octubre de 1972 apareció una noticia interesante: la policía había detenido a un menor de edad que fue visto cerca de la vivienda donde fueron asesinados el ex general Gómez Riaño y su hija el mismo día de la tragedia. El artículo no especificaba el nombre del muchacho. Continuaba relatando que había sido interrogado en la comisaría y que con posterioridad fue puesto en libertad sin cargos.

Fue la única pista, que se consideró fallida, que encontró la policía durante toda la investigación del caso.

Sandra ató cabos. «¿Estaría involucrado Yanes en la muerte del general y de su hija? ¿Una venganza impetuosa, irreflexiva, por parte del chaval?».

Don Claudio sacó a la joven de sus pensamientos.

—Escucha esto, Sandra.

La periodista le prestó atención.

—Es de 1990: «Detenidas dos personas en Santa Cruz por supuestas prácticas nigrománticas».

—¿Magia negra?, ¿en Santa Cruz?

—La noticia sigue así: «la detención se produjo a raíz de una denuncia de una mujer, que señalaba a los detenidos como provocadores de la muerte de su padre, según relató, al que habían hechizado. El afectado sufrió una rápida enfermedad que le llevó a la muerte. La detención se produjo tras un registro del domicilio de uno de los denunciados, en el que se halló material de brujería y artes ocultas, así como restos orgánicos, que es lo que movió a la policía a su detención, a la espera de su análisis».

—¿Dice el nombre de los detenidos?

—Se trata de Luis R.H., y de Iván Y. A. No da más datos.

—¡Iván! ¿Qué opina, don Claudio? ¿Podría ser nuestro hombre? Coinciden el nombre y las iniciales de los apellidos.

—La verdad es que se trata de una coincidencia muy coincidente.

Sandra dejó su pantalla y se acercó a la del archivero.

—¿Hay algo más sobre esa noticia en los días sucesivos?

—Déjame ver —respondió don Claudio.

El veterano empleado del periódico pasó varias páginas en el lector de microfilmes.

—¡Ahí! —le señaló Sandra, señalando un lugar en la pantalla—. Fíjese.

Don Claudio colocó la imagen para que pudiera leerse de manera correcta.

—«La policía investiga la muerte repentina de la mujer que denunció prácticas de magia negra» —leyó el hombre—. ¡Vaya! Esto se complica.

Sandra no pudo esperar a que don Claudio le leyera la noticia. Se colocó detrás de él, frente a la pantalla.

—Y añade —dijo la periodista—: «Los sospechosos interrogados por la policía hace unos meses fueron puestos en libertad por el juez de turno al entender que no se podían probar los cargos contra ellos. Los investigadores policiales han tratado de interrogarlos de nuevo, descubriendo que uno de ellos, L.R.H, también había fallecido recientemente de una rápida enfermedad. De las pesquisas realizadas con el otro sospechoso no se ha sacado nada en claro».

—Todo esto es muy extraño, Sandra. ¿Qué crees que significa?

Sandra meditó unos segundos.

345

—Algo en extremo peligroso —contestó—. Esto de la magia negra me lleva directamente a pensar en la cámara subterránea que encontró Marta.

—Sí. ¿Y no me dijiste que Sarita había vivido en la casa que estaba conectada con ella a través de un pasadizo?

—Así es. Y me está surgiendo una profunda preocupación, don Claudio.

—¿Cuál? ¿Qué es lo que te inquieta?

—El estado físico de Marta, Olegario me ha comentado que se ha deteriorado en los últimos días de modo muy visible.

—¿Crees que puede haber alguna relación?

—Yo no creo nada, don Claudio, pero conviene poner estos datos nuevos en común. Algo hay que hacer.

Sandra se dirigió a su silla y tomó el bolso.

—Y hay que hacerlo ahora mismo —añadió.

Y salió de la hemeroteca a toda prisa.

77

Santa Cruz de Tenerife, 15 de febrero

Wu Lung miró la hora. Las dos menos veinte. En la pantalla de su televisión el rey se había levantado del asiento y se disponía a comenzar su discurso.

Era el momento.

Activó el mando a distancia del primer dron y a continuación puso en marcha el aparato volador. Las pequeñas hélices comenzaron a girar y adquirieron velocidad. A una orden del *joystick*, el dron se elevó unos centímetros sobre el suelo.

Lung comprobó el correcto funcionamiento del artilugio y, una vez satisfecho, le ordenó con el mando que se elevara un metro y medio y lo dirigió hacia uno de los grandes ventanales desnudos del edificio a medio construir. El dron obedeció las instrucciones que llegaban a su placa base, salió al exterior y comenzó a elevarse con rapidez hasta llegar a la cota de doscientos metros de altura que se le había ordenado.

Lung miró al cielo al tiempo que al aparato. Llovía, pero sin fuerza. Si no se levantaba un viento fuerte, no afectaría para nada al vuelo de las máquinas.

Más tranquilo, se volvió y tomó el mando a distancia del otro dron y se aprestó a realizar la misma maniobra.

Ya faltaba muy poco.

***

—¿Qué significa esto?

Las miradas de Marta, Domingo y Olegario se dirigieron a la puerta de la sacristía, que se acababa de abrir. Tras ella apareció el sacerdote de la parroquia, don Julián, transmutado de asombro en el primer segundo y de indignación en el segundo.

Marta sintió como los colores se le subían al rostro, algo que no le ocurría desde hacía mucho tiempo.

Domingo fue el primero que se recompuso.

—No interrumpa ahora, padre. Ya queda poco.

El cura abrió los ojos de modo desmesurado.

—¿Cómo? ¿Se puede saber qué están haciendo en esta iglesia?

Olegario se acercó con rapidez al eclesiástico, lo tomó con firmeza y al mismo tiempo con suavidad del brazo, lo hizo entrar en la sala y cerró la puerta tras él.

—Será solo un momento —le dijo—. Puede observar, si quiere. Es una ceremonia de liberación de malos espíritus —le informó.

Don Julián no se resistió. La fortaleza física de Olegario imponía.

348

—¿Están ustedes locos? —preguntó el sacerdote—. Voy a llamar a la policía.

—De acuerdo —respondió Olegario sin soltar el brazo, mirándolo con fijeza—. Cuando termine.

Domingo se volvió hacia Marta e intentó concentrarse. Sabía que tenía que volver a recitar el texto que había quedado interrumpido por la entrada del cura. Y a continuación quemar en el hornillo la figurilla de papel envuelta en el cordón. Y, para acabar, ninguno debía mirar la combustión. Para que funcionara el contra hechizo no se podía visualizar la quema de la representación de la persona que había lanzado el encantamiento, pero sí el humo, que representaba la destrucción del daño que emanaba de esa persona.

Domingo cogió la figurita de papel y recitó la salmodia una vez más. Cuando terminó, dio dos pasos en dirección al hornillo para lanzarla al fuego.

La puerta de la sacristía se abrió una vez más. Un hombre mayor, vestido de chaqueta y corbata, apareció en el umbral.

—¡Quieto! —gritó a Domingo—. ¡No se mueva!

Marta lo reconoció al instante. Era Iván Yanes. Y portaba en su mano una pistola.

***

Restrepo había dado un largo rodeo evitando las calles principales de la ciudad. La lluvia fina le había dado un motivo más de preocupación. Si se mantenía así no habría problemas con el vuelo de los halcones, pero si arreciaba, el plumaje de las aves podría mojarse en exceso, las alas pesarían más y se agotarían. Y en ese caso buscarían refugio en tierra.

Con bastante fortuna habían escapado del cerco de la Policía, lo que significaba que les seguían los pasos bastante de cerca. Debían ser cautelosos. Sin embargo, se sentía tranquilo, su rastro terminaba en el ático alquilado. El siguiente paso era imprevisible por completo para sus perseguidores.

Samuel y Restrepo subieron por la calle Castillo y giraron por la calle San Lucas, justo al otro extremo del lugar donde nacía, en la calle del Pilar. Cruzaron por Pí y Margall y siguieron avanzando. Unos metros antes de llegar al primer control policial, sito en la esquina con Viera y Clavijo, se encaminaron al número veintitrés, un portal de aluminio granate y cristaleras amplias, a la izquierda según caminaban. Samuel sacó de un bolsillo un juego de llaves y abrió la puerta. Ambos entraron como una exhalación. Restrepo sabía que Samuel había conseguido la llave de la calle y de la azotea tras salir un par de veces con una compatriota que limpiaba el despacho de los abogados del segundo izquierda. Y es que Samuel era un verdadero gancho para las colombianas.

Restrepo y Samuel subieron por la escalera tratando de no hacer ruido. No se encontraron a nadie en la ascensión hasta llegar al último tramo. Samuel abrió la puerta y salieron a la claridad del exterior. La lluvia se mantenía fina, aunque en el horizonte, encima de las dentadas cumbres del macizo de Anaga, las nubes se oscurecían poco a poco.

Restrepo se asomó en la esquina del muro exterior de la caja de escalera, en dirección a la calle. No vio ningún policía a su nivel o más alto. Sabía que estaban controladas por tiradores todas las esquinas de las calles. Pero se encontraba en una azotea retranqueada dos veces. La primera, por el ático que existía bajo sus pies, y la segunda, por la propia azotea, que distaba unos cinco metros del perfil de la calle. La altura de la cubierta donde se encontraba era superior a las demás construcciones circundantes, pero al no estar en la esquina, no estaba vigilada por la policía.

De cualquier manera, Restrepo se cercioró antes de acercarse al borde de la azotea. Si asomaba la cabeza por encima, sería detectado, pero no era necesario. Con mantenerse a un par de metros del muro era suficiente. Desde ese lugar era invisible desde la calle y desde las azoteas vecinas. Pero desde allí, él sí podría observar lo que le interesaba.

Era justo el lugar desde donde la entrada al templo masónico se reflejaba como en un espejo en un ventanal enorme que existía en el primer piso de una farmacia de reciente construcción que ocupaba la esquina de la calle Viera y Clavijo con San Lucas. El ángulo era óptimo para vigilar la puerta de hierro que franqueaba el paso al pequeño patio que hacía de antesala al templo.

Restrepo miró su reloj.

Quedaban apenas unos minutos.

***

Un sonoro aplauso siguió a la finalización del discurso del monarca. Todos los asistentes se pusieron en pie. Las palabras del rey destacaron la magnífica consideración que La Corona tenía a los canarios, un detalle que tocó la fibra sensible de los allí reunidos.

Llegaba el momento cumbre. El rey aclaró la voz y habló con decisión.

—Queda inaugurado el Museo de las Asociaciones Humanas.

En ese momento se escuchó un trueno apagado proveniente de fuera del edificio, de las alturas. En algún sitio, lejos, una tormenta estaba comenzando.

La teatralidad del instante en que se escuchó el sonido hizo sobrecogerse a más de uno.

«El dios de los masones sanciona la inauguración», pensó Ariosto.

El acto había concluido.

***

Sandra sabía que Marta estaría en las inmediaciones del templo masónico. Se lo había comunicado por whatsapp un par de horas antes. Había quedado con Olegario en la cafetería Zig Zag para hablar no sé qué cosa. Como la sede del periódico se encontraba cerca de la calle del Pilar, había decidido acercarse a pie, apenas tardaría diez minutos. Si se daba prisa, lo haría en la mitad de tiempo.

Y se dio prisa.

Sandra llegó al Zig Zag en cinco minutos y cuarenta segundos. Buscó dentro del establecimiento y no vio a sus amigos. Se dirigió a un camarero.

—Por favor, ¿han estado aquí una mujer alta, con el pelo recogido en cola, y un tipo fuerte, con cara de boxeador?

El camarero asintió. Los recordaba a la perfección.

—Han entrado en la iglesia —señaló. Justo enfrente del bar se divisaba una de las puertas de la fachada.

Sandra, a pesar de la sorpresa que le produjo la información, dio las gracias y salió al exterior.

Se preguntó qué diablos hacía Marta en la iglesia, pero se pensó mejor la frase y decidió quitar lo de diablos. Después de todo lo que había leído, no procedía en ese momento, justo cuando entraba en el edificio religioso.

***

351

Los reyes tardaron doce minutos en estrechar las manos de los asistentes, más o menos como se había programado. Ariosto fue de los últimos en hacerlo, dado su carácter de asimilado a la organización del evento. El apretón del rey fue firme y breve, a pesar de haber pasado con anterioridad por un centenar de personas. El tacto de la Reina era suave y delicado. Siempre era algo especial tocar a unas figuras tan importantes de la sociedad española. Confirmaba que eran de carne y hueso.

Se había dispuesto que el público asistente volviera a sus asientos, de forma que se evitaran las aglomeraciones en la salida de los reyes del edificio. Solo los acompañarían el alcalde y los concejales. Ariosto, como estaba sentado a su lado, también se unió al grupo.

Ariosto observó cómo el comisario jefe, Blázquez, hizo una seña a unos policías de paisano y que uno de estos torcía el cuello para hablarle a un micrófono adosado a la chaqueta. El jefe inició el desfile y le siguieron el alcalde y los reyes. Los concejales cerraron la fila.

Y entonces comenzó a llover con fuerza.

La comitiva se detuvo en la entrada del templo, a resguardo. Uno de los jefes de los escoltas reales hizo su aparición con media docena de paraguas negros, que repartió entre sus hombres, que comenzaron a hacer pasillo en los primeros metros del exterior. Los chóferes y otros miembros de la organización también abrieron sus paraguas. Como el espacio era estrecho y los paraguas se tocaban, se formó una cubierta de tela negra por la que comenzaron a caminar los monarcas sin mojarse.

78

Santa Cruz de Tenerife, 15 de febrero

$\mathcal{A}$ una altura de unos tres mil quinientos metros sobre el nivel del mar, sobre el promontorio de Izaña, en la dorsal de la isla, donde se localiza uno de los principales observatorios astronómicos de Canarias, a unos cuarenta kilómetros de distancia de Santa Cruz, se había estado formando durante varias horas un cumulonimbo, una nube muy densa y vertical.

Las gotas que despedían caían al suelo, se evaporaban y volvían a subir hacia las nubes. La temperatura en la parte más alta de la nube se aproximaba a los quince grados bajo cero, lo que producía minúsculos pedazos de hielo que, al bajar por gravedad, chocaban con el agua evaporada que subía. Esta confluencia provocó la separación de las cargas eléctricas y al persistir ese choque, como de hecho ocurría, se formó un campo eléctrico que aumentó hasta el momento en que se dio la primera de las transferencias de cargas.

El primer rayo cayó, con un estruendo terrible, cerca del observatorio sin causar daño a nadie. Solo alcanzó una pequeña edificación cercana, de la que sobresalían varias antenas.

**

—¡Señor Yanes! ¿Qué hace usted con esa arma en la mano?

La pregunta de don Julián, el sacerdote, sacó a todos del asombro inicial.

—¡Silencio! —ordenó el concejal, que apuntó a Domingo—. ¡Usted! ¡Quédese donde está!

La expresión de Yanes era de total crispación, como si sufriera un terrible dolor por dentro. Su rostro aparecía desencajado, enrojecido y sudoroso. Sin embargo, la mirada de todos se dirigió al cañón de la pistola, que apuntaba directamente al amigo de Olegario.

—Debo hacerlo —contestó Domingo, que dio un paso a un lado—. Solo así acabaremos con el mal.

—¡Alto o disparo! —rugió el concejal.

Olegario comenzó a tensarse y apartó despacio al cura. No iba a quedarse quieto mientras aquel hombre disparaba a Domingo. Se preparó para saltar sobre el político.

No hizo falta.

Surgiendo de la oscuridad de la iglesia apareció Sandra, que se arrojó con todas sus fuerzas contra la espalda de Yanes, que perdió el equilibrio con el choque. El concejal perdió apoyo y comenzó a caer, pero antes de llegar al suelo le dio tiempo a apretar el gatillo.

El estampido los ensordeció y la sacristía comenzó a oler a pólvora.

***

Restrepo estaba concentrado en la imagen reflejada en el cristal del edificio de la farmacia. Estaba lloviendo con más fuerza, pero esa circunstancia no impedía ver en el espejo improvisado la salida de los reyes del museo. A pesar de la apertura de los paraguas, reconoció la figura alta del rey, y cómo bajaba los escalones hasta el nivel de la calle. Cuando estaba punto de llegar a la puerta de hierro que separaba el recinto de la calle, se llevó el flautín a los labios y silbó.

***

En los estudios de la Televisión Canaria, en su extremo más bajo del polígono industrial El Mayorazgo, saltó la voz de alarma.

—¿Qué ha pasado con la señal? —preguntó el director.

—Se ha cortado —contestó uno de los técnicos. No es nuestra unidad móvil, ni tampoco aquí, en la central. Debe de ser el repetidor de señal.

—¿El repetidor?

—Es la tormenta. Es lo que dijo nuestro corresponsal en La Orotava, han empezado a oírse truenos en el valle.

—Si hay truenos en La Orotava, puede significar que están cayendo rayos arriba, en Izaña, a dos mil metros.

—No sé si es el momento, señor director, pero creo recordar que había que revisar el disipador de sobretensiones del repetidor. Estaba clarito en la última auditoría de riesgos.

—Tienes razón. Ahora no es el momento —contestó.

***

Los halcones colombianos sobrevolaban el cielo de Santa Cruz y se encontraban desconcertados. Habían escuchado varias veces el sonido de su amaestrador ordenándoles que descendieran al lugar donde se encontraba la luz atrayente. Pero no la veían. En el lugar acostumbrado, muchas manchas negras juntas ocultaban lo que había debajo.

Las alas se les habían empapado y ya no podían aguantar más. El sobrepeso de sus vientres les había agotado.

Tras dar una última vuelta sobre las azoteas, decidieron buscar un lugar donde descansar.

De nada sirvieron las insistentes órdenes de su amo.

***

Wu Lung se quedó sin habla. En el momento en que los reyes se aprestaban a salir del templo, se cortó la retransmisión. La imagen quedó en negro. Ni siquiera fue sustituida por el logotipo verde de la Televisión Canaria. Lung esperó a que se recuperara la conexión. Pero eso no ocurrió.

Dudó unos instantes. «¿Qué debía hacer? ¿Estrellar los drones en aquel preciso instante? ¿Y si fallaba? No podía fallar».

Estaba a ciegas.

Por primera vez en su vida dudó más de la cuenta.

Cuando se percató, habían pasado más de diez segundos. El objetivo estaría fuera del lugar de la explosión.

Y, por primera vez en su vida, maldijo la tecnología. Sobre todo allí, en Occidente.

**

El disparo alcanzó a Domingo en la pierna. Antes de caer de lado, sus pantalones se tiñeron de rojo.

Olegario saltó encima de Yanes y agarró la pistola del político con su mano izquierda. Este quiso revolverse, pero al intentar levantarse descubrió su torso al chófer. Haciendo gala de un academicismo puro, Olegario golpeó el plexo solar del concejal con un derechazo duro y seco. El directo dejó sin respiración a Yanes, que se echó hacia delante de modo reflejo. Olegario, manteniendo la mano de la pistola sujeta, optó entonces por un gancho de abajo arriba en el mentón del político que hizo que su cabeza rebotara con el impacto. Yanes cayó al suelo desmadejado, sin sentido.

Marta acudió en ayuda de Domingo, que trató de incorporarse.

—¡No se mueva! —dijo, y se volvió a los demás—. ¡Llamen a una ambulancia!

Sandra se aprestó a obedecer la orden marcando con rapidez en el teclado de su móvil.

Domingo logró sentarse y le tendió la figurita de papel que aún portaba en su mano a Marta.

—¡Al fuego! —rogó—. ¡Échela al fuego!

Marta dio dos pasos y la echó al interior del hornillo.

Y Yanes, inconsciente, gimió de dolor en el suelo.

***

El ruido del rotor del helicóptero de la policía no influía en que la voz del copiloto, provisto de potentes prismáticos, se escuchara por el micrófono.

—Detectados dos hombres sospechosos en una azotea de la prolongación de la calle San Lucas. Tercer edificio dirección oeste, a partir de la esquina con Viera y Clavijo. A pesar de lo que llueve, son los únicos que no se ponen a cubierto.

—Recibido —dijo un compañero desde tierra—. Estamos al lado. Vamos para allá.

357

79

Santa Cruz de Tenerife, 16 de febrero, al día siguiente

$\mathcal{A}$riosto entró en la cafetería del Hospital Nuestra Señora de la Candelaria con el encargo de pedir un par de cortados. Había acompañado a Marta y a Sebastián a visitar a Domingo, que se encontraba fuera de peligro de la herida de bala, pero que tendría que permanecer unos días en el hospital bajo observación. Sus amigos bajarían de la planta de recuperación en unos minutos.

Se había quedado de piedra al escuchar cómo se habían desarrollado los acontecimientos en la mañana del día anterior. Todavía no había asimilado en su totalidad las sorpresas que depararon tanto las pesquisas de Sandra como la situación de peligro en que vieron envueltos Marta y Sebastián.

Al entrar en el ambiente cargado de la cafetería, con ese aroma perenne a café y a mantequilla derretida, Ariosto vio en una de las mesas, tomando una infusión, sola, a Sara Yannakis.

Ariosto se lo pensó dos veces. «¿Sería inoportuno acercarse a ella, después de todo lo que había pasado?». La vio tan frágil y abatida que decidió preguntárselo. Pidió un té verde y, cuando se lo sirvieron, se dirigió con la taza en la mano a la mesa donde se encontraba la mujer.

—¿Puedo sentarme?

Sara levantó la mirada, que a Ariosto le pareció triste y opaca, y asintió, señalando una de las sillas.

—Como guste, Luis.

358

—Gracias —dijo, y se sentó.

Ariosto dio varias vueltas al té con la cucharilla, sin ponerle azúcar.

—¿Cómo se encuentra? —preguntó a la señora, una vez pasaron varios segundos.

—Abatida —respondió—. Hubiera preferido evitarme este disgusto.

—¿Cómo está el concejal?

—Mi hijo ha sobrevivido. Lo he visto hace un rato. Según dicen los médicos, sufrió una crisis epiléptica severa acompañada de un ictus isquémico. Ha estado en un tris de no contarlo —Sara se detuvo unos instantes—. Tal vez hubiera sido mejor que hubiera ocurrido ese desenlace. Lo que le espera no es agradable. Su físico no se recuperará nunca, y luego le espera la Justicia.

—He hablado con la policía. Se le acusa de un intento de homicidio sobre la persona a la que hirió con la pistola. Permanecerá detenido cuando se recupere, si lo hace.

—¿Solo eso? —Sara pareció sorprendida—. Incluso así, habría una condena de diez años o más.

—Con los jueces nunca se sabe —Ariosto intentaba congraciarse con la mujer—. ¿Por qué se ha asombrado? ¿Pensaba que le acusarían de algo más?

Sara retiró el platillo con la taza unos centímetros en la mesa.

—Luis, sabe perfectamente que Iván hacía cosas... desagradables. Unos gustos heredados de su padre.

Ariosto enarcó una ceja.

—¿No me había comentado que el padre era el general Riaño?

—Eso pensaba yo. Pero Iván se negó a reconocerlo. Cuando le conté la historia, él se aferró a que Arencibia era su padre. Y la verdad es que tiene un cierto parecido. Al final, hasta yo misma tengo dudas. El hecho es que ya de muy joven contactó con amistades de su padre. Ya sabe, esa clase de conocidos que era mejor no frecuentar. Los de la sociedad... secreta, por llamarla de alguna manera. Esa gente le metió la locura colectiva en la cabeza. Lo echaron a perder.

—¿Tuvo algo que ver con la muerte del general?

—No lo puedo asegurar, pero sospecho que sí. Lo negaré siempre ante cualquier tribunal. Al fin y al cabo, es mi hijo.

—No se preocupe. El delito prescribió hace muchos años.

—Gracias por ser tan amable, Luis. Pero eso no me hace más feliz.

Ariosto probó el té. Ya no quemaba y dio un pequeño trago. Dejó pasar unos segundos.

—Hay un detalle que me tiene intrigado —señaló—. El cuadro de Néstor. Costó diez millones de pesetas. ¿No es mucho dinero?

Sara esbozó una mueca parecida a una sonrisa.

—La noche en que Arencibia fue asesinado en su casa, antes de salir de ella, me acerqué a su dormitorio y cogí la maleta.

—¿La maleta?

—Sí, la maleta donde guardaba el dinero que los rusos le daban. Nadie más que yo conocía su existencia.

—¿Cuánto había?

—Más de diez millones de pesetas de aquellos tiempos. Se la entregué a mi madre antes de que me detuvieran. Un año después hizo un viaje a Suiza con el dinero. Pasó la frontera sin problemas y lo depositó en un banco suizo a un interés compuesto del seis por ciento. Calcule los réditos que dio en los primeros veinte años.

—Pues ahora, así, de cabeza, me cuesta.

—Yo se lo digo. Treinta y dos millones. Y cabo de sesenta años, descontando lo que sacaba para vivir bien, llega casi a los trescientos millones de pesetas. Lo suficiente para vivir con holgura.

—Desde luego —Ariosto había satisfecho su curiosidad—. ¿Qué va a hacer ahora?

Sara tardó unos segundos en responder, como si no hubiera pensado en eso.

—Tratar de ayudar a mi hijo —respondió—. Y vivir lo que me queda con dignidad. Ha habido demasiado sufrimiento en mi vida. ¿No le parece? ¿Qué haría usted en mi lugar?

***

—Galán, tengo que hacerle extensiva la felicitación de la Interpol.

El comisario Blázquez se sentía henchido de orgullo. Tres de los criminales más buscados de todo el mundo habían caído en sus manos gracias a la investigación de sus hombres.

—Gracias, comisario, aunque sigo pensando que fue cuestión de suerte.

—Suerte la que tuvimos al no darles tiempo a atentar contra los reyes.

—Ahí está la cosa —contestó el inspector—. No sabemos a ciencia cierta si pretendían hacerlo. No les pillamos con armas en la mano.

—En el apartamento encontramos material para fabricar explosivos. Eso es suficiente. Creo que no estaban preparados. Una operación preventiva. Un éxito.

A Galán le supo mal contradecir a su superior, pero las circunstancias de la detención de aquellos colombianos no le cuadraban. No iban armados, no portaban explosivos, no había constancia de que hubieran preparado un atentado. Solo estaban allí. Sin más. Cualquier juez los hubiera soltado a los diez minutos si no existieran esas órdenes de busca y captura internacionales. Los juzgarían en otros lugares. Mejor así, sin duda.

—Sí, señor. Todo un éxito —apostilló.

***

—Entonces, Marta, ¿crees que don José Manuel Rodríguez del Castillo y su esposa fueron ejecutados por los restantes miembros de la secta?

—Me parece la hipótesis más probable, Pedro. Por lo que he aprendido en los últimos días, el propietario de la casa del escalofrío trataba de hacer un contra hechizo a su esposa cuando tuvieron que ser sorprendidos por sus compañeros de sociedad secreta. Eso explica su desnudez. Estaban en medio del ritual. Lo que me pregunto es cómo llegaron de Las Palmas a Tenerife. ¿No estaban siendo juzgados por la Inquisición?

La arqueóloga y el archivero se encontraban en el despacho del segundo, en el Archivo Histórico.

—Eso es fácil de explicar. A comienzos del siglo xix no se detenía a los procesados. Sólo debían comparecer ante el tribunal cuando hubiera vista. Mientras tanto, cada cual vivía en su casa.

—Creo que don José Manuel quería dejarlo y que los otros sectarios no se lo permitieron, llegando incluso a coaccionarlo actuando de algún modo sobre la salud de su esposa. Y que don José Manuel se enfrentó a ellos. Y por eso lo asesinaron.

—Podría ser, no te digo que no. Pero me temo que nunca lo sabremos.

—Sí, Pedro. Yo también me lo temo.

—Por cierto, te encuentro mejor de aspecto.

—Gracias, amigo. La verdad es que sí, estoy mejor. Mucho mejor.

***

Sandra se encontraba terminando una conversación telefónica con don Claudio, tumbada en el sillón de su casa, comiendo palomitas y escuchando boleros. Esto último era su secreto mejor guardado.

—¿Te ha gustado la entrevista de la Reina? —preguntó la periodista—. La verdad es que salió todo muy fácil. Era una persona muy asequible, encantadora.

—Está genial, como dicen los jovencitos como tú —respondió—. Creo que el director Núñez la va a vender a varios semanarios nacionales y extranjeros. Le gusta esa visión juvenil que imprimiste al cuestionario.

—Es lo que me pidió. La Reina se prestó al juego, eso es todo.

—Por cierto, quería comentarte que uno de mis contactos en la Policía Local de Santa Cruz me ha confirmado que el concejal Yanes poseía la llave de la casa del escalofrío. Él se había encargado de mantenerla durante todos estos años, aunque no viviera de hecho en ella.

—Por lo que contó Sara, vivió en ella de pequeño. Por eso conocía todos sus vericuetos. Tuvo que descubrir los túneles hace mucho tiempo. O tal vez se los revelaran quienes lo introdujeron en la secta.

—Que por cierto no sabemos quiénes son.

—Querida Sandra, ¿y si te digo que descubrí a uno de ellos?

—¿No me digas? ¿Quién es?

—¿Te suena de algo el nombre de Pérez Valcárcel?

***

Caía la tarde cuando Galán entró en el cementerio de Santa Lastenia, justo cinco minutos antes de que cerrara sus puertas. Se dirigió con paso decidido hasta un panteón familiar que se encontraba cinco calles más arriba de la entrada al recinto. Se detuvo frente a él.

363

—Matías, vaya embolado en el que me has metido —dijo. Le sonaba extraño hablar en voz alta a una lápida—. Estoy seguro de que algo sabías de lo que le ocurrió a tu padre. Tuvo que ser difícil escarbar en su vida. Tal vez no pudiste. Tal vez sí, pero no quisiste. En cualquier caso, te comprendo. Solo espero que la pesadilla diabólica de tus ancestros haya terminado.

Galán se detuvo. Le costaba articular las palabras.

—Ya lo ves, viejo amigo. Busqué y encontré. Y estoy seguro que ni tú ni yo hemos salido satisfechos con el resultado.

Un empleado del cementerio pasó por allí y le advirtió de que cerraban el camposanto.

Galán asintió, dio media vuelta y se encaminó a la salida.

***

Olegario estaba contento. Había salido con Emelina y, de momento, no había aparecido ninguna de sus amigas. Se encontraban en el Tocuyo, tomando un vino con vino acompañado de un cuenco pequeño lleno de cacahuetes, y echando un vistazo a la prensa.

—Fíjate en esta noticia, Ole —dijo la mujer—: «Los residentes de San Andrés se quedan sin luz al explosionar una torreta eléctrica. La estructura metálica que soportaba una línea de alta tensión saltó por los aires debido a un artefacto explosivo casero. La policía no ha dado explicación alguna del suceso, pero no se descarta que se haya tratado de un sabotaje. El difícil acceso al lugar, un barranco casi inaccesible, hace que el caso sea más extraño. «En ese risco solo viven los pájaros», apuntó uno de los vecinos. De cualquier manera, la investigación sigue su curso». ¿Qué te parece?

—Que no me extraña —respondió Olegario—. La luz cada vez está más cara. Y cada vez hay más gente cabreada.

***

Wu Lung se encontraba en una encrucijada en su vida. Debía tomar una decisión trascendental. O desaparecía para siempre, lo cual no le sería muy difícil, o se enfrentaba a su destino.

Lung sabía que había fallado en su misión. Los segundos de duda le habían hecho fracasar. Y ahora debía rendir cuentas a quien lo contrató.

O no.

Lung había recogido los drones, los había guardado en sus cajas y los había dejado en el negocio de Shudi Deng.

También había decidido no tomar el barco de vuelta a Corea. Sería muy fácil localizarlo a bordo. Y no deseaba estar localizable.

No. Necesitaba tener libertad de movimientos para aclarar las cosas con el todopoderoso Ming, allá en Shanghái.

Sabía que habría contratado asesinos para acabar con él, por lo que no había otra alternativa. Tendría que matarlo.

No era nada personal, solo una simple necesidad de supervivencia.

***

El secretario Rubiales respiró cuando el avión de Aeroméxico tomó tierra en el aeropuerto de Buenos Aires procedente de México, Distrito Federal. Había logrado dar esquinazo a los matones de Cabrera en el restaurante del centro comercial al que habían acudido a almorzar y de allí partió como una exhalación rumbo al aeropuerto. Embarcó en el primer vuelo que salía con plazas libres y ya estaba lejos de aquella pesadilla. Muy lejos.

O eso creía. Un tipo oscuro, con bigote oscuro y gafas oscuras, no le quitó la vista de encima en todo el vuelo.

***

—¿Ya tienes los billetes del viaje, Luis? —preguntó Adela.

Ariosto sintió el peso del sobre que portaba en el bolsillo de la chaqueta.

—Sí. Salgo para Río de Janeiro en cinco días. Es el carnaval allí.

Adela sonrió, sabía que la intención de Ariosto no era perderse en la vorágine de alegría colectiva de febrero en Río.

—Antoinette. La vas a ver, ¿no? ¿Te está esperando?

Ariosto la miró de reojo, y compartió su sonrisa.

—¿Nunca se te escapa nada?

—Eres transparente para mí. Ahora hace calor allá, ¿no es verdad?

—Sí, es verano. No como aquí, que lleva lloviendo sin parar desde ayer. Con este tiempo no tengo ningún remordimiento en viajar tan lejos.

—No te quejes Luis. La lluvia en Canarias es una bendición.

Ariosto asintió. Adela tenía razón, pero no llegó a imaginarse hasta qué punto.

Nota del autor

Espero que se hayan divertido con este ensayo de convertir a Santa Cruz de Tenerife en una ciudad peligrosa. En la realidad, por fortuna para quienes vivimos en ella, es justo lo contrario.

Ante todo, que quede claro que no existe ninguna animadversión por mi parte hacia los monarcas españoles. Siempre han sido muy bienvenidos en Canarias. En esta novela son telón de fondo, hablando en modo literario.

El templo masónico existe en la calle San Lucas. Un edificio singular que ha sobrevivido a los avatares históricos y que el Ayuntamiento de la ciudad pretende restaurar en breve. La sala de Tenidas y la Cámara de Reflexiones son tal cual se describen en el texto. Dado que la masonería tiene sus herederos, he preferido no referirme para nada a los usuarios iniciales del edificio. No es mi intención molestar a nadie. La existencia ficticia de los pasadizos y la cámara subterránea nada tienen que ver con las órdenes masónicas, sus creencias y rituales. Ni tampoco con la iglesia del Pilar, dicho sea de paso. Se trata de simple coincidencia geográfica. Eso es todo.

Como el lector habrá supuesto, no existe −que se sepa− un tubo volcánico debajo de la iglesia del Pilar. Los pasadizos y la cámara satánica son también imaginados.

No ocurre así con la «casa del escalofrío», que existe en la calle San Lucas. Hasta donde he podido llegar en mis pesquisas, fue propiedad de don Enrique Richardson, quien aumentó la altura de una a dos plantas en 1895, y que contrató para ello al arquitecto Manuel de Cámara, el mismo que años después planearía el templo masónico. El resultado fue un espléndido edificio cuya fachada trasera recuerda un estilo anglosajón, que hoy perdura. El inmueble, por desgracia, se mantiene en estado ruinoso en la actualidad, lo que tampoco me ha venido mal para incluirlo en esta novela. Un escenario perfecto de película de terror. El interior de la casa, al contrario, es inventado.

El sistema de producción de explosivos proviene de publicaciones varias, aunque yo no aconsejaría a nadie que siguiera mis instrucciones. No soy fuente fiable en este sentido.

Toda la información referente a los drones y a las aguilillas de Harris provienen de publicaciones de Internet, y cualquier error al respecto es responsabilidad mía. Como siempre, espero la indulgencia cómplice del amigo lector.

Todos los personajes a que se hace referencia en Tenerife en los años cincuenta y en la actualidad son ficticios, y cualquier parecido con alguna persona que exista o haya existido es pura coincidencia.

Otra cosa es la complicidad de Manolo, Ana Mari, José Antonio, Emelina y Elena, que existen y aparecen brevemente en el texto, para regocijo de todos.

Las referencias al tráfico de la ciudad y a la descoordinación de sus semáforos, al despacho de la Capitanía militar, y al edificio en obras de la calle San Clemente son exactas.

Néstor fue y es uno de los referentes universales de la pintura canaria. Si tienen ocasión, visiten el Museo Néstor en Las Palmas de Gran Canaria.

En la próxima novela nuestro amigo Ariosto se va de viaje. Preparen las maletas.

Agradecimientos

Una vez más agradezco en primer lugar a mi familia la paciencia, sobre todo en «los días de desenlace», que han tenido y tienen conmigo cuando escribo una novela. Ya me tienen por imposible.

A mi padre, Eusebio, por manifestar sus críticas constructivas durante el desarrollo de la redacción capítulo a capítulo. No veía claro el final, que era justo lo que yo quería.

A mis amigos Virginia Martínez Escalona, Dulce Gutiérrez, Baudilio Marichal, Mercedes Marrero y Doris Martínez, que han dedicado tiempo a la lectura del borrador de la novela y a sugerir cambios, siempre bienvenidos.

A Emilia Vié, que me ha abierto la puerta al universo inmaterial de las redes sociales.

A Zebensui López, Juan Antonio Martín y Josué Ramos, por hacerme fácil la publicación de esta novela y de mi página web.

A Daniel Ferrera, que me introdujo en el mundillo de los cuerpos especiales de la Policía Nacional.

A Luisa del Toro, que me ayudó en la búsqueda de datos de la casa del escalofrío.

Por supuesto, a todos los que han colaborado conmigo en la promoción y difusión de mis novelas: Madi Ramos, Victoria Martínez Lojendio y Doris Martínez, de Oristán y Gociano; Raquel Gutiérrez, del Real Casino; Mar Oropesa, de Libro Siete; Diego y Mario, de Troquel distribuidores; Blanca Rosa Roca y Carlos Ramos, de Roca Editorial; Daniel Quintana, de

Random House; y a otros amigos que, de alguna manera, han empujado en la buena dirección: Mamen Díez, Luis Adern, Carlos Castro, Jesús Pedreira, Carlos Pallés (también por Colisión), María Álamo, Pablo Sabalza, Ricardo Suárez, Daniel Montesdeoca, Manoli Ronquillo, José Maza, Kim Eddy, Carlos Rodríguez, José Manuel Bermúdez y Ani Oramas.

Y como siempre, a los profesores y libreros que siguen recomendando mis novelas entre la gente joven y sus clientes, respectivamente.

Y a todos mis cómplices de Facebook, Twitter y de Tusantacruz.

Sigue al autor en
www.mgambin.com

www.ingramcontent.com/pod-product-compliance
Lightning Source LLC
Chambersburg PA
CBHW031100030726
47496CB00002BA/317